Elisabeth Dreisbach, Der Sand soll blühen

ELISABETH DREISBACH

Der Sand soll blühen

CHRISTLICHES VERLAGSHAUS GMBH
STUTTGART

ABCteam

Bücher, die dieses Zeichen tragen, wollen die Botschaft
von Jesus Christus in unserer Zeit glaubhaft bezeugen.

ABCteam-Bücher erscheinen in folgenden Verlagen:

Aussaat- und Schriftenmissions-Verlag Neukirchen
R. Brockhaus Verlag Wuppertal / Brunnen Verlag Gießen
Bundes Verlag Witten / Christliches Verlagshaus Stuttgart
Oncken Verlag Wuppertal

© 1985 Christliches Verlagshaus GmbH, Stuttgart
Umschlagfoto: Ahrens/Goersch
Satz: Fotosatz Pfaff, Bonn
Druck und Bindearbeiten: Druckhaus West GmbH, Stuttgart
ISBN 3-7675-2516-X

»Jasmina, das Telefon!«

»Sofort, ich bin gerade dabei, den Auflauf in den Backherd zu schieben.«

Das Telefon schrillte weiter.

»Jasmina, komm doch!«

»Da bin ich schon!« Die junge Frau nahm den Hörer ab. Auf der anderen Seite meldete sich eine ungeduldige Stimme.

»Wie lange dauert es eigentlich, bis bei euch einer an den Apparat kommt?«

»Ich war gerade in der Küche und konnte nicht gleich weg.«

»An Ausreden warst du noch nie verlegen. Ich wollte dir nur sagen, daß ich meine ehemaligen Schulkameradinnen morgen nachmittag zum Klassentreffen bei mir erwarte. Dummerweise hat sich meine Frau Berthold, die mir augenblicklich nach Bedarf im Haushalt hilft, heute früh den Fuß verstaucht. Da ich so schnell niemand herbeizaubern kann, der sie vertritt beim Kaffeekochen, Tischdecken und so weiter, bleibt mir nichts anderes übrig, als dich zu rufen, zumal du dich in meinem Haushalt auskennst. Ich erwarte dich also morgen gleich nach dem Mittagessen.«

Endlich kam Jasmina zu Wort. »Aber das können Sie doch nicht ohne weiteres tun, Frau Jordan. Zumindest müssen Sie erst einmal fragen, ob es mir überhaupt möglich ist zu kommen. Ich habe nämlich auch einen Haushalt, zwei Kinder, einen Garten und vor allem einen schwerbehinderten Mann, den ich fragen muß, ob er mich überhaupt morgen nachmittag entbehren kann. Außerdem hat Beatrix einen Termin beim Zahnarzt. Ich habe ihr versprochen, sie dorthin zu begleiten.«

Aber die alte Frau hatte bereits wieder aufgelegt und ihre Entgegnungen überhaupt nicht gehört. Wütend knallte Jasmina den Hörer auf die Telefongabel und stampfte mit dem Fuß auf.

»So eine Unverschämtheit!« entfuhr es ihr.

Ihr Mann war indessen mit seinem Rollstuhl, den er selbst bedienen konnte, aus seinem Arbeitszimmer, in dem er am

Schreibtisch tätig gewesen war, in die Diele gefahren, wo das Telefon seinen Platz hatte — früh genug, um Zeuge der heftigen Reaktion seiner Frau zu sein.

»Wer hat denn angerufen?« fragte er.

Am liebsten wäre Jasmina erneut hochgefahren. »Na, wer schon? Nur deine alte Tante kann einen solchen Befehlston anschlagen.« Aber dann beherrschte sie sich und antwortete möglichst ruhig: »Frau Jordan war am Telefon und verlangt, ohne auch nur mit einem Wort danach zu fragen, ob es mir möglich ist, daß ich morgen gleich nach dem Mittagessen zu ihr komme.« Jasmina schilderte ihrem Mann alles nähere.

Nach einigem Besinnen antwortete er: »Ich meine, wir dürfen die alte Frau nicht im Stich lassen, wenn sie den morgigen Nachmittag zu einem Treffen mit ihren Klassenkameradinnen geplant hat. Es werden ohnehin nur noch wenige sein. Und die Sache mit dem Zahnarzt ist wohl auch kein stichhaltiger Grund, um ihr abzusagen. Morgen ist Mittwoch. Da hat Natalie keine Schule. Dann wäre es doch möglich, daß sie ihre Schwester zum Zahnarzt begleitet. Meinst du nicht auch, Liebste?«

Die junge Frau sah einen Augenblick vor sich hin. Wenn ihr so schwerbehinderter Mann in diesem gütigen Ton zu ihr sprach und sie dazu noch Liebste nannte, dann hatte er sie schon so gut wie entwaffnet. Aber sie konnte nun einmal nicht heucheln, auch nicht ihm gegenüber. Diese gehässige alte Frau, die jede Gelegenheit nutzte, um sie zu demütigen, und der es geradezu ein Bedürfnis war, ihr vorzuhalten, daß sie einige Jahre —

Daniel unterbrach ihren Gedankengang. »Komm, Jasmina, setz dich ein Viertelstündchen zu mir. Wir wollen in Ruhe darüber sprechen.«

»Ich muß nach dem Auflauf im Backherd sehen.«

»Du hast ihn doch erst vor einigen Minuten eingeschoben!«

»Ich weiß genau, was du mir sagen willst«, entgegnete sie schon wieder um einiges heftiger. »Tante Alma ist eine einsame alte Frau, dazu kränklich, die niemand hat als ihren dicken

Mops und den gräßlichen Papagei, der einen verrückt machen kann mit seinem Geschrei. Ich weiß, daß wir uns der Armen, obgleich sie in Wirklichkeit steinreich und dazu unerhört geizig ist, annehmen müssen. Du willst, daß ich alles schlucke und ohne Widerrede hinnehme, was sie mir immer wieder vorwirft. Du willst, daß ich geduldig und fügsam bin wie ein Lamm, wenn sie mich aus lauter Gehässigkeit nicht Jasmina, sondern Mina nennt, weil dieser altmodische Dienstmädchenname viel besser zu mir passe — und — «

Tatsächlich, die junge Frau war den Tränen nahe.

Der Mann im Rollstuhl streckte die Hand nach ihr aus. »Komm, setz dich zu mir!«

Zögernd und doch mit einem Glücksgefühl, ausgelöst durch seine Liebe und Geduld, ergriff sie die ihr gebotene Hand.

»Jasmina, ich verstehe deine Reaktionen gut. Sie sind menschlich —«

» — aber nicht christlich«, vollendete sie den Satz ein wenig eigenwillig.

»Ich weiß, aber jedesmal, wenn ich mir vorgenommen habe, mich um deinetwillen zu überwinden, Daniel, dann passiert so etwas. Wenn ich zu Frau Jordan gehe, und sie spricht wieder in derselben gehässigen Weise zu mir, obgleich du sie gebeten hast, mit ihren Sticheleien aufzuhören, dann fühle ich mich verletzt und zutiefst gekränkt. Du willst doch nicht, Daniel, daß ich heuchle! Ich kann sie nun einmal nicht ausstehen! Sie wird es dir nie verzeihen, daß du mich geheiratet hast. Ich bin überzeugt, daß sie morgen, wenn sie ihr sogenanntes Klassentreffen veranstaltet, zu den Klatschtanten wieder davon spricht, ohne Rücksicht darauf zu nehmen, daß ich jedes Wort in der Küche verstehe. Weil sie selbst nicht mehr gut hört und die eine oder andere der alten Spinatwachteln bestimmt ebenfalls nicht, schreit sie so laut, daß ich es unbedingt hören muß. Ich wette, daß sie das auch will.«

Mit dem Anflug eines Lächelns auf dem Gesicht wiederholte Daniel: »Wie sagtest du? Spinatwachteln? Was bedeutet denn das?«

»Ach, so sagten wir immer in der Schule, wenn wir uns über eine der älteren Lehrerinnen ärgerten, die keinen Mann mehr bekommen hatten.« Plötzlich verstummte die junge Frau und errötete. »Entschuldige, Daniel, ich weiß —«

Sein Lächeln war noch nicht verschwunden, als er antwortete: »Jetzt meinte ich wieder einmal die wilde Jasmina in der fünften Klasse des Gymnasiums zu hören.«

Sie schob die Unterlippe vor. »Daniel, nun kehrst du aber den Klassenlehrer heraus. Du weißt, das kann ich schon gar nicht leiden.«

Er streichelte begütigend mit der Hand über ihr Haar. »Ich wollte dich nicht kränken, aber laß uns jetzt allen Ernstes über morgen nachmittag sprechen. Ich will dich gewiß nicht dazu überreden, zu Tante Alma zu gehen, wenn es dir so schwer fällt. Aber im Stich lassen können wir sie nicht. Wie wäre es, wenn Natalie an deiner Stelle zu ihr ginge? Den Tisch decken und Kaffee kochen wird sie mit ihren fünfzehn Jahren doch schon können.«

»Auf keinen Fall, Daniel. Deine Tante ist imstande, in ihrer Gegenwart über mich, ihre Mutter, gehässig zu reden.«

»Aber wer könnte sonst statt deiner zu ihr gehen? Vielleicht deine Schwester?«

»Sie kann doch ihr kleines Kind nicht allein lassen. Wenn du unbedingt der Meinung bist, daß wir ihr helfen müssen, dann wird mir wohl nichts anderes übrig bleiben, als selbst zu ihr zu gehen.«

Daniel hätte sie jetzt am liebsten an einen der von seiner Mutter vielgebrauchten Aussprüche erinnert: »Überwinde dich!« Aber dann hätte sie in ihm wieder den Schulmeister gesehen, der glaubte, sie zurechtweisen zu müssen, und das wollte er nicht. Seine junge Frau war sehr empfindlich und ließ sich nicht gern an die Zeit erinnern, in der er in der Tat ihr Klassenlehrer gewesen war.

»Ich weiß, daß es dich Überwindung kostet, zu Tante Alma zu gehen«, fuhr er fort. »Ich verstehe das gut, zumal sie nicht nur über dich, sondern auch über mich unfreundlich redet.

Aber sieh einmal, Jasmina, vielleicht ist sie gar nicht mehr imstande, sich umzustellen und eine in ihr festgefahrene Idee zu korrigieren. Nimm es nicht so schwer und denke daran, was der Hauptgedanke in unserem Hausbibelkreis in der letzten Woche war: Denen, die Gott lieben, müssen alle Dinge zum Besten dienen.«

Am liebsten hätte die junge Frau auch jetzt noch einmal aufbegehrt und gesagt: »Aber nicht das, was mir diese gehässige alte Person nun schon wer weiß wie lange antut!« Doch wenn sie ihren Mann in seinem Rollstuhl sah, an den er Zeit seines Lebens gefesselt bleiben würde, und daran dachte, mit welcher Geduld er sich mühte, ihr zurechtzuhelfen, dann wußte sie, daß ihr Aufbegehren nicht recht gewesen war. Dazu liebte sie ihren Mann viel zu sehr. So gab sie sich einen Ruck, stand auf, legte den Arm um Daniels Hals und küßte ihn. »Abgemacht, ich gehe morgen zu Tante Alma — wenn sie auch ein alter Drachen ist!«

Er sah davon ab, sie wegen dieser respektlosen Äußerung aufs neue zu korrigieren. Schließlich war sie wirklich nicht mehr seine Schülerin, sondern seine Ehefrau.

Jasmina, die nun aber doch nach ihrem Auflauf sehen mußte, nahm nicht Kenntnis von dem Schatten, der für einen Augenblick auf dem Gesicht ihres Mannes lag. Sie hätte wohl auch kaum seine Gedanken erraten.

»Meine Ehefrau!« Dieses Wort sagte viel mehr aus als das, was seine Verbindung mit Jasmina ihm bedeutete, so glücklich er auch mit ihr war. Wenn... Aber es war sinnlos, dem schwersten Erlebnis seines Daseins nachzugrübeln — und wenn der Unfall nicht gewesen wäre, hätte er ja auch Sybille, seine erste Frau, die er ebenfalls sehr geliebt hatte, nicht verloren. Dann wäre es auch nie zu der Verbindung mit Jasmina gekommen...

Es war am Abend dieses Tages. Die Eheleute hatten sich zur Ruhe begeben. Daniel hatte, wie er es so gerne tat, Jasminas Hand in der seinen gehalten, bis er merkte, daß sie wie ein müdes Kind neben ihm einschlief. Aber heute irrte er sich. Wenn ihre gleichmäßigen Atemzüge ihn auch annehmen ließen, daß sie sich bereits im Land der Träume befand, so legten ihre hellwachen Gedanken noch einen weiten Weg zurück.

Die junge Frau sah sich plötzlich wieder als Schulmädchen im Gymnasium. Herr Jordan war neu an die Schule versetzt worden. Kein Wunder, daß viele in der Klasse sich in diesen jungen, außergewöhnlich gut aussehenden und geschmackvoll gekleideten Lehrer verliebten. Auf irgendeine Weise versuchte fast jede Schülerin, seine Aufmerksamkeit auf sich zu lenken, wobei die Mädchen auf die unmöglichsten Ideen kamen. Jasmina fühlte sich nicht wenig geschmeichelt, als der Lehrer sie eines Tages fragte, wie sie zu ihrem außergewöhnlichen und wirklich schönen Namen käme. Sie stammelte etwas davon, daß ihr Vater ein Ausländer sei und ihr diesen Namen in Erinnerung an seine Mutter gegeben habe.

Herr Jordan übersah lächelnd die Schwärmereien seiner Schülerinnen, war freundlich und gerecht, verlangte aber ein konzentriertes Mitgehen im Unterricht. Geduldig mühte er sich um die Schwächeren, spornte sie an, sich etwas zuzutrauen, und nahm sich diejenigen besonders vor, die trotz ihrer Begabungen lässig und faul waren und sich mit schlechten Leistungen begnügten. Zu diesen gehörte auch Jasmina, ein äußerst temperamentvolles, intelligentes Mädchen. Jasmina ließ sich leicht beeinflussen, meist von den nicht besten Schülern. Bei mehr Fleiß und Ausdauer hätte sie weit bessere Leistungen vollbringen können. Obgleich der junge Lehrer sie schon einige Male ernsthaft ermahnen mußte, schwärmte sie auch weiterhin für ihn. Irgendwie sprach es sich herum, daß Herr Jordan zum Christlichen Verein Junger Menschen gehörte. Wenn es im Unterricht um Lebensfragen ging, machte er aus seiner christlichen Gesinnung kein Hehl. Diese Tatsache veränderte die Haltung einiger Schülerinnen ihm gegenüber. Ein Frommer? Wie uninteressant!

Jasmina jedoch fühlte sich eigenartigerweise trotz ihrer zur

Oberflächlichkeit neigenden Veranlagung weiterhin zu ihm hingezogen. Vielleicht kam es daher, weil sie eine bewußt christliche Mutter hatte. Von ihrem Vater wußte sie nicht viel. Er war ihrer Mutter begegnet, die als Schwester im Städtischen Krankenhaus arbeitete, als er auf einer Auslandsreise erkrankte und von ihr gepflegt wurde. Später hatten sie geheiratet und einige Jahre in Italien gelebt, von wo aus die Mutter nach der Geburt ihrer zweiten Tochter als junge Witwe zurückkehrte. Sie hatte sich bemüht, ihren Kindern eine gute Erziehung zu geben. Oft waren die beiden Mädchen aber sich selbst überlassen gewesen. Einesteils waren sie dadurch früh selbständig geworden, andererseits fehlte ihnen aber auch die väterliche Hand. Wenn die Mutter müde vom Dienst heimkehrte, war sie oft viel zu erschöpft, um sich ihren beiden Töchtern so widmen zu können, wie es nötig gewesen wäre. Glücklicherweise war Jasmina begabt und hätte die Schule ohne Schwierigkeiten durchlaufen müssen.

An einem Abend, die Mutter war gerade vom Dienst gekommen, hatte Jasmina ihr freudestrahlend erzählt, daß Herr Jordan sie nach Schulschluß im Klassenzimmer zurückgehalten und gefragt habe, wie sie sich ihre Zukunft vorstelle. Nachdem er nun schon zwei Jahre die Klasse unterrichtet hatte, war er auf Wunsch der Mädchen bei dem vertrauten Du geblieben.

»Jasmina, ich hoffe sehr, du hast dich dazu entschlossen, das Abitur zu machen. Du bist begabt, das Lernen fällt dir leicht. Du müßtest nur noch mehr Fleiß und Ausdauer anwenden. Ich bin sicher, daß du es schaffen kannst.«

Ganz glücklich hatte Jasmina ihrer Mutter von diesem Gespräch berichtet und versucht, ihr alle Bedenken auszureden. »Ich habe ganz andere Berufsmöglichkeiten, wenn ich das Abitur mache, Mama.«

»Und du meinst, du schaffst es wirklich?« hatte leise zweifelnd die Mutter gefragt. Sie kannte doch das sprunghafte Wesen ihrer Tochter.

»Bestimmt — allerdings muß ich mir etwas mehr Mühe geben«, war Jasminas Antwort gewesen. Von ihren geheimen

Gedanken hatte sie der Mutter nichts verraten. Irgendwie bildete sie sich ein, ihr Lehrer würde ihre Liebe erwidern und sie deshalb aus persönlichem Interesse fördern wollen. Von nun an strengte sie sich sichtlich an, und ihre Leistungen wurden besser.

Es war etliche Monate nach dem Abschluß der zehnten Klasse, die in den Realschulen mit der Mittleren Reife endet, da erklärte Jasmina plötzlich, unfaßlich für ihren Klassenlehrer, aber auch für ihre Mitschülerinnen und vor allem für ihre Mutter, daß sie nicht länger zur Schule gehen wolle. Herr Jordans wohlwollendes Zureden war zwecklos. Das erstaunte Fragen ihrer Mitschülerinnen beantwortete sie mit geheimnisvollem oder gar wichtigtuendem Lächeln. »Ihr werdet es schon früh genug erfahren...«

Nur die Mutter stellte Jasmina vor die vollendete Tatsache: »Ich habe einen Freund und werde zu ihm ziehen.«

Erschrocken, beinahe entsetzt hatte die Mutter gefragt: »Mädchen, das kann doch nicht dein Ernst sein! Du hast mir doch bisher nichts davon gesagt.«

»Ich kenne Viktor auch erst seit kurzem.«

»Wo, um alles in der Welt, bist du diesem Menschen begegnet? Du kannst doch nicht einen wildfremden Mann einfach heiraten. Außerdem bist du noch gar nicht mündig.«

»In zwei Monaten werde ich achtzehn. Solange dauert es auch noch, bis er eine Wohnung gefunden und eingerichtet hat. Und von heiraten, Mama, habe ich doch gar nicht geredet.«

»Aber du wirst doch nicht —«, die Mutter hatte das für sie Unfaßbare nicht auszusprechen gewagt.

»Doch, Mama, ich werde! Du mußt dich losmachen von deinen veralteten Ansichten, daß zwei Menschen, die sich lieben, erst dann zusammenziehen können, wenn sie verheiratet sind. Heute denkt man über diese Dinge eben anders, und ich liebe Viktor. Ich wäre bereit, mit ihm bis an das Ende der Welt zu gehen.«

Alle Einwände der Mutter waren vergeblich gewesen. Auch

ihr Weinen und Bitten änderten nichts an dem Entschluß Jasminas. Ihre vermeintliche Liebe zu ihrem Klassenlehrer war vergessen. Sie lachte darüber. Wie eine unheimliche Macht war es über sie gekommen. Sie wußte nur noch eins: Viktor Brenner, der als Generalvertreter einer großen und bekannten Firma gut verdiente, versprach ihr den Himmel auf Erden.

Bald wußten es alle im Städtchen, die sich dafür interessierten: Jasmina, älteste Tochter der kleinen Frau Torelli, lebte mit einem jungen Mann in einer Dreizimmer-Wohnung im Neubauviertel zusammen. Doch so etwas war ja keine Seltenheit mehr. Heiraten kam immer mehr aus der Mode. Aber über diesen Fremden, der zwar einige Male in einem der Hotels abgestiegen war, hätte man gern Näheres gewußt. Er sah nicht danach aus, als ob Jasmina seine erste Frauenbekanntschaft wäre. Wenn er mit dem unerfahrenen Mädchen, das sich Hals über Kopf in ihn verliebt hatte, nur nicht ein frivoles Spiel trieb und sich bei nächster Gelegenheit einer anderen zuwenden würde!

Frau Torelli war todunglücklich gewesen. Zwar kannte sie den Hang ihrer Tochter zur Oberflächlichkeit. Das sprunghafte Wesen ihres Kindes hatte ihr schon oft Sorgen bereitet. Aber dann hatte sie die Schuld wieder sich selbst zugeschoben, weil sie als Berufstätige zu wenig Zeit für ihre Töchter fand. Und hatte sie selbst ihre eigene Mutter nicht auch vor die vollendete Tatsache gestellt, als sie die Frau des Ausländers wurde und mit ihm in dessen Heimat zog? Aber sie war schließlich mit ihm verheiratet gewesen, und ihr Mann hatte ihr stets die Treue gehalten.

Dieser Viktor Brenner jedoch machte ihr nicht den Eindruck, daß er es damit so genau nahm.

Jasmina aber war überglücklich. Ihr Freund, der gut verdiente, hatte die Wohnung nach ihrer Meinung fast fürstlich eingerichtet. Er kaufte ihr die elegantesten Kleider, machte mit ihr Reisen, bei denen Geld keine Rolle zu spielen schien. Sie brauchte nur einen Wunsch zu äußern, und schon hatte er ihn erfüllt. Frau Torelli aber ließ sich nicht täuschen.

Hellwach lag Jasmina in ihrem Bett, als die Bilder der Jahre nach ihrem Schulabgang in dieser Nacht wieder einmal greifbar nahe an ihrem inneren Auge vorüberzogen. Es gab Tage, in denen sie kaum Zeit hatte, sich mit den Geschehnissen der Vergangenheit zu befassen. Aber dann war es plötzlich, als würde durch irgendeine Begegnung oder Erinnerung ein Vorhang zur Seite gezogen, und vor ihr erstanden erneut erschreckend klar die dunklen Bilder der Vergangenheit. Heute war es der Anruf von Daniels Tante gewesen. Oh, wie ihr diese alte gehässige Frau zuwider war! Im gleichen Augenblick erschrak sie vor ihren eigenen Gedanken. Gut, daß ihr Mann, der längst neben ihr eingeschlafen war — so jedenfalls meinte sie — davon nichts wußte. Er war ja so sehr bemüht, ihr dabei zu helfen, die Bitterkeit dieser Tante gegenüber zu überwinden und mit ihrer Vergangenheit fertig zu werden. Daniel wußte zwar, daß sie sich Mühe gab, ihre Art, ihr Temperament zu zähmen. Die schweren Erlebnisse der vergangenen Jahre waren an ihr nicht spurlos vorübergegangen. Jasmina war gewillt, all die Lektionen in der Schule des Lebens zu lernen. Und weil er sie liebte, blieb es ihm ein Anliegen, ihr dabei zu helfen.

Die Bilder ließen sich nicht verdrängen. Jasmina kam in dieser Nacht nicht zur Ruhe. Sie meinte, jeden Tag noch einmal zu erleben, an dem es ihr vorkam, als würde sie aus dem Himmel ihrer Glückseligkeit jäh herausgerissen. Ein Jahr ihres gemeinsamen Lebens lag hinter ihr. Viktor hatte sie in eine Welt eingeführt, die sie vorher nicht einmal zu träumen wagte. Ein Vergnügen folgte dem anderen, Ferienfahrten mit dem Schiff oder mit dem Flugzeug. Über seine finanziellen Verhältnisse ließ ihr Mann sie völlig im unklaren. Unerfahren, wie sie war, machte sie sich darüber keine Gedanken. Geld schien in der Tat keine Rolle zu spielen. Und dann kam jener Augenblick, an dem sie ihm glückstrahlend anvertraute, daß sie ein Kind erwartete.

Bis tief ins Herz hinein war sie erschrocken, als er sie erst einmal fassungslos anstarrte, dann aber anschrie: »Du bist wohl verrückt! Das kommt überhaupt nicht in Frage. Du weißt, daß bei uns nie von einem Kind die Rede war, und ich habe dir früh genug Verhaltensmaßregeln gegeben. Du hättest es zu verhüten wissen müssen.« Er war furchtbar aufgebracht gewesen und hatte zornig hin und her das Zimmer durchquert.

»Aber Viktor«, hatte sie endlich zu sagen gewagt, »es ist doch schließlich das Allernatürlichste auf der Welt, wenn zwei junge Menschen zusammenleben, daß sich eines Tages ein Kind anmeldet.«

»Aber nicht bei uns«, war er wiederum aufgebraust. »Merke dir das — nicht bei uns! Und das sage ich dir: Du läßt es abtreiben. Ich bestehe darauf!«

Da hatte sie aufgeschrien: »Das verlangst du von mir? Nie und nimmer werde ich das tun. Ich will dieses Kind! Ich will es, weil es von dir ist — und weil ich dich liebe!«

»Weil du mich liebst?« hatte er höhnisch gefragt. »Beweise mir das, jetzt ist es noch möglich. Geh zu einem Arzt. Sage ihm, daß dein körperlicher Zustand es nicht zuläßt, daß du das Kind austrägst, oder sage ihm, was du willst. Aber eins kannst du dir merken: Unsere Wege trennen sich, wenn du nicht auf mich hörst.«

An jenem Tag war Jasmina weinend zu ihrer Mutter gekommen und hatte ihr alles gesagt. Frau Torelli war nicht überrascht gewesen. Sie hatte im Grunde nichts anderes erwartet. Als sie aber der Tochter vorschlug, die Beziehungen zu diesem oberflächlichen Menschen abzubrechen, bei ihr zu bleiben und ihr Kind alleine großzuziehen, war sie auf tränenreichen heftigen Widerstand gestoßen. »Mama, ich kann ohne Viktor nicht mehr leben, und ich weiß, er braucht mich. Komm mit mir zu ihm, rede du mit ihm und mache ihm klar, daß es doch auch sein Kind ist, das ich erwarte.«

Jasminas Verzweiflung hatte die Mutter schließlich dazu gebracht, mit ihr in deren Wohnung zu gehen, die sie bisher nicht betreten hatte. Gegen das aalglatte, gewandte Wesen des Freundes ihrer Tochter war sie allerdings nicht angekommen. Schließlich hatten Jasmina und Viktor sich dann doch versöhnt. Aber die junge werdende Mutter hatte von da an gewußt, daß sich eine Veränderung in dem Mann vollzog, von dem sie noch immer glaubte, geliebt zu werden. Er kam am Abend meist später nach Hause, nicht selten angetrunken. Jasmina mußte sich Schmähungen und Erniedrigungen gefallen lassen. Oft blieb er nächtelang fort. Als die kleine Natalie geboren worden war, schien es kurze Zeit etwas besser zu werden. Jasmina begann zu hoffen. Dann aber ärgerte ihn die Unruhe, die nun einmal ein kleines Kind verursacht. Er behauptete, seinen ungestörten Schlaf zu benötigen und verbrachte die Nächte immer öfter, wie er sagte, in seinem Büro. Eines Tages überfiel Jasmina der Gedanke, daß er sie betrog und sich einer anderen Frau zugewandt hatte. Wohl gab es Zeiten, in denen sie meinte, er würde wieder zu ihr zurückfinden. Er schien sogar Gefallen an seinem Töchterchen zu haben. Aber als Jasmina ihm zwei Jahre später wieder, und diesmal zitternd vor Angst, mitteilen mußte, daß sie schwanger war, zerbrach ihr vermeintliches Glück in tausend Scherben.

Nie würde sie vergessen, wie sie mit ihrem zweijährigen Töchterchen vor ihrer Mutter stand. »Mama, dürfen wir bei dir bleiben? Viktor hat mich verlassen. Als ich am Morgen erwachte, lag ein Zettel von ihm da. Hier ist er.« Sie hatte der Mutter den Wisch gereicht: »Du hast gewußt, daß ich keine Kinder wollte. Jetzt ist es endgültig aus zwischen uns. Nimm deine Kleider und geh mit Natalie zu deiner Mutter. Die Wohnung wird in den nächsten Tagen geräumt. Da ich alle Möbel bezahlt habe, hast du keinen Anspruch darauf. Erwarte nicht, daß ich je wieder zu dir zurückkehre. Es ist endgültig aus zwischen uns.«

Die Mutter hatte sie aufgenommen...

Soweit war Jasmina mit ihrem gedanklichen Rückblick gekommen. Sie preßte die Fäuste auf die Augen. Wenn sie doch schlafen könnte! Lag das alles nicht weit hinter ihr, und hatte Gott sich ihrer, die sie in herzloser Weise verstoßen worden war, nicht angenommen? Jasmina wunderte sich beinahe, daß ihre Gedanken in dieser Nacht plötzlich solche Wege gingen. Nein, damals, als Viktor Brenner sie verließ, war sie weit davon entfernt, darin ein Wirken Gottes zu sehen. In ihr war nichts als Auflehnung, Empörung und Enttäuschung gewesen. Seitdem waren Jahre vergangen, und es war kein leichter Weg, den sie hatte zurücklegen müssen — ein Weg voller Demütigungen und vieler Kränkungen.

In der Wohnung ihrer Mutter hielt sie sich wie verborgen. Sie wollte niemand begegnen. Hatte sie nicht auf viele überheblich herabgeblickt in jener Zeit, als sie am Arm ihres Freundes elegant gekleidet ins Theater ging, Konzerte besuchte oder mit ihm in seinem großen Auto vorfuhr oder in die Berge, ans Meer, nach Hamburg, Wien, Paris oder sonst irgendwohin fuhr, um das prickelnde Nachtleben in den verschiedensten Vergnügungsstätten zu genießen? War es wirklich ein Genuß gewesen? Heute wußte sie, daß sie sich einem Selbstbetrug hingegeben hatte. Wie Seifenblasen zerplatzen, so war ein Nichts zurückgeblieben. Die Vergangenheit war eine Täuschung gewesen, und die Zukunft lag ohne jede Hoffnung vor ihr. — Heute aber wußte sie, daß Gott sich ihrer angenommen hatte.

Nachdem ihre zweite Tochter Beatrix geboren worden war — ein zartes, schwächliches Kind, dem die Ärzte wenig Überlebenschancen gaben —, war ihr klar gewesen, daß sie der Mutter nicht länger mit ihren beiden Kindern zur Last fallen durfte, obwohl diese ihr vorschlug, mit den Mädchen bei ihr zu bleiben.

Es folgten Jahre, in denen Jasmina sich mit viel Fleiß und Mühe anstrengte, um für sich und ihre Kinder eine Existenz zu schaffen. Es dauerte lange, bis sie auch nur einigermaßen überwunden hatte, daß Viktor sie auf das Niederträchtigste belogen und hintergangen hatte. Niemals hatte er je davon gesprochen, daß er verheiratet war und eine Frau und vier Kinder zu versorgen hatte. Kein Wunder, daß er keine weiteren Kinder wünschte. In schmählicher Weise hatte er ihre Jugend und Unerfahrenheit ausgenutzt, und sie war der Meinung gewesen, daß das, was sie mit ihm erlebte, die große Liebe sei!

Sie sah sich in dieser Nacht, wo die Vergangenheit wieder

einmal anklagend vor ihr stand, auf Stellensuche gehen. Das waren zum Teil demütigende Wege gewesen. »Sie bewerben sich um einen Platz als Verkäuferin? Was für eine Ausbildung können Sie nachweisen? — Wie, überhaupt keine? — Ja, wie denken Sie sich das? — Nein, wir stellen nur qualifizierte Kräfte ein.«

Sie bemühte sich um eine Stelle als Hilfskraft in einem Büro. »Können Sie Schreibmaschine schreiben? Stenographieren? Haben Sie irgendeine Kenntnis in der Buchführung? Kommen Sie wieder, wenn Sie zumindest an einigen Abendkursen teilgenommen haben. Ohne jegliche Kenntnisse können wir Sie nicht einmal als Aushilfskraft einstellen.«

Sie hatte es in einer Wäscherei versucht, ja sogar in einer Fabrik als Hilfsarbeiterin. Sie mußte doch Geld verdienen für sich und für ihre Kinder. Schließlich war sie froh gewesen, daß es ihrer Mutter gelang, sie im Krankenhaus als Stationsmädchen unterzubringen. Ihre Kinder brachte sie tagsüber in einen Kinderhort. Was kostete es sie für Überwindung, mit Putzeimer und Schrubber die langen Krankenhausgänge zu säubern, niedrigste Arbeiten zu verrichten wie das Reinigen des Klosetts und anderes mehr. Dabei traf sie immer wieder auf Menschen, die sie von früher her kannten. Sie war drauf und dran gewesen, alles hinzuwerfen, als eine ihrer früheren Schulkameradinnen ihr beim Reinigen der Treppe begegnete und sie höhnisch ansprach: »Hier also bist du gelandet? Ich muß schon sagen, du hast es weit gebracht.«

Als sie erkannte, daß solche Begegnungen nicht zu umgehen waren, gab sie den Platz im Krankenhaus auf und suchte sich Putzstellen in Privathäusern. Doch wenn sie geglaubt hatte, daß sie solchen oder ähnlichen Demütigungen entgehen könnte, hatte sie sich geirrt.

»Was, Sie haben zwei Kinder? Verdient Ihr Mann denn nicht genug, daß Sie putzen gehen müssen? Entschuldigen Sie, wir sind ja schließlich froh, wenn wir jemand bekommen, der diese Arbeit tut. Es geht uns ja auch nichts an, aber Sie sind doch nicht unintelligent. Sie hätten gewiß andere Möglichkeiten. — Ach, Sie sind gar nicht verheiratet? Na, dann kein Wunder! Aber uns kann das ja schließlich gleichgültig sein. Die Hauptsache, daß Sie pünktlich mit Ihrer Arbeit beginnen und diese zufriedenstellend verrichten.«

Nach diesen Erfahrungen hatte sie es mit Büroputzen versucht. Als einer ihrer Chefs ihr ein unzweideutiges Angebot machte und im Zusammenhang damit Gehaltserhöhung versprach, war sie derart empört gewesen, daß sie diese Stelle augenblicklich aufgab. Sie war doch keine käufliche Dirne!

Wenn sie nicht die beiden Kinder gehabt hätte, dann wäre für sie vielleicht noch die Möglichkeit zu einer beruflichen Ausbildung gewesen. Nun aber fiel auch das weg. Fürsorgegelder wollte sie nicht annehmen. Der Vater der Kinder zahlte nicht. Er schien unauffindbar zu sein. So blieb ihr nichts anderes übrig, als auch weiterhin die niedrigsten Arbeiten zu tun, um sich und ihre Kinder zu versorgen.

So ging das einige Jahre. Natalie wuchs heran, ein munteres, aufgewecktes Kind. Beatrix machte ihr nach wie vor Sorgen. Es schien, als habe sich die Angst, die sie lähmend in jener Zeit empfand, als sie dieses ihr zweites Kind erwartete, bereits im Mutterleib übertragen — die Angst vor dem Mann, mit dem sie zusammenlebte. Beatrix war und blieb ein verschüchtertes Kind, irgendwie gekennzeichnet davon, daß es unerwünscht zur Welt gekommen war.

Einige Jahre lang empfand sie nichts als Empörung, ja Haß dem Mann gegenüber, der vorgegeben hatte, sie über alles zu lieben. In jener Zeit, erinnerte sie sich, waren wie schon damals in den ersten Monaten ihres Zusammenseins mit Viktor die warnenden Worte ihrer Mutter in ihrem Innern immer wieder aufgestanden. Aber wenn sie davon zu ihrem Freund sprach, hatte er sie ausgelacht und sich über sie und ihre Mutter lustig gemacht.

Doch was nützten diese späten Erkenntnisse! Ihre Jugend war dahin, noch ehe sie richtig begonnen hatte, und von der Zukunft hatte sie nichts mehr zu erwarten.

Auch an die Mutter dachte Jasmina in dieser Nacht, in der

sie vergeblich auf den erquickenden Schlaf wartete. Die Mutter hatte nicht geduldet, daß sie sich mit ihren beiden kleinen Kindern nach einer eigenen Wohnung umsah. »Wie willst du das denn zahlen können«, hatte sie gefragt, »wo du bei deinen Putzstellen doch kaum so viel verdienst, daß ihr drei davon leben könnt. Ihr bleibt bei mir, und wir richten uns so gut wie möglich in der kleinen Wohnung ein. So kann ich mit meinem Geld auch noch ein wenig dazu beisteuern, daß du mit den Kindern dein Auskommen hast.«

Die gute Mutter! Nie hatte sie ihr Vorwürfe gemacht oder sie daran erinnert, daß sie sich damals nicht von ihr hatte warnen lassen. Nein, zu ihrer eigenen Lebenslast hatte sie noch die Bürde der Tochter auf sich genommen. Heute, Jahre danach, glaubte Jasmina zu erkennen, daß die Mutter allein aus ihrer inneren Kraft fähig gewesen war, so zu handeln, wie sie es getan hatte. Sie sprach nur selten über ihre christliche Gesinnung, aber sie handelte danach.

Mit der Zeit war das Gerede über Jasmina verstummt, wenn es auch immer noch solche gab, die ihr verächtlich nachschauten oder ihr sogar spitze Bemerkungen ins Gesicht warfen.

Es kam ein Tag, an dem die Stadt durch eine andere Nachricht neuen Gesprächsstoff erhielt. Der nach wie vor beliebte Lehrer Daniel Jordan — er war inzwischen verheiratet — hatte bei einem schweren Autounfall seine Frau verloren und war selbst mit schweren inneren Verletzungen ins Krankenhaus gekommen. Eine Welle von Mitgefühl und Teilnahme wurde ihm entgegengebracht. Es gab aber — wie so oft — auch andere Stimmen: »Da sieht man, daß seine christliche Überzeugung ihn vor einem solchen Unglück auch nicht bewahren konnte. Was hat es nun für einen Sinn, Sonntag für Sonntag zur Kirche zu laufen, wenn es ihm nicht besser geht als anderen.«

Daniel Jordan hatte auf der Station gelegen, auf der Jasminas Mutter als Schwester tätig gewesen war. Sie hatte der Tochter von den schweren Verletzungen ihres früheren Lehrers erzählt, der wohl nie mehr seinen Beruf würde ausüben können. Zeitlebens müßte er im Rollstuhl fahren. Tiefes Mitleid hatte Jasmina erfüllt, denn sie dachte immer noch mit Dankbarkeit und in Verehrung an ihren früheren Lehrer. Es hatte geheißen, daß er sehr glücklich verheiratet gewesen war.

Trotz der mit jenem Unglücksfall verbundenen Tragik schien die Erinnerung daran Jasminas Gedanken in jener Nacht in eine andere Richtung zu lenken. War es nicht, als habe eine unsichtbare Hand damals eine Tür aufgestoßen, durch die ein winziger Lichtstrahl die Trostlosigkeit jener Zeit erhellte?

Die Mutter war eines Abends sichtlich erregt von ihrem Dienst im Krankenhaus zurückgekommen. »Jasmina, ich muß mit dir reden! Ich habe sofort an dich gedacht und meine, du bist imstande, diese Aufgabe zu übernehmen.«

»Mama, ich weiß gar nicht, wovon du redest«, hatte sie geantwortet. »Bei welcher Gelegenheit hast du an mich gedacht, und was für eine Aufgabe soll ich übernehmen?«

Da hatte ihr die Mutter berichtet, daß Herr Jordan, der monatelang im Krankenhaus gelegen hatte, nun soweit hergestellt war, daß er nach Hause zurückkehren konnte. Bei seinem Zustand sei er aber unmöglich imstande, allein zu bleiben, obwohl er sich jetzt schon ein wenig daran gewöhnt habe, mit dem Rollstuhl umzugehen. Zwei Probleme müßten aber noch gelöst werden, bevor er entlassen werden konnte: Einmal sollten an seinem Einfamilienhaus noch einige Veränderungen am Eingang und an den Türschwellen vorgenommen werden, damit Herr Jordan ohne Schwierigkeiten mit seinem Gefährt herein- und herausfahren konnte. Was allerdings noch viel wichtiger war: Er benötigte einen zuverlässigen Menschen, der ihn versorgen und seinen Haushalt selbständig führen könne.

Da hatte Jasmina die Mutter kopfschüttelnd angeblickt. »Aber du meinst doch nicht im Ernst, daß ich das kann?«

»Doch, Jasmina, der Meinung bin ich.«

Sichtlich erschrocken hatte Jasmina abgewehrt. »Das ist völlig unmöglich. Erstens besitze ich gar nicht die Kenntnisse, um einen solchen Haushalt zu führen, und dann fehlt mir jede Erfahrung mit einem so behinderten Menschen, wie Herr Jordan es durch den Unfall geworden ist — und dann — dann — außerdem. . .«

Sie konnte doch der Mutter nicht sagen, daß er ihre erste Jungmädchenliebe gewesen war, wenn es auch eine Zeit gab, in der sie sich darüber lustig gemacht hatte, worüber sie sich später aber schämte. Und dann — wie konnte sie sich ihm anbieten als sein Dienstmädchen, seine Hilfe — nachdem es ihm damals ein so großes Anliegen gewesen war, daß sie weiter zur Schule ging und das Abitur machte. Nein, nein, der Plan ihrer Mutter war undurchführbar!

Dann aber war das, was Jasmina nie für möglich gehalten hatte, doch eingetreten. Es hatte sich niemand gefunden, der den gelähmten Lehrer betreuen wollte. Man konnte sich ja vorstellen, was alles mit dieser Aufgabe verbunden war. Der Mann konnte noch viele Jahre leben. Es ging also nicht um einen Gelähmten, mit dessen Tod man altershalber bald rechnen konnte. Daniel Jordan war damals knapp 36 Jahre alt.

Schließlich hatte Jasminas Mutter es doch fertiggebracht, ihre Tochter umzustimmen. »Das wäre eine Dauerstelle für dich«, hatte sie wohlmeinend gesagt. »Was du jetzt noch nicht kannst, das lernst du mit der Zeit. Ich habe mir schon einen Plan zurechtgelegt. Ich lasse mir einige Wochen unbezahlten Urlaub geben und komme tagsüber zu Herrn Jordan, um dich anzuleiten, wie du mit dem gelähmten Mann umgehen mußt, wie du ihm aus dem Rollstuhl wieder heraushilfst, wie du ihn zu Bett bringst und alles andere, was nötig ist.«

Jasmina hatte sich mit aller Energie dagegen gewehrt. »Mama, das kann ich nicht!«

»Du wirst es lernen. Wenn du Schwester wärst, würde dies alles auch von dir gefordert werden.«

»Und meine Kinder? An diesem Platz kann ich nicht damit rechnen, um fünf Uhr Feierabend zu haben, um sie dann aus dem Kinderhort zu holen und wenigstens den Abend mit ihnen zu verbringen.«

»Nein, damit kannst du nicht rechnen. Du wirst dich damit abfinden müssen, auch nachts in Herrn Jordans Nähe zu sein. Er könnte dich dringend benötigen.«

»Nein, Mama, nein, du mutest mir zu viel zu!«

Aber als Jasminas Mutter ihre Tochter eines Tages dazu überreden konnte, Herrn Jordan im Krankenhaus zu besuchen und mit ihm über alle diese Dinge zu sprechen, da war sie von dem hilflosen Mann im Rollstuhl so überwältigt, daß sie gar nicht anders konnte, als sich dieser Aufgabe zur Verfügung zu stellen.

Für Jasmina begann damit eine Zeit, auf die sie nur voller Staunen und in großer Dankbarkeit zurückblicken konnte. Hatte sie in den vergangenen Jahren an den verschiedenen Arbeitsplätzen bis auf wenige Ausnahmen Demütigungen, ja sogar Ablehnung erfahren, so empfand sie das Vertrauen und die Wertschätzung, die ihr Daniel Jordan entgegenbrachte, wie einen schützenden Mantel. Nie stellte er neugierige Fragen, wie das ihre vorherigen Arbeitgeber oft getan hatten. Natürlich hatte er damals erfahren, warum Jasmina vor dem Abitur das Gymnasium verlassen hatte. Er hatte zutiefst bedauert, was eine seiner begabtesten Schülerinnen hatte durchmachen müssen.

In der ersten Zeit ihrer Tätigkeit bei ihrem ehemaligen Lehrer hatte Jasmina mit bangem Herzen befürchtet, daß er sie darauf ansprechen würde. Als es nicht geschah, wurde sie ruhiger. Ihre kindlich zu nennende Schwärmerei für ihn war einer dankbaren Verehrung gewichen. Das half ihr, mit viel Eifer die Arbeit im Hause und für ihren ehemaligen Lehrer zu tun. Dabei war ihr die langjährige Erfahrung der Mutter eine wertvolle Hilfe gewesen. Jasmina bewunderte die Selbstbeherrschung des Gelähmten, seine Ausgeglichenheit. Unbefangen erzählte er ihr von seiner tödlich verunglückten Frau und wie glücklich die wenigen Jahre ihrer Ehe gewesen waren, die aber leider kinderlos blieb.

So waren die Monate dahingegangen. Wie immer suchten etliche Leute nach sensationellem Gesprächsstoff. »Was, die

Jasmina ist als Hausmädchen bei dem gelähmten Lehrer Jordan? Konnte der wirklich nichts Anständigeres finden?«

»Er soll mit ihren Leistungen ja recht zufrieden sein.«

»Na, die weiß schon, warum sie sich anstrengt. Vielleicht hofft sie, ihn zu beerben.«

»Ans Heiraten kann der ja sowieso nicht denken, bei seiner Lähmung. Sonst würde Jasmina es bestimmt auf ihn absehen. Was Besseres könnte sie ja nie bekommen!« So geiferten die Klatschmäuler herum.

Eine der Schlimmsten schien Daniels alte Tante zu sein. »Was habe ich von dir gehört?« hatte sie ihn eines Tages am Telefon gefragt. »Du hast diese leichtfertige Person ins Haus genommen?«

»Wen meinst du, Tante Alma?«

»Na, die Mina. Das weiß doch jeder im ganzen Städtchen, wie die es getrieben hat. Sie hat auch bei mir einige Wochen aushilfsweise gearbeitet.«

»Tante Alma, selbst wenn es so wäre, wer gibt uns das Recht, über einen Menschen den Stab zu brechen? Was wissen wir überhaupt von unserem Nächsten?«

»Du willst doch nicht sagen, daß dieses Frauenzimmer dein Nächster ist? Sei mir nicht böse, Daniel, aber dann müßte ich die Beziehung zu dir abbrechen. Ich werde mich umsehen und auf dem Arbeitsamt nachfragen, ob nicht doch irgendeine andere zuverlässige Person gefunden wird, die dir den Haushalt führen und dich betreuen kann, jemand mit einem einwandfreien Ruf.«

»Bemühe dich nicht«, hatte Herr Jordan sehr bestimmt geantwortet. »Jasmina bleibt bei mir. Ich bin mit ihren Leistungen sehr zufrieden und habe sogar vor, ihre beiden Kinder zu mir ins Haus zu nehmen. Ich kann der Mutter nicht zumuten, auf die Dauer wegen mir von ihren Kindern getrennt zu leben.«

»Das ist doch nicht dein Ernst«, hatte die Tante entrüstet geantwortet. »Denkst du denn nicht an das Gerede in der Stadt?«

»Da gibt es nichts zu reden, und wenn — so würde ich mich in keiner Weise davon beeinflussen lassen.«

Die Tante hatte voller Empörung den Hörer aufgelegt.

Wie war Jasmina dankbar und glücklich gewesen, als sie die beiden Mädchen ins Haus holen durfte. Natalie war damals gerade sieben Jahre alt und wurde eingeschult. Mit Sorgen bemerkte Jasmina schon seit längerer Zeit, daß dieses aufgeweckte und bildhübsche Mädchen offensichtlich seinem Vater glich. Vor allem trat das in ihrer Wesensart zutage. Manchmal stieg urplötzlich heiße Sorge in Jasmina empor: Was werde ich mit dieser Tochter noch erleben, wenn sie so sehr dem Vater gleicht!

Beatrix blieb nach wie vor ein scheues, ängstliches Kind, das vor lauter Minderwertigkeitsgefühlen den Kindergarten nicht besuchen wollte.

Nachdem die Kinder längere Zeit im Hause Daniels gewesen waren, ging mit beiden eine merkliche Veränderung vor sich. Natalie war glücklich, daß sie nun einen Lehrer ganz für sich allein hatte, der ihre Schulaufgaben beaufsichtigte und sich geduldig mit ihr befaßte. Seine ausgeglichene Art tat ihr wohl. Jasmina mußte manchmal bremsen; denn Daniel Jordans Gutmütigkeit durfte unter keinen Umständen ausgenutzt werden.

Beatrix blühte geradezu auf. Es dauerte nicht lange, und sie hing in spürbarer Liebe an dem gelähmten Mann. Mit seinem feinen Einfühlungsvermögen verstand er es, dieses ängstliche kleine Wesen aus seiner Reserve herauszulocken und dessen Selbstvertrauen zu wecken.

»Mami, ich kann was, ich kann was!« hatte Beatrix jubelnd ausgerufen, als es ihr unter der Leitung Herrn Jordans gelungen war, ein kleines Bildchen zu malen und ihren Schuh selbst zuzubinden.

Die drei, Mutter und Töchter, fühlten sich so glücklich in ihrer neuen Heimat, als seien sie schon immer dort gewesen. Wie selbstverständlich wurde Jasmina in die Lebensgewohnheiten des Mannes hineingezogen, der sie und ihre Kinder aufgenommen und niemals herablassend oder überheblich behandelt hatte. Eines Tages sprach er mit ihr darüber, daß er den früheren Hausbibelkreis in seiner Wohnung wieder aufnehmen wolle. Zu Lebzeiten seiner Frau war dieser Kreis alle 14 Tage zusammengekommen. Es würde ihn freuen, wenn Jasmina daran teilnehmen wollte. Zuerst hatte sie keine Lust dazu verspürt. Die alte Furcht, von den Leuten scheel angesehen zu werden, bemächtigte sich ihrer wieder. Aber dann überwand sie sich um seinetwillen, der sie so herzlich eingeladen hatte, obgleich sie keineswegs vorhatte, fromm zu werden.

Es kamen etwa fünfzehn Leute regelmäßig zusammen — ein Arzt aus der Nachbarschaft und dessen Frau, zwei frühere Kollegen aus dem Gymnasium, eine Hauptschullehrerin und deren Freundin, ein altes Mütterchen, das früher, als Frau Jordan noch gelebt hatte, zum Bügeln der Wäsche gekommen war, und einige ehemalige Schüler. Alle begrüßten Jasmina sehr freundlich. Man sang gemeinsam ein Lied, das einer der Lehrer auf dem Klavier begleitete. Früher hatte es Daniel getan. Jasmina war erstaunt gewesen, als nach einem freien Gebet von Herrn Jordan einer der Lehrer die Bibel aufschlug, daraus ein Kapitel vorlas und sich dann alle an dem darauf folgenden Gedankenaustausch über diese Bibelstelle beteiligten. So etwas hatte Jasmina noch nie erlebt, obwohl die Mutter mit ihren Töchtern auch zur Kirche gegangen war. Früher hätte sie sich gegen eine solche Art des Glaubens gewehrt. Nun aber war sie dafür offen. Ob es an den Enttäuschungen lag, die sie durchgemacht hatte, oder an der Haltung Herrn Jordans, der so tapfer sein schweres Los trug? Jedenfalls freute sie sich auf diese Zusammenkünfte und nahm gerne daran teil.

Wie schnell waren drei Jahre vergangen. Daniel Jordan hätte Jasmina nicht missen mögen, die seinen Haushalt längst völlig selbständig und zu seiner Zufriedenheit führte. Sie begann auch wieder zu ihrer heiteren Wesensart zurückzufinden. Daß aber in ihrem Innern manchmal die Frage aufstieg: Was habe ich überhaupt noch vom Leben zu erwarten? davon sprach sie nie, weder zu ihrer Mutter noch zu Herrn Jordan. Ging es ihr nicht gut? War sie nicht bestens versorgt mit ihren Kindern? Sie schalt sich selber undankbar, wenn solche Gedanken in ihr hochkamen. Doch war sie ja noch eine junge Frau und sehnte sich nach einem erfüllten Leben — nicht das, was sie mit Viktor erlebt hatte. Aber doch die innerlichste Gemeinschaft mit einem Menschen, der ganz zu ihr gehörte und sie zu ihm. Doch niemals hätte sie es gewagt, deswegen ihren ehemaligen Lehrer zu verlassen, der ihr sein ganzes Hauswesen anvertraut und dem sie so viel zu danken hatte. Sie spürte auch, daß sich ihre frühere Zuneigung ihm gegenüber wieder in ihr regte. Andererseits war ihr klar, daß es zwischen ihnen im letzten immer eine unerwiderte Liebe bleiben würde, weil sein Gelähmtsein ein normales Eheleben gar nicht zuließ. Jasmina wurde oft hin und her gerissen durch diese und ähnliche Gedanken.

Dann kam aber doch der Tag, an dem Daniel sie gefragt hatte, ob sie seine Frau werden wolle. Vielleicht war der kindliche Ausspruch der kleinen Beatrix dazu der Anstoß gewesen, die damals gerade die Schule begonnen hatte. Wie so oft hatten sie am Abend gemeinsam im Wohnzimmer um den runden Tisch gesessen und miteinander gespielt. Plötzlich hatte die Kleine von einem zum anderen geblickt und festgestellt: »Wir sind doch eine richtige Familie!«

Erst später hatte Daniel Jasmina gestanden, daß er im Laufe der Jahre, in denen er durch seine Lähmung abseits vom pulsierenden Leben stehen mußte, sich oft gefragt hatte, ob Gott nicht doch noch einen Auftrag für ihn habe. Ob da nicht ein Mensch sei, dem er trotz seiner Behinderung etwas bedeuten könne. »Eine Familie!« Dieses Wort der kleinen Beatrix sei in sein Herz gefallen.

»Ich weiß, Jasmina«, hatte er zu ihr gesagt, »ich fordere ein Opfer von dir. Ich dürfte dir nicht einmal zürnen und hätte auch volles Verständnis dafür, wenn du nicht gewillt wärst, Verzicht zu üben. Sollte dies der Fall sein, so würde ich dich bitten, mit deinen Kindern trotzdem bei mir zu bleiben, bis — ja, bis dir ein anderer Mann begegnet, der dir das ganze Geschenk einer ehelichen Liebe geben und deinen Kindern ein Vater sein kann.«

Jasmina war zutiefst erschrocken. Zwar hatte er kein Wort von Liebe gesprochen, aber aus seinen Worten war ihr seine spürbare Zuneigung entgegengekommen. Der Gedanke, daß er sie aus egoistischen Gründen an sich binden wollte, nur um zeitlebens jemand zu haben, der ihn versorgte und sein Hauswesen in Ordnung hielt — dieser Gedanke kam ihr überhaupt nicht. In den Jahren ihres Zusammenseins war zwischen ihnen mehr gewachsen als das, was man Sympathie nennen könnte. Aber sich ganz an ihn binden und für immer bei ihm bleiben, seine Frau werden, ohne volle Erfüllung in der Liebe erleben zu können — nein, das schien ihr unmöglich zu sein.

Doch da hieß es plötzlich in ihr — sie hätte nicht sagen können, woher diese Gedanken kamen: Liebe ist mehr als Sexualität. Wie Schuppen fiel es ihr von den Augen. Viktor hatte in den ersten Monaten, die sie mit ihm erlebte, viel und oft überschwenglich von Liebe zu ihr gesprochen, und sie hatte fast bis zum Überdruß das, was er darunter verstand, mit ihm erlebt. Aber das war ihr nach und nach auch klar geworden, daß dies letztlich nicht alles Liebe war. Hätte er sonst von ihr verlangt, ihr Kind abtreiben zu lassen. Und wo war die oft so stürmisch beteuerte Liebe, als er sie einfach davonjagte, damals, als sich Beatrix angemeldet hatte?

Nein, Daniel hatte bisher kein Wort von Liebe gesprochen. Aber sie wußte es plötzlich ganz sicher: Er liebte sie. Ihr war klar, daß es manche Stunde geben würde, in der sie der Verzicht viel kosten und sie damit nicht ganz leicht fertig werden würde. Aber konnte es das nicht auch geben: Verzicht aus Liebe! Wenn sie daran dachte, in welcher Geborgenheit sie und ihre Töchter bei Daniel leben könnten, fiel es ihr nicht schwer. Schon jetzt hingen die Kinder innig an ihm. Sie hätten keinen besseren Vater haben können. War das nicht ein Opfer wert?

Am nächsten Tag hatte Jasmina ihr Jawort gegeben. Einige Zeit später hatte die Hochzeit stattgefunden. Ein Freund traute sie. Im kleinen Kreis schloß sich ein schlichtes Fest an. Aber im Städtchen hatte man wieder neuen Gesprächsstoff.

»Jetzt hat sie ihn doch tatsächlich herumgebracht.«

»Die weiß warum!«

»Na, ob sie es in dieser Situation mit der Treue genau nehmen wird?«

»Das könnte ihr auch keiner verdenken.«

»Was habt ihr eigentlich dauernd an Jasmina auszusetzen? Sie hat damals vor Jahren schließlich nichts anderes getan als das, was heute viele tun. Sie hat mit ihrem Freund zusammengelebt, ohne verheiratet zu sein. Ist das nicht ihre ganz persönliche Angelegenheit?«

»Ja, und dann hat er sie mit dem Kind sitzenlassen, als sie das zweite erwartete.«

»So was geschieht auch öfter bei Verheirateten. Darum ist es vernünftig, erst gar nicht zu heiraten.«

»Das ist Ansichtssache.«

Es blieb nicht aus, daß einige dieser und anderer Aussprüche Jasmina zu Ohren kamen. Wenn sie es ihrem Mann klagte, manchmal in heftiger Art, versuchte er sie zu beruhigen: »Nimm das nicht tragisch, Liebste! Die Leute werden bald einen neuen sensationellen Gesprächsstoff haben, und über das Vergangene wird Gras wachsen.«

Sie aber hatte hinzugefügt: »Wenn über eine alte Sache endlich Gras gewachsen ist, kommt sicher ein Kamel gelaufen, das alles wieder runterfrißt!«

Da lachte er und legte seinen Arm um sie. »Ja, es laufen viele solcher Kamele in unserem Städtchen herum.«

Von einem Gespräch hatte Jasmina ihm aber nichts gesagt. Sie konnte es einfach nicht. Eines Tages war sie einer ehemaligen Schulfreundin begegnet. Lässig hatte diese ihr die Hand entgegengestreckt: »Na, da kann man dir ja wohl nur gratulieren, Frau Jordan. Du hast's geschafft! Wir haben deinen Eheliebsten ja alle einmal angehimmelt und für ihn geschwärmt — damals im Gymnasium. Aber daß du dann wirklich das Rennen gewinnst, hat keiner geahnt. Du hast recht getan, dir diese Chance nicht entgehen zu lassen. Es könnte dir und deinen Kindern ja gar nicht besser gehen. Und wenn du bei ihm nicht auf deine Kosten kommst — die Leute reden ja so manches wegen seiner Lähmung —, dann kannst du dich ja bei einem andern schadlos halten. Dafür müßte dein Eheliebster schließlich Verständnis aufbringen.«

»Susanne, wie kommst du mir vor!« hatte sie empört ausgerufen. »Wofür hältst du mich? Glaubst du, ich würde meinen Mann hintergehen?«

»Ich sagte doch nur, er müßte dies verstehen.«

»Hör auf, das käme niemals in Frage.«

»Sei nicht so selbstsicher, Jasmina. Solltest du dich wirklich so verändert haben? Du warst doch früher nicht gegen einen kleinen Flirt! Und über längst veraltete Ansichten hast du dich doch schon mit siebzehn Jahren hinweggesetzt, als du zu deinem Freund zogst. Warum auch nicht? Ich lebe ja auch mit Günter Maier zusammen, ohne daß wir verheiratet sind. Du erinnerst dich doch aus der Schulzeit an ihn? Bisher klappt es gut mit uns, obgleich wir schon sechs Jahre zusammenwohnen. Sollte es aber einmal Probleme geben, dann trennt man sich eben und hat nicht die lästigen Probleme einer Scheidung.«

Jasmina hatte sich damals von der ehemaligen Freundin nur kurz verabschiedet. Sie brauchte eine Weile, bis sie sich gefaßt hatte. Das Schlimme war, daß nach diesem Gespräch in ihr erneut eine gewisse Unsicherheit aufbrach. Und wenn sie nun doch nicht durchhielt? Wenn einmal ein Mann auftauchen würde, der einen so zwingenden Einfluß auf sie ausübte, daß sie seinem Charme, seinen Liebesbeteuerungen erlag? Würde sie standhalten können, auch wenn es ihr heute unmöglich erschien, Daniel so etwas anzutun?

Sie versuchte sich damals selbst zu beruhigen: Ich bin schließlich älter und reifer geworden. Als ich mich von Viktor betören ließ, war ich ein junges Ding, noch nicht ganz 18 Jahre alt. Was wußte ich schon von Liebe und wirklicher Zusammengehörigkeit! Wie bitter habe ich für meine Leichtgläubigkeit büßen müssen! Daß wahre Liebe etwas anderes sein mußte als Sinnenrausch und ungezügelte Leidenschaft, das war ihr damals sehr bald klargeworden. Doch das schloß nicht aus, daß sie in der Ehe mit Daniel, die letztlich eben doch keine vollkommene Zweisamkeit sein konnte, Augenblicke des Vermissens erleben würde. Schließlich hatte sie das alles aber gewußt, bevor sie Daniel ihr Jawort gab. Und wenn sie ehrlich war, mußte sie zugeben, daß seine Liebe zu ihr von einer so innigen Zartheit und Rücksichtnahme war, wie sie sich das kaum jemals bei anderen vorstellen konnte.

Alle diese Gedanken und die eigene Unsicherheit machten ihr so schwer zu schaffen, daß sie etwas tat, was ihr selbst fast unwirklich vorkam. Sie war ja längst gewöhnt, daß Daniel mit ihr und den Kindern an jedem Tag eine Andacht las und dazu auch einige erklärende Worte sagte. Vom ersten Tag an, an dem sie in Daniels Haus war, hatte sie sich dieser Gepflogenheit gefügt. Aber es war doch mehr so, daß sie diese Andachten einfach über sich ergehen ließ, ohne sich darüber Gedanken zu machen. An jenem Tag jedoch, als sie ihre frühere Schulfreundin getroffen und durch deren leichtfertige Worte in einen inneren Aufruhr hineingekommen war — an diesem Tag suchte sie einen festen Halt, eine Hilfe gegenüber den Gefahren der Versuchung, der sie möglicherweise ausgesetzt werden könnte. Sie griff heimlich nach dem Andachtsbuch, aus dem Daniel gewöhnlich vorlas.

Sie selbst nannte sich nicht fromm, aber Daniels Frömmigkeit, sein Christsein beeindruckte sie je länger desto mehr. Hier war die Quelle seiner Kraft, mit der er sein schweres Los geduldig tragen konnte. Woher hätte er sonst seinen Gleichmut, seine ruhige Gelassenheit nehmen sollen. Selbst wenn die Kinder, Natalie und Beatrix, sich stritten oder sich ihr, der Mutter widersetzten, blieb er der Ausgeglichene. Wenn Jasminas Mutter zu Besuch kam und dem Schwiegersohn etwas langatmig und umständlich von ihren verschiedenen Erlebnissen im Krankenhaus berichtete, dann legte er das Buch, in dem er gerade las, beiseite und hörte ihr geduldig zu. Ihr, Jasmina selbst, fiel es meistens schwer, die Geduld aufzubringen und der Mutter Zeit und Interesse zu widmen. Doch nun, als sie gegenüber sich selbst Angst und Unsicherheit verspürte, suchte sie herauszufinden, ob die Quellen, aus denen ihr Mann zweifellos schöpfte, auch ihr Kraft zu bieten vermochten. Sie erinnerte sich an einen Vers, den er in den vergangenen Tagen vorgelesen hatte. In dem Augenblick, als sie ihn hörte, hatte sie keinen richtigen Zugang zu ihm gehabt, aber jetzt schien er ihr plötzlich Antwort zu geben in all die beunruhigenden und sie hin und her treibenden Gedankengänge hinein.

Sie blätterte in dem Andachtsbuch. Es dauerte eine Weile, bis sie die Stelle gefunden hatte. Dann las sie: *Unser Glaube ist der Sieg, der die Welt überwunden hat. 1. Johannes 5,4.* Darunter stand als Erklärung: Die Welt mit ihrer Glaubenslosigkeit, ihrem Widerstreben gegen Gottes Gebote, ihrer Eigensucht und Lieblosigkeit ist eine beständige Versuchung für die Gläubigen. Aber wenn sie aus Gott geboren sind und von Gottes Geist regiert werden, haben sie die Kraft, solche Versuchungen zu überwinden.

Jasmina hatte das Buch rasch zugeklappt, als sie ihren Mann in seinem Rollstuhl aus dem Nebenzimmer kommen hörte. Irgendwie war es ihr peinlich, daß sie hilfesuchend nach diesem Buch gegriffen hatte. Doch der Satz »Unser Glaube ist der Sieg, der die Welt überwunden hat« blieb in ihr haften. Sollte hier die Antwort auf ihre Fragen zu finden sein? Sollte der Glaube das bewirken, was sie aus eigener Kraft nicht konnte, und wonach sie sich im tiefsten sehnte?

Mit Verwunderung stellte Jasmina fest, daß unter dem Einfluß des biblischen Wortes, das sie bei den Zusammenkünften des Hausbibelkreises regelmäßig vernahm, in ihr neue Erkenntnisse reiften, die ihr früher völlig fremd gewesen waren. Das machte sie zu ihrem Erstaunen irgendwie froh. Natürlich hatte sie vor Jahren den Konfirmandenunterricht besucht, das Glaubensbekenntnis, Lieder und Sprüche pflichtgemäß — wenn oft auch seufzend — auswendig gelernt. Ihre Einsegnung jedoch war im Grunde genommen nichts anderes gewesen, als der Abschluß ihrer ohnehin nur lose bestehenden Verbindung zur Kirche. Daß man wirklich Zugang zu Gott haben könnte, das war ihr bisher fremd geblieben. Jetzt aber begann sie zu ahnen, wie es möglich werden konnte, Gott näherzukommen. Ob sie darüber mit ihrem Mann reden sollte? Bisher hatte sie sich immer gescheut, über solche persönlichen Dinge zu sprechen. Jetzt aber sehnte sie sich geradezu danach.

Mehr pflichtgemäß hatte sie ihren Mann zu den Gottesdiensten begleitet. Der Gedanke, ihn mutterseelenallein in seinem Rollstuhl zur Kirche fahren zu lassen, verschaffte ihr Unbehagen. Sie wußte, daß die Leute über sie sprachen.

»Ach, jetzt ist die Jasmina auch noch fromm geworden! Das hat gerade noch gefehlt.«

»Dazu fühlt sie sich ihrem Mann gegenüber verpflichtet.«

»Aus Überzeugung begleitet sie ihn sicher nicht zum Gottesdienst. Die alten Geschichten aus der Bibel haben ihr bestimmt nichts zu sagen, besonders die Wunder. Welch ein vernünftiger Mensch glaubt denn heute noch daran?«

Aber auch andere Stimmen drangen an Jasminas Ohr: »Wie gut, daß sie mit ihren Kindern bei Herrn Jordan eine Heimat gefunden hat. Durch ihn bekommt sie auch Zugang zu christlichen Kreisen. Man hört, daß sie mit ihrem ehemaligen Lehrer eine glückliche Ehe führt. Der wird ihr manches beibringen, was ihr früher fremd oder wofür sie nicht zugänglich war.«

Aber Herr Jordan war gar nicht bemüht, ihr etwas beizubringen. Den guten Einfluß übte er auf seine Frau aus, ohne es sich vorzunehmen. Er gab einfach weiter, was er selbst empfangen hatte.

Vom nahen Kirchturm hallten drei helle Glockenschläge durch die Nacht. Behutsam richtete Jasmina sich auf. Kein Auge hatte sie bisher zugetan. Leise, um Daniel nicht zu wecken, wollte sie das Bett verlassen. Aber er hatte es bereits bemerkt. Er schaltete seine Nachttischlampe ein und wandte sich ihr zu. »Warum schläfst du nicht, Jasmina? Ist dir nicht gut?«

Sie wollte vor ihm ihr Gesicht verbergen. Natürlich würde er sofort entdecken, daß sie geweint hatte.

»Hast du Schmerzen, oder was ist mit dir?«

Sie schüttelte den Kopf. »Ich kann nur nicht schlafen und will mir aus der Hausapotheke ein Beruhigungsmittel holen — Baldrian oder sonst etwas, damit ich endlich zur Ruhe komme.«

Als sie wieder in ihr Bett zurückgekehrt war, griff er nach ihrer Hand. »Warum konntest du nicht schlafen, Jasmina? Was beunruhigt dich? Willst du es mir nicht sagen?«

»Ach, Daniel, ich habe in den schlaflosen Stunden einen weiten Weg zurückgelegt.«

»Einen weiten Weg?«

»Mein ganzes Leben ist an mir vorübergezogen, und am Ende blieb eine große Traurigkeit in mir zurück.«

»Wieso das? Komm, sprich es dir vom Herzen, was dich bedrückt. Zu zweit trägt sich alles leichter.«

Jasmina antwortete nicht gleich. Wie sollte sie in Worte fassen, was sie bewegte, ohne daß er meinen würde, sie entbehre etwas an seiner Seite. Und doch war er ihres Vertrauens wert, und wenn man sich wirklich liebte, war es wohl nicht möglich, irgend etwas auf die Dauer voreinander zu verbergen. Das war ihr in den Jahren seit ihrer Heirat klargeworden. Aber vielleicht verbarg man vor dem anderen doch manches, gerade weil man ihn liebte und ihm nicht weh tun wollte.

»Warum blieb eine große Traurigkeit in dir, Jasmina?« fragte er erneut.

»Traurig bin ich letztlich nur über mich selbst, Daniel. Ich habe in dieser Nacht wieder einmal erkannt, wie gut es mir und den Kindern geht, wieviel ich dir zu verdanken habe, der du uns nicht nur Heimat, sondern auch deine ganze Liebe entgegenbringst. Da erkannte ich auch, wie unrecht es ist, daß ich im letzten Winkel meines Herzens manchmal doch unzufrieden bin, obgleich es mir viel besser geht als vielen anderen Frauen.«

Daniel legte den Arm unter ihren Kopf und zog sie näher an

sich heran. »Ach Liebste, glaube nur nicht, daß ich dich nicht verstehe, geht es mir doch nicht viel anders. Wir brauchen uns unserer Empfindungen voreinander nicht zu schämen. Gott hat Mann und Frau mit der Sehnsucht zueinander geschaffen, und auch die körperliche Vereinigung in der Ehe darf als sein Geschenk angenommen werden. Ich habe volles Verständnis dafür, wenn auch dir der Verzicht manchmal Not bereitet. Mir ist immer wieder der Gedanke gekommen, ja, er ist mir fast zum Vorwurf geworden, daß ich dir dieses Opfer nicht hätte zumuten dürfen, nachdem der Autounfall —«

Jasmina unterbrach ihn, indem sie ihre Hand liebevoll auf seinen Mund legte. »Sprich nicht von Selbstvorwürfen, Daniel. Das wäre verkehrt. Du hast mich nicht darüber im unklaren gelassen, daß wir keine normale Ehe führen können. Ich habe dennoch eingewilligt und es letztlich noch nie bereut, denn du schenkst mir mehr an Liebe, Güte und Geduld, als ich je erwarten konnte — ganz abgesehen davon, was du den Kindern bedeutest. Nein, Liebster, traurig war ich in erster Linie über mich selbst, nachdem mein Leben wieder einmal an mir vorbeizog. Es fällt mir nicht leicht, das auszusprechen. Aber wer sollte mir helfen können, wenn nicht du.«

Jasmina schwieg einige Augenblicke, ehe sie weitersprach: »Du weißt, daß ich mich seit geraumer Zeit bewußt mit den Gedanken auseinandersetze, die im Hausbibelkreis besprochen werden. Das letzte Mal war es das Wort: ›Ist jemand in Christus, so ist er eine neue Kreatur. Das Alte ist vergangen, siehe, etwas Neues ist geworden.‹ Seitdem ich deine Frau bin und dich nicht nur liebe, sondern auch bewundere, weil du so beherrscht und gelassen bist und dein schweres Los vorbildlich trägst, wünsche ich so sehr, auch ganz zu euch zu gehören, wirklich als Christ zu leben. Aber bei mir ist keinesfalls etwas neu geworden. Wenn ich nur an meine Zornausbrüche denke — als ich kürzlich für einen halben Tag zu deiner Tante gehen sollte, oder wenn Natalie mir nicht aufs Wort gehorcht.«

Daniel antwortete in seiner begütigenden Art: »Ich meine, wir sollten über das alles morgen sprechen und für heute

Schluß machen. Es hat vorhin drei Uhr geschlagen. Wenn du bis jetzt nicht zur Ruhe gekommen bist, solltest du doch versuchen, noch ein wenig zu schlafen. Sei nicht länger traurig! Ich weiß einen Weg, der aus aller Traurigkeit herausführt. Darüber wollen wir morgen sprechen.«

Es dauerte auch nicht lange, da war Jasmina an Daniels Schulter eingeschlafen. Er wagte kaum, sich zu rühren, um sie ja nicht zu wecken. Aber es war, als löse er sie ab, indem seine Gedanken nun auch einen Weg durch die Vergangenheit zurücklegten.

Als er vor Jahren seine ehemalige Schülerin mit ihren Kindern in sein Haus aufgenommen hatte und dabei Jasminas Fleiß, ihre Ordnungsliebe und die zunehmende Gewissenhaftigkeit schätzen lernte, hatte es doch einige Zeit gedauert, ehe er sich entschloß, ihr einen Heiratsantrag zu machen. Da waren einige Gründe gewesen: Einmal der Altersunterschied. Jasmina war etliche Jahre jünger als er. Außerdem hatte er auch von ihrer Romanze mit diesem leichtfertigen Mann gehört. Er bedauerte damals ehrlich, daß sie kurz vor dem Abitur das Gymnasium verließ. Er hatte als ihr Lehrer ihre Fähigkeiten erkannt und konnte nicht begreifen, daß sie sich ihren Zukunftsweg auf diese Weise verdarb. Daß sie, kaum dem Kindesalter entwachsen, mit diesem Mann zusammenlebte, hatte seine gute Meinung über sie sehr ins Wanken gebracht, obgleich er wußte, daß heute in diesen Fragen andere Maßstäbe angelegt werden als früher. Doch der Hauptgrund war dieser gewesen: Immer hatte er sich vorgenommen, niemals eine nicht bewußt christliche Frau zu heiraten. Das hätte man damals aber auf keinen Fall von Jasmina behaupten können.

Nach seinem schweren Autounfall und dem Verlust seiner ersten Frau war ihm lange Zeit überhaupt nicht der Gedanke gekommen, noch einmal zu heiraten, zumal ihm die Ärzte unzweideutig gesagt hatten, daß es ihm nie mehr möglich sein würde, eine normale Ehe zu führen. Monatelang war er nicht weit davon entfernt gewesen, in Schwermut zu versinken. Auch seine Glaubenseinstellung bewahrte ihn nicht davor.

Doch in den schweren Stunden jener Zeit hatte er immer wieder gebetet: »O Gott, hast du denn keinen Menschen, dem ich noch etwas bedeuten, an dem ich noch einen Dienst tun kann?«

Da waren ihm Jasmina und etwas später ihre beiden Kinder zugeführt worden — und damit eine neue Aufgabe. Das Vertrauen der zwei Mädchen wurde ihm bald zu einem persönlichen Geschenk. Jasmina, seine ehemalige Schülerin, schien mit der Zeit Abstand zu gewinnen von den enttäuschungsreichen Erlebnissen der Vergangenheit. Was ihm, Daniel, aber ein besonderes Geschenk bedeutete, war, daß sie mit zunehmendem Interesse an den Zusammenkünften des Hausbibelkreises teilnahm. Eine neue Welt schien sich ihr zu öffnen. Daniel beobachtete, daß sie sich auf diese Abende freute. Es tat ihr sichtlich wohl, dabei nicht als Dienstmädchen eine untergeordnete Rolle einzunehmen, sondern auch von den anderen Teilnehmern als ihresgleichen bejaht zu werden. Ihre wache Aufmerksamkeit bei den Gesprächen ließ Daniel erkennen, daß sie dem Wort gegenüber immer aufgeschlossener wurde. Er glaubte, daß Jasmina dem Reiche Gottes nicht fern stand, aber er drängte sie in keiner Weise zu einer Stellungnahme. Er wollte ihr Zeit lassen, sich mit all dem Neuen, was auch auf diesem Gebiet auf sie zukam, auseinanderzusetzen.

Hatte er schon in der Zeit, als Jasmina noch seine Schülerin war, an ihrem Vorwärtskommen größtes Interesse gehabt, so erst recht jetzt, wo sie nicht wie damals eine von vielen in der Klasse war, sondern ihm mit ihren Töchtern von Gott als Aufgabe geschenkt worden war. Immer deutlicher erkannte er, welche liebenswerten Wesensarten neben ihrer oft raschen, manchmal auch unbeherrschten Art in ihr verborgen lagen. Es lohnte sich, sie zu fördern. Eines Tages wußte er, daß er für Jasmina mehr empfand als nur Sympathie. Aus dem warmherzigen Interesse wurde eine tiefe Zuneigung. Er erkannte, daß er Jasmina liebte. Doch schon im gleichen Augenblick erschrak er vor diesen Empfindungen. Es war doch unmöglich, diese dem Leben zugewandte gesunde junge Frau durch die Ehe an ihn zu binden. Wochen rang er innerlich um Klarheit. Wenn nun aber Jasmina dennoch der Mensch war, der ihm von Gott an den Weg gestellt worden war? Hatte er nicht um einen Menschen gebetet, dem er trotz seiner körperlichen Behinderung noch etwas bedeuten konnte?

Als ihm nicht verborgen blieb, daß auch Jasmina ihm Zuneigung entgegenbrachte, glaubte er eines Tages, mit ihr offen sprechen zu können, selbst auf die Gefahr hin, daß sie nicht bereit war, ein solches Opfer zu bringen. Ganz ehrlich hatte er mit ihr über alles gesprochen. Und sie hatte ihm nach kurzer Bedenkzeit ihr Jawort gegeben, obgleich sie wußte, daß zwischen ihnen die letzte Erfüllung der Liebe nicht möglich sein konnte.

Inzwischen waren seit ihrer Eheschließung auch schon wieder Jahre vergangen. Daniel stellte im Rückblick auf diese Zeit fest, daß sie sich je länger desto besser verstanden.

Sein Vorhaben, Jasmina zu heiraten, hatte natürlich einen Sturm der Entrüstung ausgelöst. »Wie kann er nur auf eine so unmögliche Idee kommen, eine solche junge Frau zeitlebens an sich zu binden — er, der im Grunde doch ein Krüppel ist?« meinten einige.

»Überfordert er sie nicht maßlos, wenn er glaubt, daß sie sich mit einem solchen nonnenhaften Dasein abfindet, besonders nach den hinter ihr liegenden Erlebnissen?«

Ganz Gehässige behaupteten sogar, es genüge ihm, daß er auf diese Weise zu einer billigen Arbeitskraft komme, wobei er auch die beiden Töchter der jungen Frau in Kauf nehme.

Es gab aber auch solche, die ihm unbedingt zutrauten, daß er unter keinen Umständen unüberlegt gehandelt habe, sondern um eine klare Führung Gottes wisse.

Wenn Jasmina in dieser Nacht stundenlang wach gelegen hatte und die Gedanken sie nicht zur Ruhe kommen ließen, so war Daniel beim erwachenden Morgen bewegt von den Geschehnissen der Jahre, die er gemeinsam mit Jasmina erlebt hatte. Tiefer Dank und eine große Freude darüber erfüllten ihn, daß seine Frau begonnen hatte, sich aus eigenem Interesse mit Glaubensfragen zu befassen. Wenn Jasmina zu einem persönlichen Erleben mit Christus kam, war ihm um alles andere nicht bange.

Als sie am nächsten Morgen wie gewöhnlich miteinander am Kaffeetisch saßen, sagte Jasmina zu ihren Töchtern: »Kinder, kommt heute möglichst pünktlich zum Mittagessen nach Hause.«

»Warum?« fragte Natalie bereits wieder gereizt zurück. »Das tun wir doch immer.«

»Na, manchmal bummelt ihr schon ein bißchen herum, stimmt's?« schaltete sich Daniel ein und zwinkerte Natalie zu. Er fuhr, den Blick seiner Frau verstehend, fort: »Heute ist's besonders wichtig. Mutti muß zu meiner Tante Alma, bei der ein Klassentreffen stattfindet. Ihre Haushaltshilfe hat sich den Fuß verknackst und kann nicht kommen. Darum muß Mutti einspringen.«

»Wieso muß?« forschte Natalie. »Wer bestimmt denn das?«

»Vati ist der Meinung, daß wir sie nicht im Stich lassen dürfen. Sie ist immerhin eine gebrechliche Frau, über achtzig Jahre alt.«

»Gebrechlich? Das mag sein, aber das hindert sie nicht daran, sich abscheulich Mutti gegenüber zu benehmen. Sie hat ja nicht einmal erlaubt, daß wir sie Tante nennen, obgleich sie doch eine richtige Verwandte von Vati ist.«

»Das tut jetzt nichts zur Sache«, erwiderte Jasmina. »Wir sind verpflichtet, ihr behilflich zu sein — trotz allem.«

Herr Jordan fügte noch hinzu: »Außerdem wirst du, Natalie, heute nachmittag deine kleine Schwester zum Zahnarzt begleiten.«

»Das ist unmöglich. Ich habe eine Verabredung mit einer Freundin. Was heißt denn hier kleine Schwester? Beatrix wird dreizehn Jahre alt. Die muß doch imstande sein, allein zum Zahnarzt zu gehen.«

»Nein«, weigerte sich diese, »ich habe Angst — und du, Mutti, hast versprochen, mich zu begleiten.«

»Da wußte ich noch nicht, daß Frau Jordan mich braucht.«

»Die alte Giftnudel!« zischte die ältere Schwester.

»Natalie, bitte!« Jasmina wies ihre Tochter scharf zurecht und erinnerte sich im gleichen Augenblick daran, daß sie gestern Daniels Tante in Gegenwart ihres Mannes auch nicht viel anders tituliert hatte. Spinatwachtel war bestimmt nicht weniger anstößig wie Giftnudel. »Natalie, du wirst deine Verabredung verschieben und Beatrix zum Zahnarzt begleiten.«

»Also Mutti«, begehrte die Tochter auf, »das ist ganz unmöglich. Ich treffe die Freundin vorher nicht mehr. Dann wartet sie umsonst auf mich.«

»Wie heißt sie denn? Die haben doch bestimmt ein Telefon, so daß du mit ihr einen anderen Termin ausmachen kannst.«

»Springfeld — Friedel Springfeld«, erwiderte Natalie und warf der jüngeren Schwester einen drohenden Blick zu, der zu bedeuten schien: Wehe, wenn du den Mund auftust! Dann fuhr sie rasch fort, um weitere Fragen der Eltern zu verhüten: »Gut, ich werde der Friedel sagen, daß wir uns morgen oder übermorgen treffen. Aber ich muß auf jeden Fall zur verabredeten Zeit bei ihr sein, damit sie Bescheid weiß. Du«, wandte sie sich an Beatrix, »gehst jedenfalls von der Flötenstunde gleich zum Zahnarzt. Dort treffe ich dich dann.«

»Du kommst ja doch nicht!« erwiderte diese in weinerlichem Ton. »Ich weiß genau, wie du bist. Aber ich sage dir, ohne dich gehe ich erst gar nicht in die Praxis. Wenn du bis Viertel nach vier nicht dort bist, gehe ich nach Hause.«

»Feigling!«

»Nein, Beatrix ist nicht feige, nur immer noch ein wenig zu ängstlich«, schaltete sich jetzt Daniel wieder ein. Liebevoll wandte er sich der jüngsten Tochter zu: »Meinst du nicht, du könntest langsam deine Angst überwinden lernen?« Sie saß neben ihm, und er streckte ihr seine Hand entgegen.

Sie ergriff sie und legte ihr Gesicht voller Zutrauen hinein. »Vati, du bist so gut!«

Zu Natalie gewandt, fuhr Herr Jordan fort: »Wir verlassen uns auf dich. Du begleitest deine Schwester.«

»Jetzt ist es aber zu spät, noch die Morgenandacht zu halten«, behauptete Natalie. »Der Schulbus fährt in ein paar Minuten.«

Daniel blickte auf die Uhr. »Es reicht noch gut.« Er griff nach dem Andachtsbuch und las daraus vor.

Als die beiden Mädchen davongestürmt waren, sagte Jasmina zu ihrem Mann: »Je länger desto mehr mache ich mir um Natalie Sorgen. Ich hatte vorhin nicht den Eindruck, daß sie uns die Wahrheit sagt. Von einer Freundin namens Friedel Springfeld habe ich bisher nichts gehört. Daß es ihr nicht schwerfällt, Ausreden zu erfinden und zu mogeln, wenn es um ihren Vorteil geht, weiß ich schon lange.«

Jasmina sah ihren Mann bekümmert an.

»Daniel, oft ist mir angst, sie gleicht so sehr ihrem Vater.«

»Lege deine Angst in Gottes Hände«, erwiderte er, »und andererseits wollen wir alles tun, um Natalie zu helfen, sich selbst zu erkennen und gegen ihre unguten Neigungen anzugehen. Dazu benötigen wir viel Liebe, Weisheit und Geduld.«

»Das ist es ja gerade. Manchmal fällt es mir direkt schwer, dem Mädchen mit Liebe und Geduld zu begegnen. Immer sehe ich die Wesenszüge ihres Vaters in ihr, der mich so niederträchtig hintergangen und betrogen hat. Dabei kann sie ja wahrhaftig nichts für ihre Veranlagung. Seltsam, bei Beatrix ist es anders, obwohl sie denselben Vater hat. Die gleicht mehr meiner Mutter.«

Eigentlich hatte Daniel sich vorgenommen, gleich heute auf Jasminas Äußerung einzugehen: ». . .und am Ende blieb eine große Traurigkeit zurück.« Doch wenn sie heute, gleich nach dem Mittagessen, zu seiner Tante gehen mußte, hatte sie am Vormittag noch genug zu erledigen.

Jasmina war gerade dabei, das Frühstücksgeschirr in die Küche zu tragen. Da läutete das Telefon. Sie meldete sich. Zuerst vernahm sie nur ein Stöhnen, dann eine klägliche Stimme: »Mina, du brauchst heute nachmittag nicht zu kommen. Ich habe seit der Nacht einen derartigen Hexenschuß, daß ich mich kaum bewegen kann. Gut, daß ich mein Telefon am Bett stehen habe. So konnte ich den Damen, die zum Klassentreffen kommen wollten, absagen — au! oh! — es sind ohnehin nur noch ein paar, die in Frage kommen.«

»Das tut mir aber leid, Frau Jordan, daß Sie solche Schmerzen haben«, erwiderte Jasmina. In ihrem Innern dachte sie jedoch: Wie gut, daß ich nun nicht zu ihr muß. Es hätte mich ohnehin eine große Überwindung gekostet.

»Du brauchst dich nicht anzustrengen, Teilnahme zu heucheln«, entgegnete bereits wieder giftig die alte Frau. »Meinst du, daß ich nicht genau weiß, wie ungern du zu mir kommst?«

In diesem Augenblick wußte Jasmina ganz genau, daß sie Daniels Tante jetzt erst recht nicht allein lassen durfte. Es war wie ein zwingender Auftrag, der aus ihrem Innern kam. »Frau Jordan, ich komme trotzdem zu Ihnen. Vielleicht kann ich Ihnen doch irgendwie behilflich sein.«

»Nein, ich verzichte.« Und schon hatte die alte, unzugängliche Frau den Hörer wieder aufgelegt, wie üblich, wenn sie keine Fortsetzung des Gesprächs wünschte.

In Jasmina wollten sich Gekränktsein und Eigensinn melden. Aber irgendwie stand plötzlich das Wort vor ihr, das sie gestern nacht vor Daniel ausgesprochen hatte: »Ist jemand in Christus, so ist er eine neue Kreatur.« Ihr unerklärlich empfand sie auf einmal keinen Widerwillen mehr gegenüber Daniels Tante. Mit frohem Gesicht teilte sie ihrem Mann den soeben gefaßten Entschluß mit: »Deine Tante mußte das Klassentreffen absagen. Sie liegt mit einem Hexenschuß im Bett und kann sich kaum noch rühren. Aber ich werde heute nach dem Essen trotzdem zu ihr gehen und sehen, ob ich etwas für sie tun kann.«

»Jasmina!« Mehr erwiderte Daniel nicht. Aber der dankbare Blick, mit dem er sie umfaßte, sagte ihr alles.

Als sich Jasmina am frühen Nachmittag auf den Weg zu Daniels Tante befand, fiel ihr plötzlich ein, daß sie ja keinen Hausschlüssel hatte. Wie sollte sie nun in Frau Jordans Haus gelangen, wenn diese im Bett lag und nicht aufstehen konnte?

Doch dann erinnerte sie sich, daß diese für besondere Fälle einen Schlüssel an einem verborgenen Platz aufbewahrte. Das wußte sie aus jener Zeit, in der sie fast ein viertel Jahr bei ihr im Haushalt ausgeholfen hatte, und nun hoffte sie, den Schlüssel dort zu finden.

Während Jasmina eiligen Schrittes durch die Parkanlagen zur Gartenstraße ging, wo Frau Jordan ein hübsches Einfamilienhaus besaß, dachte sie an die Zeit vor mehr als zehn Jahren zurück. Damals hatte sie verzweifelt nach einer Verdienstmöglichkeit gesucht. Durch ein Zeitungsinserat war sie zu Frau Jordan gekommen, die wieder einmal keine Hausgehilfin hatte, weil es niemand längere Zeit bei ihr aushielt. Schon bei der Vorstellung damals hätte Jasmina am liebsten kehrtgemacht. Sie erinnerte sich noch ganz genau daran.

»Wie? Jasmina heißt du? Was ist denn das für ein unmöglicher Name! Ich werde Mina zu dir sagen, falls es zu einer Vereinbarung zwischen uns kommt.«

Was fällt dieser Frau ein, mich einfach mit Du anzusprechen? hatte Jasmina damals gedacht. Sie war damals immerhin zweiundzwanzig Jahre alt. Wahrscheinlich ging diese Frau mit allen ihren Angestellten so um. Schließlich aber war Jasmina dann doch bereit gewesen, die Stelle bei Frau Jordan anzutreten. Sie hatte damals keine andere Wahl gehabt. Nicht länger als ein viertel Jahr hatte sie es bei dieser kritischen Frau ausgehalten, der man nichts recht machen konnte. Das Schlimmste jedoch war, daß sie Jasmina mit einer unbeschreiblichen Verachtung behandelte, als sie erfuhr, daß diese zwei Kinder hatte.

»Zwei uneheliche Kinder?« hatte sie sich empört. »Das ist ein starkes Stück. Unter diesen Umständen weiß ich wirklich nicht, ob ich dich behalten kann. Ich habe bisher nur Mädchen mit einem einwandfreien Ruf gehabt.«

Daraufhin hatte Jasmina einen Wutanfall bekommen, Schaufel und Handfeger, die sie gerade in den Händen hielt, ihr vor die Füße geworfen und in einem nicht gerade sanften Ton erklärt, daß sie nicht vorhabe zu warten, bis sie von ihr vor die Tür gesetzt werde. »Ich verlasse auf der Stelle Ihr Haus! Sehen Sie zu, wo Sie eine andere Haushaltshilfe finden.«

Als Frau Jordan einige Jahre später erfuhr, daß ihr Neffe diese Frau als seine Haushälterin angestellt hatte, war sie entsetzt gewesen. Doch ihre Empörung kannte keine Grenzen, als Daniel Jasmina heiratete. Ihr Patensohn nahm zur Kenntnis, daß sie ihr Testament ändern und ihn enterben würde, wenn er sich nicht von dieser Frau trennte. Daniel Jordan war ihr einziger noch lebender Verwandter. Längere Zeit war zwischen beiden jede Verbindung abgebrochen. Als Tante Alma jedoch ihren achtzigsten Geburtstag beging, konnte Daniel Jasmina überreden, mit ihm auch ohne Einladung zu ihr zu gehen, um zu gratulieren. Für seine Frau war das eine große Überwindung gewesen. Nur um seinetwillen hatte sie es getan. Wegen der verschiedenen Gäste, vor denen Frau Jordan keinen Auftritt inszenieren konnte, war sie nur zurückhaltend gewesen und hatte Daniel und Jasmina herablassend geduldet. Jasmina jedoch würdigte sie keines Wortes.

Noch ein weiteres Mal hatte Daniel sich bemüht, seine alte Tante umzustimmen und um eine Unterredung gebeten. Diesmal aber weigerte sich Jasmina, mitzugehen. So fuhr er mit seinem Rollstuhl alleine in die Gartenstraße. Er hatte Jasmina nach diesem Besuch den Inhalt des Gespräches erzählt: »Tante Alma«, so hatte er unter anderem gesagt, »wir nennen uns beide Christen. Dann ist es doch unmöglich, daß wir zwischen uns eine Wand aufrichten und in gegenseitiger Feindschaft leben.«

»Gerade deswegen begreife ich nicht, daß du diese Mina zur Frau genommen hast — ein Flittchen mit einem solchen Ruf«, war ihre Antwort gewesen.

»Sie heißt nicht Mina, sondern Jasmina«, hatte er zurechtrücken wollen, »und was ihren Ruf anbelangt, so bist du meines Erachtens falsch orientiert. Jasmina hat sich nicht mit verschiedenen Männern eingelassen, wie man dir wahrscheinlich berichtet hat, sondern ist als unerfahrenes junges Mädchen unter den Einfluß eines leichtfertigen, verantwortungslosen

Lebemannes geraten, der behauptet hatte, sie zu lieben. Natürlich war das Verhalten von Jasmina nicht richtig, aber sie hat getan, was heute viele junge Leute tun. Sie ist zu ihm gezogen und hat mit ihm gelebt, ohne verheiratet zu sein. Erst später, als er sie mit ihrem Kind verließ, und das zu einer Zeit, als das zweite Kind unterwegs war, hat sie zu ihrem Entsetzen erfahren, daß er sie betrogen hatte. Er war bereits verheiratet und hatte eine Frau und vier Kinder zu versorgen. Tante Alma, ganz abgesehen davon, daß Jasmina einst meine Schülerin war — ich habe sie lange genug beobachtet und in den Jahren, in denen sie meinen Haushalt führte, näher kennengelernt. Daß sie nach einigen Monaten auch ihre Kinder zu mir brachte, geschah auf meinen Wunsch. Kinder gehören selbstverständlich zu ihrer Mutter. Über alle gute und zuverlässige Arbeit hinaus erkannte ich bald, daß Jasmina ein liebenswerter Mensch ist und daß es sich lohnt, sie zu fördern. Nicht zuletzt sah ich darin auch eine mir von Gott gegebene Lebensaufgabe. Darum habe ich sie geheiratet und werde mich nie von ihr trennen. Ich weiß, manche verstehen das nicht. Ich könnte eine solche Entscheidung auch niemand raten, der nicht davon überzeugt ist, darin eine Führung Gottes zu sehen. In meinem speziellen Fall weiß ich aber, daß ich nicht anders handeln durfte. Und nun bin ich gekommen, dich zu bitten, nicht länger eine Mauer zwischen uns aufzurichten. Nimm Jasmina als meine Frau an. Laß sie und ihre Kinder, die jetzt zu mir gehören, zu dir Tante sagen, und verhärte dein Herz nicht länger gegen sie.«

So manches gehässige Wort, das die alte Frau Jordan noch vor ihrem Neffen aussprach, hatte er seiner Frau verschwiegen. Er wollte Brücken bauen. Von da an hatte Daniel weder den Geburtstag noch ein Weihnachtsfest ausgelassen, an dem er nicht mit Jasmina und den Kindern die verbitterte alte Frau aufgesucht hatte, um sie durch ein Geschenk zu erfreuen. Es schien ihm nie wirklich gelungen zu sein, und für Jasmina und die Kinder waren diese Zusammenkünfte keineswegs eine Freude gewesen.

Jetzt also befand Jasmina sich allein auf dem Weg in die Gartenstraße. Sie fand auch wirklich den verborgenen Hausschlüssel und stand plötzlich unerwartet vor der alten Frau, die wie ein Häufchen Unglück, geplagt von heftigen Schmerzen, in ihrem Bett lag. Zuerst schien sie sich zurechtfinden zu müssen, als Jasmina sich über sie beugte und sie bewußt freundlich ansprach: »Tante Alma!« Sie erschrak, weil ihr diese Anrede ungewollt entschlüpft war. Aber dann blieb sie einfach dabei und riskierte es. Die einsame alte Frau, die in der Tat von allen verlassen und ohne Hilfe wirklich nicht imstande war, sich aus dem Bett zu erheben, tat ihr in der Seele leid. »Ich bin gekommen, dir zu helfen. Was kann ich als erstes für dich tun?«

»Die Bettschüssel, aber schnell!« stöhnte Frau Jordan. »Heute vormittag konnte ich noch aufstehen und hinausgehen, allerdings nur mit großen Schmerzen. Aber jetzt kann ich's nicht mehr.«

Umsichtig und erfahren durch den Umgang mit ihrem Mann handelte Jasmina. Sie wusch und kämmte die Kranke, brühte Tee, strich ihr ein Butterbrot und überhörte ganz bewußt die verschiedenen gehässigen Äußerungen, die ihr diese zwischen Seufzen und Stöhnen entgegenzischte.

»Wie bist du überhaupt hier 'reingekommen? Ich habe dich nicht gerufen.«

»Doch, Tante Alma, gestern hast du gesagt, ich soll kommen, um dir zu helfen bei deinem Klassentreffen.«

»Wie kommst du überhaupt dazu, mich Tante und Du zu nennen?«

»Tante Alma, du sagst doch schon seit Jahren Du zu mir. Und weil ich die Frau deines Neffen geworden bin, meine ich, sind wir lange genug bei dem steifen Sie geblieben.«

»Au! Oh, Au!« stöhnte Frau Jordan aufs neue.

»Soll ich einen Arzt anrufen?«

»Dem habe ich längst telefoniert, aber bisher hat er es nicht für nötig befunden, nach mir zu sehen. Sie sind alle gleich. Um eine so alte Frau kümmert sich kein Mensch. Die soll endlich verenden.«

»Aber ich bin doch nun zu dir gekommen, Tante Alma. Ich

bleibe jetzt bei dir, bis der Arzt kommt. Vielleicht hast du ein Mittel in deiner Hausapotheke, mit dem ich dich einreiben kann.«

»Ich lasse dich nicht an mich heran.«

In diesem Augenblick klingelte der Arzt. Er untersuchte die alte Frau und wandte sich an Jasmina, die sich ihm vorgestellt hatte: »Ich bin Frau Jordan, mein Mann ist ihr Neffe.«

»Gut so, dann können Sie zwei, drei Tage bei ihr bleiben. Ich hoffe, daß die Sache bis dahin überstanden ist.«

»Das wird nicht gehen, Herr Doktor. Mein Mann ist behindert und auf meine Hilfe angewiesen. Ich kann ihn nicht alleine lassen. Morgen früh könnte ich wieder kommen und ein paar Stunden bei meiner Tante bleiben.«

»Aber man kann die alte Dame doch nicht die ganze Nacht ohne Hilfe liegen lassen. Dann müßte ich eben im Krankenhaus anfragen, ob für einige Nächte ein Bett frei ist.«

»Nein, nicht ins Krankenhaus, unter keinen Umständen gehe ich dort hin«, jammerte Frau Jordan.

»Gehen können Sie ohnehin nicht, meine Liebe. Man wird sie mit dem Krankenwagen holen.«

»Aber doch nicht wegen eines Hexenschusses — Oh! Au! — dann mußt du eben bei mir bleiben, Mina.«

»Tante Alma, das geht wirklich nicht. Daniel ist auf meine Hilfe beim Zubettgehen angewiesen. Aber da kommt mir ein Gedanke. Ich rufe bei meiner Mutter an. Sie ist Krankenschwester und hat gerade ein paar Tage Urlaub.«

So kam es denn auch. Tante Alma ging auf Jasminas Vorschlag eher ein, als daß sie sich für einige Tage ins Krankenhaus bringen ließ.

Als es ihr wieder besser ging, und sie in die verschiedensten Richtungen telefonieren konnte, sagte sie zu ihrem Neffen: »Ich habe gar nicht gedacht, daß die Mina —«

»Jasmina«, korrigierte Daniel.

»— daß deine Frau eine so nette Mutter hat.«

»Du meinst meine Schwiegermutter.«

»Ja, das stimmt.«

»— und ich nehme an, daß du inzwischen auch ein wenig Gefallen an Jasmina gefunden hast.«

Aber soweit konnte die alte Frau sich doch noch nicht überwinden. Sie grollte: »Ein starkes Stück von ihr, mich einfach mit Tante Alma und Du anzusprechen, ohne daß ich ihr dazu die Erlaubnis gegeben habe. Aber lassen wir es jetzt dabei.«

Erheitert berichtete es Daniel seiner Frau und wiederholte lächelnd: »Lassen wir es jetzt dabei. Ich finde, Jasmina, das hast du großartig gemacht!«

An einem der nächsten Abende saßen die Eheleute im Wohnzimmer beisammen und freuten sich über den gemeinsamen ruhigen Abend. Beatrix war schon frühzeitig zu Bett gegangen. Natalie hatte sich schmollend und sichtlich gekränkt in ihr Zimmer zurückgezogen, um dort Schallplatten zu hören. Sie hatte im Fernsehen einen Krimi einschalten wollen. Der Vater erlaubte es nicht. Trotzig aufbegehrend war sie aus dem Wohnzimmer gelaufen. »Keine meiner Schulfreundinnen wird noch so behandelt, als wäre sie ein kleines Kind. Bis in die Nacht sitzen sie vor dem Fernseher und dürfen alles einschalten, was sie wollen.«

»Ich bin nun einmal nicht dafür«, hatte Daniel ihr geantwortet, »daß ihr Kinder wahllos alles anseht, was geboten wird.«

»Wie lange ist man in deinen Augen eigentlich noch ein Kind?« hatte Natalie herausfordernd gefragt.

»Natalie!« Der Ton, in dem die Mutter sie zurechtwies, war unmißverständlich.

Das Mädchen hatte den Kopf zurückgeworfen und das Zimmer gekränkt verlassen. So war es in letzter Zeit öfter gewesen.

An jenem Nachmittag, als Natalie ihre jüngere Schwester zum Zahnarzt begleiten sollte, während die Mutter sich um die kranke Tante kümmerte, war ein Anruf gekommen. Als Herr Jordan den Hörer abgenommen hatte, meldete sich ein Junge: »Hier Friedrich Springfeld. Ich bin ein Schulfreund von Natalie. Wir hatten uns für heute nachmittag verabredet. Aber sie ist nicht erschienen — das heißt, ich konnte nicht rechtzeitig an dem vereinbarten Platz sein. Mir ist etwas dazwischen gekommen. Nun wollte ich fragen, ob Natalie zu Hause ist.«

»Nein, sie mußte ihre jüngere Schwester zum Zahnarzt begleiten«, hatte Herr Jordan geantwortet.

Daniel erzählte Jasmina von diesem Telefongespräch und fügte hinzu, daß Natalie auch nicht rechtzeitig beim Zahnarzt gewesen und Beatrix ihre Drohung wahr gemacht habe und dann auch nicht in die Praxis gegangen sei.

»Daher hat sie sich nach dem Abendessen so schnell verzogen, damit ich sie erst gar nicht nach der Zahnbehandlung fragen konnte«, stellte Jasmina fest. »Das ist aber wirklich ärgerlich. Jetzt muß sie unter Umständen wochenlang warten, bis sie einen neuen Termin bekommt. Ich werde ihr morgen ordentlich die Meinung sagen. Es wird langsam Zeit, daß sie selbständiger wird und sich nicht immer hinter Natalie versteckt.«

»Natürlich mußt du morgen darüber mit Beatrix reden, daß es nicht recht war, die Abmachung mit dem Zahnarzt zu umgehen. Ich habe mit ihr bereits gesprochen, als sie nach Hause kam, daß sie sich überwinden muß und dem, was unangenehm ist, nicht immer aus dem Wege gehen kann.«

»Aber über Natalie bin ich direkt empört. Erstens, weil sie uns, wie ich bereits vermutete, bewußt belogen hat. Diese Friedel Springfeld ist also in Wirklichkeit ein Junge. Wirklich ein starkes Stück. Außerdem hat sie Beatrix nicht zum Zahnarzt begleitet, wie wir es doch angeordnet hatten.«

»Du hast recht. Übrigens hatte die Kleine einen solchen Zorn auf Natalie, weil sie nicht rechtzeitig beim Zahnarzt gewesen war, daß sie ihr eins auswischen wollte und mir mitteilte, es stimme gar nicht, daß Natalie sich mit ihrer Freundin verabredet habe, sondern daß es ihr Freund sei, eben der Friedrich Springfeld. Sie kenne ihn gut. Natalie habe gesagt, sie würde etwas erleben, wenn sie das verrate.

Das war nun wieder einmal eine Situation, in der auch ich

als ehemaliger Lehrer nicht gleich klar erkannte, ob ich Beatrix rügen sollte, weil sie ihre Schwester verklatscht hat, oder ob wir als Eltern froh sein müssen, jetzt klar zu wissen, wie wir mit Natalie dran sind.«

Bekümmert, um nicht zu sagen ratlos, blickte Jasmina ihren Mann an. »Siehst du, Daniel, da fällt wieder die Angst über mich her, von der ich ja schon einige Male zu dir gesprochen habe — die Angst, daß Natalie mir völlig entgleiten könnte. Ob du mich verstehst und nicht verurteilst, wenn ich dir sage, daß es mir in solchen Augenblicken, in denen Natalie so aufsässig und widerspenstig ist, recht schwer fällt, ihr Liebe entgegenzubringen, weil sie so sehr ihrem Vater gleicht? Und dann werde ich leicht ungerecht ihr gegenüber. Wenn ich ehrlich bin, habe ich als Siebzehnjährige nicht viel anders gehandelt. Ich setzte mich über alle Bedenken meiner Mutter rücksichtslos hinweg und zog zu Viktor.

Manchmal fürchte ich, wir könnten ähnliches mit Natalie erleben, und dann werde ich aus lauter Angst ungerecht ihr gegenüber. Ich könnte in Gedanken daran, daß sie uns heute wieder bewußt angelogen hat und Beatrix vergeblich warten ließ, geradezu aus der Haut fahren und ihr links und rechts um die Ohren hauen.«

»Ich glaube nicht, daß du sie damit ändern würdest, und letztlich wärest du nur unglücklich über dich selbst.«

»Du hast ja recht, Daniel. Warum kann ich nur nicht so gelassen und ausgeglichen sein, wie du es bist? Schon in der Schule, als du noch unser Lehrer warst, habe ich dich deswegen immer bewundert.«

»Zu bewundern gibt es da nichts«, antwortete ihr Mann. »Gewiß ist es zum Teil auch Temperamentssache. Sicher war dein Vater als Italiener heißblütiger als deine Mutter, die doch auch ein ruhiges und ausgeglichenes Wesen hat. Sagt sie nicht, daß du in deiner Art mehr dem Vater gleichst?«

»Wie gerne würde ich so mit den Kindern umgehen können, wie du es tust. Deine ruhige, ausgeglichene Art ist viel wirksamer als mein oft unbeherrschtes, zorniges Schimpfen und

Strafen. Wie weit bin ich doch noch davon entfernt, ein anderer Mensch zu sein!«

»Und doch habe ich mich über dich gefreut, Liebste, daß du dich kürzlich so spontan bereiterklärt hast, zu Tante Alma zu gehen. Bestimmt warst du zuerst froh, daß ihr Klassentreffen ausfallen mußte. Aber dann hast du dich überwunden. Das ist doch schon ein Anfang von dem, was du gerne erreichen möchtest. Vergiß nicht, du bist nicht der erste Mensch, der von solchen inneren Auseinandersetzungen weiß. Sogar der Apostel Paulus sagt von sich: ›Das Wollen habe ich wohl, aber das Vollbringen des Guten schaffe ich nicht. Das Gute, das ich tun will, das tue ich nicht; aber das Böse, das ich nicht will, das tue ich.‹

Jasmina, in dieser Lage befinden wir uns alle mehr oder weniger, ich auch. Wenn du sagst, du hast mich als Lehrer bewundert, so will ich dir nicht verschweigen, daß es mir ebenfalls nicht leichtgefallen ist, mich immer zu beherrschen. Oft gelang es nur mit äußerster Willenskraft oder gar nicht. Auch heute geht es mir noch nicht sehr viel anders. Aber dieselbe Steigerung, die der Apostel Paulus erlebte, kann auch von uns, von dir und mir erfahren werden. Paulus hat im Umgang mit Christus erfahren: ›Ich vermag alles durch den, der mich mächtig macht: Christus!‹ Jasmina, wenn man erst einmal die Wahrheit dieses Wortes an sich selbst erfahren hat, dann wird man froh und getrost. Sieh, das ist das Mittel gegen die Traurigkeit, von dem ich zu dir sprach.«

Sie blickte ihn an, dankbar und glücklich, daß er so auf sie einging. »Daniel, du bist so gut und hast so viel Geduld mit mir und den Kindern. Ich weiß nicht, wie ich dir je genug danken kann.«

Er wehrte ab. »Hör auf, Jasmina! Du darfst mich nicht mit einem Glorienschein umgeben. Ich meine, etwas vom Wichtigsten in einer glücklichen Ehe ist, daß einer dem andern hilft und daß jeder an sich arbeitet.«

»Ich dir helfen? Natürlich auf dem Gebiet deiner körperlichen Behinderung und indem ich deinen Haushalt versorge.

Aber was ist das schon dem gegenüber, was du für mich und die Kinder tust!«

Er streckte die Arme nach ihr aus. »Wenn ich jetzt meine Beine gebrauchen könnte, würde ich aufstehen, dich in die Arme nehmen und dir einen Kuß geben. Was redest du für törichte Sachen! Liebe wägt nicht ab und zieht keine Vergleiche. Wir gehören zueinander und haben aneinander uns von Gott gegebene Aufgaben zu erfüllen.«

»Es ist gut, daß ich beweglich bin und zu dir kommen kann«, erwiderte Jasmina glücklich. Sie erhob sich von ihrem Stuhl und ging zu ihm, um ihn zu umarmen. »Du Liebster! Ich bin so froh, daß ich dich habe!«

»Wie gut, daß Gott uns zusammengeführt hat«, erwiderte er und drückte sie fest an sich. »Laß uns bei allen Kümmernissen, mit denen man nun einmal rechnen muß, nicht das Danken vergessen. Danken bewahrt vor Traurigkeit.«

»Frau Berthold, sie scheinen auf einem Ohr taub zu sein oder gar auf beiden. Hören Sie denn nicht, daß es schon zweimal an der Haustür geklingelt hat?«

»Ich mach' schon auf, Frau Jordan. Ich habe es tatsächlich nicht gehört, vielleicht, weil ich in der Küche beim Großputz bin.«

»Nun halten Sie mir doch keinen Vortrag. Da klingelt es schon wieder.«

Der Fuß von Frau Berthold war wieder in Ordnung. Seit kurzer Zeit kam sie wie vorher zu der alten Frau Jordan, um an zwei Tagen der Woche deren Haushalt in Ordnung zu bringen. Zwar hatte sie sich schon einige Male vorgenommen, den ganzen Krempel hinzuwerfen, wie sie es nannte. Sie war schließlich kein junges Mädchen mehr, das man dauernd herumkommandieren konnte. Aber schließlich bedeuteten die paar Mark, die sie bekam, eine willkommene Aufbesserung ihrer ohnehin nicht großen Rente.

Frau Berthold führte eine von Frau Jordans ehemaligen Klassenkameradinnen ins Zimmer.

»Ach Jenny, du bist es! Komm nur herein und nimm Platz. Du hast doch hoffentlich eine Stunde Zeit? Dann kann uns Frau Berthold eine Tasse Kaffee kochen.«

Letztere verschwand in der Küche.

»Ich wollte nach dir schauen und hören, ob du deinen Hexenschuß vollständig überwunden hast.«

»So ziemlich! Es ist nett, daß wenigstens du dich um mich kümmerst. Die anderen haben nur bedauert, daß das Klassentreffen ausfallen mußte. Außer dir hat sich bis heute niemand blicken lassen.«

»Das kannst du auch kaum erwarten, Alma. Gewiß, telefonisch hätte die eine oder andere nach deinem Ergehen fragen können. Aber das Ausgehen fällt ihnen allen schon recht schwer.«

»Na, nun tu nur nicht, als ob wir alle schon zum alten Eisen gehören.«

»Über achtzig sind wir jedenfalls ohne Ausnahme.«

»Ich sehe aber nicht ein, warum wir nicht mehr, wie in all den Jahren vorher, zum Klassentreffen zusammenkommen können. Ich habe schon mit Frau Berthold gesprochen, daß sie sich für nächste Woche Mittwoch darauf einrichten soll. Aufgeschoben heißt nicht aufgehoben.«

Frau Wittmann blickte einen Augenblick schweigend vor sich nieder. Dann sagte sie: »Ich wollte dir eigentlich den Vorschlag machen, daß wir jetzt mit dem Klassentreffen aufhören.«

»Na hör mal, da müßte man schließlich die Meinung der anderen auch erst einmal hören. Immerhin waren das doch stets Höhepunkte unseres Daseins — oder etwa nicht?«

»Doch, es war gewöhnlich ganz nett.«

»Was heißt: Ganz nett? Hat sich nicht jede von uns die größte Mühe gegeben, dem Zusammensein geradezu ein festliches Gepräge zu geben? Mindestens dreierlei verschiedene

Sorten von Kuchen, den besten Kaffee, Blumen auf dem Tisch, nach dem Kaffee Likör — und da sagst du: Ganz nett!«

»Das sollte keine unfreundliche Kritik sein, Alma. Aber ganz abgesehen davon, daß von unserer Klasse nur noch acht übriggeblieben sind — alle anderen sind tot —, habe ich mich in letzter Zeit manchmal gefragt, was uns eigentlich diese Klassentreffen eingebracht haben.«

»Eingebracht?« Frau Jordan schüttelte verwundert ihren frisch frisierten Kopf. »Ich verstehe dich nicht, Jenny. Was sollte ein solcher Nachmittag denn einbringen?«

»Es ist nicht ganz leicht, dir zu erklären, was ich meine. Aber ich will es dennoch versuchen. Geht es dir nicht auch so, Alma, daß du dich je länger desto mehr mit dem Zukünftigen beschäftigst?«

»Mit dem Zukünftigen? Also wirklich, Jenny, du sprichst heute in Rätseln.«

»So will ich versuchen, mich klarer auszudrücken. Wenn ich vom Zukünftigen rede, dann meine ich zunächst den Tod, das Sterben.«

Frau Jordan richtete sich steil in ihrem Sessel und wie in Abwehr die Hände auf. »Jetzt muß ich doch bitten, Jenny. Bist du gekommen, um mit mir über ein solch unmögliches Thema zu reden? Ich will nichts vom Sterben hören.«

»Und doch wird die Wegstrecke, die wir vor uns haben, immer kürzer, und keiner von uns weiß, wann der letzte Tag unseres Lebens sein wird. Nichts ist so sicher wie der Tod.«

In diesem Augenblick trug Frau Berthold den Kaffee herein. »Ich habe den Teekuchen aus der Dose aufgeschnitten«, sagte sie. »Es ist doch recht so?«

»Ja, schon gut! Ich rufe Sie, wenn ich Sie wieder brauche.«

An ihre Freundin gewandt, fuhr Frau Jordan fort: »Jetzt wollen wir zuerst einmal gemütlich Kaffee trinken, damit dir die dummen Gedanken vergehen.«

»Das sind keine dummen Gedanken, Alma. Es vergeht kein Tag, an dem ich mich nicht mit dem Letzten beschäftige, mit dem Ende, das im Grunde genommen ein Anfang ist.«

»Willst du behaupten, daß es ein weiteres Leben nach dem Tode gibt?«

»Ja, daran glaube ich fest. Du nennst dich doch auch eine Christin.«

»Was hat das denn damit zu tun? Natürlich bin ich eine Christin. Ich zahle regelmäßig meine Kirchensteuer, gehe an den hohen Festtagen zum Gottesdienst und werde, wenn es einmal soweit sein wird, ein christliches Begräbnis haben. Aber dann ist endgültig Schluß. Und daran will ich nicht dauernd erinnert werden.«

»Das ist eben nicht wahr. Es geht nach dem Tod weiter.«

»Na hör mal, Jenny. Bist du schon einmal gestorben? Weißt du das aus eigener Erfahrung, ob und wie es weitergeht?«

»Das nicht, aber die Bibel sagt es uns. Da heißt es zum Beispiel: ›Es ist dem Menschen gesetzt, einmal zu sterben und danach das Gericht‹.«

»Nun hör mir aber auf. Sag mal, hast du dich den Bibelforschern angeschlossen? Oder gehörst du zu den Neuapostolischen? Oder gar zur Heilsarmee oder zu irgendeiner Sekte?« Sie blickte die ehemalige Klassenkameradin kopfschüttelnd an. »Also Jenny, das gefällt mir gar nicht. Solltest du nicht einmal zu einem Psychotherapeuten gehen?«

»Wieso? Was soll ich dort?«

»Deine Ideen grenzen schon beinahe an religiösen Wahnsinn.«

Jetzt mußte Frau Wittman lachen. »Mach dir keine Sorgen um mich. Mit religiösem Wahnsinn hat das nichts zu tun. Aber je älter ich werde, desto mehr steigen Fragen in mir auf wie diese: Wie werde ich in dem kommenden Gericht vor Gott bestehen können?«

»Na hör mal, Jenny, wir sind doch hochanständige Menschen. Keiner kann uns etwas nachsagen. Und dann, wenn ich das Wort Gericht schon höre! Ein Verbrecher kommt vors Gericht. Du willst dich doch nicht mit dem auf die gleiche Stufe stellen? Ich wiederhole noch einmal: Wer will denn wissen, ob das stimmt — das mit dem Gericht nach dem Tod?«

»Aber wenn wir uns Christen nennen, glauben wir doch an die Wahrheit der Bibel. Und sieh, Alma, in letzter Zeit beginnt es mich zu beunruhigen, daß ich das Jahrzehnte hindurch viel zu wenig, ja so gut wie gar nicht getan habe.«

»Also Jenny, ich verstehe dich gar nicht. Du warst früher doch nicht so — so — ja, wie soll ich sagen? So übertrieben oder fanatisch-religiös. Ich bin direkt beunruhigt über dich. Aber komm, laß deinen Kaffee nicht kalt werden. Und hier ist Teegebäck vom Konditor drüben, beste Sorte.«

Frau Jordan war an diesem Tag nicht unbedingt zufrieden mit ihrem Gast. Wie in Gedanken verloren, trank die Freundin ihren Kaffee und schien nicht zu merken, wie ausgezeichnet der Kuchen schmeckte. Sie war doch sonst zugänglich für solche Genüsse.

Schließlich kam Frau Wittman noch einmal auf das geplante Klassentreffen zu sprechen: »Du meinst also wirklich, Alma, wir sollten noch einmal bei dir zusammenkommen?«

»Unter allen Umständen.«

»Weißt du schon, daß Hildegard seit einigen Tagen im Pflegeheim ist?«

»Nein, das ist mir neu.«

»Ihre Tochter sagte mir, als ich sie auf der Straße traf, daß sie kräftemäßig nicht mehr imstande sei, die Mutter zu versorgen. Nach deren Schlaganfall wurde es mit ihr immer schwieriger. — Und Margret Sailer will sich noch einer Augenoperation unterziehen, trotz ihres hohen Alters. Die wird also auch vorerst nicht kommen können. Blieben wir also nur noch sechs, wenn nicht die eine oder andere durch Krankheit ausfällt.«

Frau Jordan blickte ihren Gast fragend an. »Sag einmal, Jenny, was hast du eigentlich gegen unser Klassentreffen, das wir nun seit all den Jahren durchführen? Du bist doch auch immer gern dabeigewesen. Hängt das etwa mit deiner, mich wirklich befremdenden, früher nie zutage tretenden Frömmigkeit zusammen?«

Frau Wittman schien in sich hineinzulauschen, ehe sie antwortete: »Du hast recht, Alma. Ich bin immer gern dabeigewesen, wenn wir reihum zusammenkamen. Aber je länger desto mehr erfüllte mich anschließend ein Gefühl des Unbehagens und des Unbefriedigtseins.«

»Nun sprichst du schon wieder in Rätseln.«

»Gut, ich will offen und ehrlich mit dir reden. Wir kamen nie zusammen, ohne daß nicht ausgiebig über andere hergezogen worden wäre — ob das nun der Pfarrer oder die Nachbarschaft war, auch die Hausangestellten und die Schwiegertöchter oder Schwiegersöhne kamen an die Reihe. Es war ja auch so interessant und aufschlußreich — und wir alle machten mit. Ich schließe mich nicht aus.«

Frau Jordan fühlte sich durch die Schulfreundin angegriffen. Jenny begann ihr auf die Nerven zu gehen. Diese schien das nicht zu merken und fuhr fort: »Mich beginnt es zu beunruhigen, daß ich mir nie ernstlich darüber Gedanken gemacht und mich auch nicht daran erinnert habe, daß mein Vater zu uns Kindern wiederholt gesagt hat: ›Gewöhnt euch daran, den Nichtanwesenden möglichst zu verteidigen oder euch zu fragen, ob ihr den Mut haben würdet, in seiner Gegenwart in gleicher Weise über ihn zu reden.‹ Weißt du, Alma, gerade wegen des Bibelwortes vom Gericht. Stell dir vor, da habe ich kürzlich eine Stelle im Evangelium gefunden, in der es heißt: Die Menschen müssen im Jüngsten Gericht Rechenschaft geben über jedes unnütze Wort, das sie geredet haben. Mir wurde dabei angst und bange. Wie oft bin ich in meinem Leben daran schuldig geworden!«

»Nun hör aber auf!« Frau Jordan schlug, ihre gute Erziehung vergessend, mit der Faust auf den Tisch. »Mit einem solchen religiösen Fanatismus will ich ein für allemal nichts zu tun haben. Du warst doch bis jetzt ganz normal, Jenny.«

Diese sah die Freundin fast bekümmert an und sagte: »Nachdem mir das in letzter Zeit schwer auf die Seele gefallen ist und ich befürchte, daß wir beim nächsten Klassentreffen wieder in denselben Trott verfallen, nämlich über andere herzuziehen, frage ich mich, ob es sinnvoll ist, wenn wir. . .«

»Du kommst mir sehr überheblich vor«, unterbrach sie Frau Jordan. »Es steht dir natürlich frei, dich in deinem geistlichen Hochmut von uns anderen zurückzuziehen.«

Frau Wittman ergriff ihre Hand. »Alma, bitte versteh mich doch nicht falsch. Ich will ganz gewiß nicht überheblich sein, zumal ich ja mitgemacht habe, wenn wir über andere nicht gerade liebenswürdig sprachen. Aber ich kann nun einmal nicht gegen die in mir aufgebrochene Erkenntnis angehen. Sieh, ich beschäftige mich in letzter Zeit so viel mit den Gedanken an meinen Tod. Die Wegstrecke, die wir in unserem Alter noch vor uns haben, wird immer kürzer. Nichts kann ich ungeschehen machen, was ich alles verkehrt gemacht habe. Aber ich kann mich doch bemühen, anders als bisher zu handeln und mehr nach meinem Gewissen, nach der inneren Stimme zu fragen, die sich in mir meldet. Natürlich komme ich gern zum nächsten Klassentreffen, wenn ich darf. Aber könnten wir uns nicht vornehmen, dabei grundsätzlich nicht über andere zu sprechen?«

»Aber worüber sollten wir denn sonst reden?«

Nun mußte Frau Wittman herzlich lachen. »Oh, Alma, meinst du nicht, daß es noch anderen Gesprächsstoff gibt?« Ihren Worten war aber eine gewisse Traurigkeit abzuspüren, als sie weiter sagte: »Schade, ich hatte gehofft, du würdest mich verstehen!«

Statt auf ihre letzten Worte einzugehen, erwiderte Frau Jordan: »Ich möchte nur wissen, was vorgefallen ist, daß du so verdreht bist. Man konnte doch sonst immer vernünftig mit dir reden.«

»Vielleicht hätten wir in den hinter uns liegenden Jahren uns mehr mit diesen lebenswichtigen Fragen befassen sollen. Eine Evangelisation, an der ich im Winter teilnahm, hat mir die nötigen Denkanstöße gegeben. Da wurde von dem jungen Pfarrer aus der Nachbargemeinde, er ist noch kein Jahr dort, über das Thema gesprochen: ›Bestelle dein Haus, denn du mußt sterben‹.«

Jetzt hielt sich die alte Frau Jordan tatsächlich die Ohren zu.

»Hör auf! Ich habe dir vorhin schon gesagt, daß ich nichts vom Sterben hören will. Im übrigen hast du ja noch nie von dieser Evangelisation gesprochen. Aber sie interessiert mich auch nicht.«

»Doch, als wir im März bei Marianne zusammenkamen, habe ich versucht, dieses Thema anzuschneiden. Aber da hatte niemand Interesse. Ich muß jetzt gehen, Alma. Es tut mir leid, daß mein Besuch dich mehr aufgeregt als erfreut hat. Es ist schade, man findet so selten einen Menschen, der sich mit diesen Fragen beschäftigt. Mir wird es je länger desto mehr klar, daß nichts so wichtig ist wie gerade das.«

Frau Jordan begleitete ihren Gast noch bis zur Haustür, verabschiedete sich aber reichlich reserviert und war nicht gewiß, ob sie Frau Wittman zum nächsten Klassentreffen einladen würde.

Es war jedoch merkwürdig: So sehr sie sich auch innerlich dagegen sträubte, sie wurde die Gedanken an das geführte Gespräch nicht los. Obgleich sie 83 Jahre alt war, verdrängte sie bewußt jeden Gedanken ans Sterben. Sie ging auch grundsätzlich zu keiner Beerdigung und las nur mit einer gewissen Überwindung die Todesanzeigen in der Zeitung. Aber schließlich mußte man ja im Bilde sein über das, was im Ort geschah.

In der Nacht nach Frau Wittmans Besuch konnte sie einfach nicht schlafen. Unruhig wälzte sie sich in ihrem Bett hin und her. Natürlich war ihr der Gedanke an ihren eigenen Tod immer wieder gekommen, besonders wenn sie allein war. Die Vorstellung belastete sie, plötzlich sterben zu müssen, ohne einen Menschen bei sich zu haben. Nein, sie mochte nicht daran denken! Ob sie sich nicht doch einen Platz in einem Alters- und Pflegeheim sicherte? Geld genug hatte sie ja. Aber mehr noch als dies machte ihr der Gedanke zu schaffen, den Jenny ausgesprochen hatte: Es ist dem Menschen gesetzt, einmal zu sterben, und danach das Gericht... Wenn es wirklich so ist?

Frau Wittmans Meinung war ihr zwar keineswegs maßgebend, aber man sollte jemand hören, der sich auf diesem Gebiet auskannte. Da kommt wohl nur ein Pfarrer in Frage. Außer ihren letzten Geburtstagen, vom 70. Lebensjahr an, hatte sie keinen Besuch von einem Vertreter der Kirche bekommen. Zu ihrem 80. Geburtstag war der zuständige Pfarrer höchstpersönlich erschienen. Schließlich gab sie regelmäßig ihre Spenden wie erst kürzlich für eine neue Orgel oder die Ausbesserung des Kirchendachs oder für den evangelischen Kindergarten. Außerdem hatte sie in ihrem Testament der Kirche keine geringe Summe vermacht. Also stand ihr ein Recht auf die Unterredung mit dem Seelsorger zu, wenn sie dies für angebracht hielt. Am liebsten hätte Frau Jordan in der Unruhe ihres Herzens schon beim Morgengrauen — sie hatte in dieser Nacht kaum ein Auge zugetan — bei ihrem zuständigen Pfarrer angerufen. Aber das ging wohl doch nicht. Darum wollte sie mit dem Anruf bis 9.00 Uhr warten. Da begannen ja für alle Beamten die Bürostunden, wenn sie richtig orientiert war.

»Um diese Zeit ist der Herr Pfarrer noch nicht zu sprechen«, antwortete die Pfarrgehilfin im Büro des Pfarramts, »es sei denn, es handle sich um einen dringenden Fall, etwa um einem Sterbenden das Abendmahl zu geben oder...«

»Um Himmelswillen, nein«, erregte sich Frau Jordan am Telefon. »Soweit ist es bei mir noch lange nicht.« Hatten sich denn alle gegen sie verschworen und wußten von nichts anderem zu reden als von ihrem Tod? »Ich wollte den Herrn Pfarrer einfach um einen allgemeinen Besuch bitten«, fuhr sie fort.

»Ist es dringend?«

»Was heißt hier dringend?« fragte Frau Jordan, schon wieder gereizt.

»Aber bitte, erregen Sie sich doch nicht. Es ist nur, weil der Herr Pfarrer augenblicklich derart überlastet ist, daß ich in seinem Terminkalender kaum noch eine Lücke finde.«

»Aber ich muß den Herrn Pfarrer unbedingt sprechen.«

»Also doch dringend. Gut, dann notiere ich es. Wann es dem Herrn Pfarrer möglich sein wird, kann ich Ihnen zwar nicht sagen. Bitte, wie waren doch Ihr Name und Ihre Anschrift?«

»Frau Alma Jordan, Gartenstraße 17.«

»Ach Frau Jordan!« Die Stimme der Pfarrgehilfin bekam augenblicklich einen helleren Klang. »Sie sind doch die Dame, die kürzlich eine größere Spende für die Anschaffung der neuen Orgel überwiesen hat.«

»Ja, die bin ich!«

»Ich nehme an, daß der Herr Pfarrer Sie noch heute, spätestens morgen besuchen wird. Nachdem er das Dankschreiben an Sie unterzeichnet hatte, sagte er zu mir, er wolle Sie noch persönlich aufsuchen.«

Und er kam. Pfarrer Siegfried Trost, ein gepflegter Herr in gutsitzendem Streifenanzug, mittleren Alters, liebenswürdig und zuvorkommend. Beide Hände streckte er der alten Dame entgegen, nachdem Frau Berthold ihn ins Wohnzimmer geführt hatte.

»Meine liebe, verehrte Frau Jordan! Ich bin beglückt, Sie wohlauf zu sehen. Es hat mich ein wenig beunruhigt, als meine Sekretärin zu mir sagte, Sie hätten dringend um meinen Besuch gebeten. So ist meine Besorgnis, Sie krank vorzufinden, unbegründet.«

Frau Jordan bot ihm einen Sessel an, während sie wegen ihrer Arthrose im Knie auf einem für sie günstigeren, gepolsterten Stuhl Platz nahm. »Ich komme aus einem solchen tiefen Sessel nicht mehr heraus. So ist es, wenn man alt wird«, sagte sie.

Im Nebenzimmer bellte der Mops den Papagei an. Der krächzte, schalt zurück und beschimpfte den Hund mit allerlei Ausdrücken.

»Sie haben einen sprechenden Papagei?« fragte lachend der Pfarrer. »Er scheint mit Ihrem Hund in Streit geraten zu sein.«

Frau Jordan drückte auf den Klingelknopf und gab der daraufhin erscheinenden Frau Berthold den Auftrag, den Mops zu sich in die Küche zu holen, bevor der Lärm noch größer werde.

»Vor allem«, begann jetzt Pfarrer Trost, »lassen Sie mich noch einmal persönlich danken für die großzügige Spende, die Sie unserer Kirchengemeinde überwiesen haben. Ich drückte dies ja bereits in meinem Schreiben aus, das gestern oder vorgestern bei Ihnen eingetroffen sein muß.«

»Ja, danke! Ihr Brief ist angekommen, aber deswegen habe ich Sie nicht zu mir gebeten.«

Er blickte sie fragend an und bat sie mit einer Handbewegung, fortzufahren.

Frau Jordan bekam auf einmal Hemmungen. Jedenfalls fiel es ihr plötzlich nicht ganz leicht, die Gedankengänge, die sie während der vergangenen Nacht nicht zur Ruhe kommen ließen, in Worte zu kleiden. Was mußte der Mann von ihr nur denken! Aber dann ging sie direkt auf ihr Ziel los. Sie fragte: »Herr Pfarrer, Sie als Geistlicher kennen doch die Bibel.«

Ein fast belustigtes Lächeln huschte über das Gesicht des Pfarrers und machte noch deutlicher, was für ein wirklich schöner Mann er war. »Ich meine, dies bejahen zu können«, antwortete er.

»Glauben Sie an die Wahrheit der Bibel?«

Jetzt antwortete ihr Gegenüber nicht so rasch. Wollte sie ihm etwa eine Falle stellen? Aber warum sollte sie? Wenn er ehrlich war, mußte er zugeben, daß er noch nie ein geistliches Gespräch mit ihr gehabt hatte. Sein Erscheinen etwa zu ihrem 80. Geburtstag war ein Pflichtbesuch gewesen. Die alten Leute seiner Gemeinde hatten an solchen Festtagen einen Anspruch auf einen Besuch des kirchlichen Vertreters. Es war bei Frau Jordan auch sehr gemütlich zugegangen im Kreis ihrer Geburtstagsgäste. Aber nie hatte er Grund gehabt, so meinte er, mit ihr ein seelsorgliches Gespräch zu führen. Was hatte sie soeben gefragt? Ach so, ja, natürlich.

»Gewiß, Frau Jordan, ich glaube an die Wahrheit der Bibel.«

»Bedingungslos?«

»Wie meinen Sie das — eh, eh — bitte drücken Sie sich doch etwas deutlicher aus.«

»Glauben Sie an ein Weiterleben nach dem Tode?«

»Meine liebe Frau Jordan, Sie sehen trotz Ihres Alters wie das blühende Leben aus. Was bewegt Sie, vom Tod zu sprechen?«

»Sie umgehen meine Frage, Herr Pfarrer. Glauben Sie daran, daß es nach dem Sterben weitergeht, daß danach nicht alles aus ist?«

Pfarrer Trost räusperte sich. »Ja, es gibt eine ganze Anzahl Stellen in der Bibel, die vom ewigen Leben, von der Ewigkeit reden.«

»Und stimmt es, daß da vom Gericht die Rede ist?«

Dem Pfarrer wurde es unbehaglich. Was wollte die alte Dame eigentlich?

»Stimmt es«, wiederholte sie, »daß nach dem Sterben das Gericht kommt, ein Gericht, vor dem jeder Mensch erscheinen und Rechenschaft über sein Leben ablegen muß?«

Nie hatte Pfarrer Trost vermutet, daß Frau Jordan so zäh sein kann. Wenn er nur wüßte, was sie mit diesen Fragen bezweckte. »Ja, gewiß«, antwortete er schließlich, »das steht in Hebräer 9, Vers 27: ›Es ist dem Menschen gesetzt, einmal zu sterben und danach das Gericht‹. Aber liebe Frau Jordan, das muß Sie doch wahrhaftig nicht beunruhigen. Sie, die Sie ein so treues Glied unserer Gemeinde sind, die Sie in großzügiger Weise spenden und damit manche Not lindern. Nie haben wir uns vergeblich an Sie gewandt, wenn wir — ja, wenn wir Gelder benötigten für irgendeine kirchliche Anschaffung. Und wie Sie mich wissen ließen, ist auch ein beachtlicher Teil Ihres Vermögens testamentarisch unserer Gemeinde zugedacht.«

»Wenn das also wirklich stimmt«, unterbrach ihn Frau Jordan, »daß wir in der anderen Welt vor ein Gericht gestellt werden, dann glauben Sie, Herr Pfarrer, daß man sich durch Spenden, die man hier gibt, freikaufen kann?«

Der Pfarrer wurde merklich unsicher. Es sah beinahe so aus, als verliere er in seinem Sessel an Haltung. »Frau Jordan, das — so habe ich es nicht gemeint — das wollte ich damit bestimmt nicht sagen. — Aber gute Werke gelten bei Gott viel.

In Jakobus 2 heißt es: Der Glaube ist tot, wenn er nicht Werke hat.«

Er wollte weitersprechen, aber die alte Dame unterbrach ihn aufs neue, fast ungeduldig: »Glaube, Glaube, Herr Pfarrer, das ist es ja gerade. Mit meinem Glauben ist es nicht weit her. Ich habe bis jetzt eben nicht an ein Weiterleben nach dem Tod geglaubt — und an so manches andere, was in der Bibel steht, auch nicht. Und nun kommt da plötzlich eine Freundin zu mir, die sagt, wir hätten uns alle viel zu wenig um solche Wahrheiten gekümmert. Sie stellt mich und sich selbst oder uns alle so hin, als müßten wir uns fürchten. Sie hat mich mit ihren Reden ganz durcheinander gebracht. Ich habe deswegen die ganze Nacht kein Auge zugetan.«

Der Pfarrer hob beschwichtigend die Hände: »Das ist nun wirklich unnötig. Eine so gute Christin wie Sie —«

Doch dann schien er nicht mehr weiterzuwissen. Glaubte er etwa selber nicht an ein ewiges Leben und an das Endgericht, oder widerstrebte es ihm, zu dieser vornehmen, geachteten Frau über Schuld und Vergebung zu sprechen? Aber irgend etwas Geistliches mußte er ihr doch schließlich noch mit auf den Weg geben. So legte er seine gepflegten Hände ergeben ineinander und fügte hinzu: »Schließlich sagt der Apostel Paulus zu den Römern: Sie sind allzumal Sünder und mangeln des Ruhmes, den sie bei Gott haben sollten. Dazu gehören wir eben auch.«

»Sünder? Sie, Herr Pfarrer? Wie können Sie dann anderen helfen, wenn Sie ein Sünder sind? Und ich erst? Nein, das lasse ich mir nicht nachsagen. Ich bin immer eine hochanständige Frau gewesen, bin in einem christlichen Elternhaus aufgewachsen und habe keinem Menschen unrecht getan. Wieso soll ich ins Gericht? Das ist doch nur etwas für Verbrecher, aber nicht für einen Menschen ohne Tadel, wie ich es bin.«

Dem Pfarrer wurde angst und bange. Die alte Dame steigerte sich derartig in Erregung hinein, daß er fürchten mußte, sie könnte einen Schlaganfall bekommen. Er erhob sich.

»Frau Jordan, bitte, bleiben Sie ruhig! Das alles habe ich

doch gar nicht behauptet — und dann —«, er suchte krampfhaft nach einem Wort, nach einem Trost: »Schließlich haben wir ja einen gnädigen Gott.«

Fast schien es, als sei die alte Dame ihrer Sinne nicht mehr mächtig, als sie in höchster Erregung ausrief: »Ich brauche keinen gnädigen Gott, denn ich bin mir keiner Schuld bewußt.«

Als Pfarrer Trost sich gleich darauf verabschiedete, ohne auch nur mit einem Wort auf den erregten Ausruf der alten Frau eingegangen zu sein, war er innerlich sehr beunruhigt — und das nicht nur wegen des Ausgangs dieses Gespräches, sondern — er hätte es nicht leugnen können — um seiner selbst willen. Wie nur hatte er als Seelsorger einen solchen Ausspruch, der doch jeglicher Gottesfurcht entbehrte, den man fast gotteslästerlich nennen konnte, unwidersprochen hinnehmen können! »Ich brauche keinen gnädigen Gott!«

Pfarrer Trost zählte eher zu den liberalen Theologen. Als junger Pfarrer hatte er noch eine andere innere Einstellung gehabt. Irgendwie klebten — wie er selbst es nannte — noch die Eierschalen der christlichen Erziehung seines Elternhauses an ihm. Vater und Mutter waren Pietisten gewesen. Aber mit der Zeit hatte er sich einer Richtung von Theologen angeschlossen, die gemäßigter waren und die biblische Lehre nicht so streng nahmen. Pfarrer Trost hielt sich für fortschrittlich und hatte nur ein mitleidiges Lächeln für Kollegen, die noch an den althergebrachten Glaubensaussagen buchstabengetreu festhielten. Andererseits konnte er nicht leugnen, daß in ihm hin und wieder eine Sehnsucht nach der Zeit aufstieg, in der er noch kindlich glauben konnte. Den Gedanken, daß seine verstorbene fromme Mutter sicher nicht glücklich über seine jetzige Stellungnahme zu biblischen Aussagen sein würde, verdrängte er bewußt.

Irgendwie belastete ihn der Gedanke an den Besuch bei der alten Frau Jordan. Aber was hätte er schließlich anderes tun und wie ihre Fragen beantworten können? Es war doch nur allzu wahr, daß unser Wissen Stückwerk ist. Doch hatte ihn der Ausruf am Schluß des Gespräches irgendwie erschüttert: »Ich brauche keinen gnädigen Gott!«

Aber ich! Aber ich! hieß es plötzlich in ihm. War er schuldig geworden, indem er etwa nach Gutdünken Gottes Wort veränderte? Pfarrer Trost fühlte sich nicht wohl über den Ausgang des soeben geführten Gespräches. Merkwürdig, derartige Schuldgefühle hatte er schon lange nicht mehr gehabt. Er dachte an Unterredungen mit Leuten, die aus der Kirche auszutreten wünschten. In der Regel war es ihm nicht schwer gefallen, derartige Gespräche zu führen. Meist war in einem solchen Fall die Kirchensteuer die Ursache zum Austritt. Hin und wieder handelte es sich auch um Atheisten, die wegen ihrer Einstellung keine Verbindung mehr zur Kirche wünschten. Andere wollten sich einer freien Gemeinde oder einer Sekte anschließen, weil sie mit der Kirche nicht mehr zufrieden waren. Pfarrer Trost war ein gewandter Redner. In einigen Fällen hatte er auch Leute, die aus der Kirche austreten wollten — ganz gleich, aus welchen Gründen —, dazu überreden können, sich noch einmal zu überlegen, ob sie bei ihrem Vorsatz bleiben wollten. Natürlich hatte er sich über jeden Erfolg gefreut. Aber daß ein treues Glied seiner Kirche in der Weise, wie es Frau Jordan getan hatte, behauptete: Ich brauche keinen gnädigen Gott!, das erschütterte ihn geradezu.

Er hatte das Empfinden, daß ihr Gespräch niemals so hätte enden dürfen. Aber was, um alles in der Welt, hätte er antworten sollen, ohne in die pietistische Art zu verfallen, die er doch seit langem ablehnte? Und doch hieß es in ihm: Dein Schweigen ist gleichbedeutend mit einer Verleugnung Gottes.

Pfarrer Trost schritt schneller aus — so, als könne er mit einer raschen Gangart seinen eigenen Gedanken entfliehen. Aber es war umsonst. Sie ließen ihn nicht los.

»Glauben Sie bedingungslos an die Bibel?« hatte Frau Jordan ihn gefragt. »Glauben Sie an ein Weiterleben nach dem Tod, an das Gericht?« Er aber hatte sie mit Redensarten abgespeist. Mußte sie seinen Worten nicht abspüren, daß er selbst längst unsicher geworden war in seinem Glaubensleben? Wenn er an die Wunder dachte, etwa an die Auferstehung Jesu, an die Himmelfahrt, an das Pfingstgeschehen — glaubte er überhaupt noch daran? Hatte er nicht völlig übersehen, daß in dieser alten Frau letztlich eine Unruhe aufgebrochen war, eine Angst vor dem Tod und dem, was danach folgt? Selbst ihr ehrfurchtsloser Ausruf »Ich brauche keinen gnädigen Gott!« war nichts anderes als eine gespielte Sicherheit, hinter der sie sich versteckte.

Da begegnete er in seiner Gemeinde nun einem Menschen, der vielleicht nur noch eine kurze Wegstrecke zurücklegen würde und der ihn rufen ließ und von ihm Hilfe und Zuspruch erwartete, und er hatte ihn mit leeren Worten abgespeist.

Im Pfarrhaus angekommen, begab er sich sogleich in sein Studierzimmer, zum Erstaunen seiner Frau, die gerne gewußt hätte, aus welchem Grund Frau Jordan ihn hatte rufen lassen. Sie würde es gewiß noch heute abend erfahren.

Der Pfarrer schlug die Bibel auf und las in Offenbarung 22 die Verse 18 und 19: »Ich bezeuge allen, die die Worte der Weissagung dieses Buches hören: Wenn jemand etwas hinzufügt, dann wird Gott ihm die Plagen zufügen, die in diesem Buch geschrieben stehen. Und wenn jemand etwas wegnimmt von den Worten des Buches dieser Weissagung, dann wird Gott ihm das Anrecht wegnehmen auf den Baum des Lebens und auf die heilige Stadt, von denen in diesem Buch geschrieben steht.«

Pfarrer Trost stützte die Ellbogen auf die Platte seines Schreibtisches und legte das Gesicht in seine Hände. Wie kam er dazu, im Anschluß an seine ihn vorher bewegenden Gedanken die allerletzten Verse der Bibel aufzuschlagen und zu lesen? Hatte er nicht früher daran geglaubt, daß Gottes Geist zum Menschen redet und ihn aufmerksam macht auf das, was für ihn wesentlich ist? Wie war es nur möglich, daß so manches in ihm wie ausgelöscht war, so als wäre es nie vorhanden gewesen? Gehörte er nicht auch zu denen, die willkürlich aus der Bibel hinwegtaten, was ihnen nicht glaubhaft schien, und die an anderer Stelle wieder hinzutaten, was ihrer eigenen Meinung entsprach? Wie hatte er gegenüber Frau Jordan nur behaupten können, daß ein so treues Gemeindeglied wie sie niemals vor einem kommenden Gericht Angst haben müsse? Wenn es wahr ist, daß man sich vor dem Endgericht Gottes verantworten muß für all sein Tun und Reden auf Erden, wie würde es dann ihm selbst ergehen? Wieviel hatte er versäumt! Wie oft hatte er gewagt, den biblischen Worten eine willkürliche Auslegung zu geben.

Es wurde vorsichtig an die Tür des Studierzimmers geklopft. Frau Trost steckte den Kopf herein. »Siegfried, ist dir nicht gut? Ich meinte, dich stöhnen zu hören.« Sie trat näher. »Was ist mit dir? Du siehst so erhitzt aus. Hast du Fieber?«

Sie legte die Hand an seine Stirn. »Ich meine, du solltest dich hinlegen. Eigentlich wollte ich dich fragen, wie es bei Frau Jordan war. Aber damit will ich warten, bis du dich wohler fühlst. Du siehst wirklich erschöpft aus.«

Pfarrer Trost schüttelte nur den Kopf. Er konnte seiner Frau nicht sagen, was in ihm — für ihn selbst noch unverständlich — plötzlich vor sich ging. Sie hätte es nicht verstanden. Er begriff es ja selbst kaum.

Jasmina hatte ihren Mann im Rollstuhl in den Garten hinausgefahren. Nach anhaltender Kälte und einem schneereichen Winter war es endlich Frühling geworden. Nun konnten die ersten Arbeiten in den Beeten und auf den Rabatten in Angriff genommen werden. An sonnigen Stellen blühten bereits Schneeglöckchen und Märzenbecher. Bald würden Tulpen, Narzissen und Osterglocken folgen.

Jasmina arbeitete gern im Garten und hatte sich in den Jahren ihrer Ehe darin allerlei Kenntnisse angeeignet und Erfahrungen gesammelt. Als Kind beneidete sie ihre Mitschülerinnen, deren Eltern einen Garten hatten. Wenn sie dann und wann von einer Freundin eingeladen war, kam sie sich wie in der Sommerfrische vor und fand es um so schrecklicher, mit der Mutter und ihrer Schwester in einer schmalen Gasse mitten in der Stadt wohnen zu müssen, wo weit und breit nicht das kleinste Stückchen Rasen zu sehen war. Die Zeit, in der Jasmina mit Viktor in einer geräumigen, schön gelegenen Wohnung am Stadtrand in der Nähe des Waldes gelebt hatte, schien ihr damals eine beglückende Versetzung in eine andere Welt gewesen zu sein. Wenn Jasmina heute daran dachte, war es ihr, als habe sie sich in all den Monaten an der Seite Viktors in einem Irrgarten befunden. Nun aber stand sie im Garten, hinter dem Haus ihres Mannes, der ihr sein Herz zur Heimat gemacht hatte, ihr und ihren Kindern.

Sie war gerade dabei, ein Beet umzugraben. Wohlgefällig blickte Daniel auf seine Frau, die in einem hellblauen Gartenanzug die Schaufel in die Erde stieß und sie umlegte, um in den nächsten Tagen das Saatgut einzustreuen. Ihre Wangen hatten sich gerötet, und soeben strich sie mit dem Handrücken eine vorwitzige Locke aus der Stirn, die sich aus ihrem Haar gelöst hatte.

Jasmina fühlte den Blick ihres Mannes auf sich ruhen. Sie richtete sich aus ihrer gebückten Haltung auf und lächelte ihm zu. »Arbeiten ist wunderschön«, sagte sie, »man könnte stundenlang zusehn.« Dann erschrak sie vor sich selbst. Wie konnte sie so taktlos sein! Sie wußte doch, was er darum geben würde, wenn er mit ihr im Garten schaffen könnte. Im gleichen Augenblick sah sie auch, wie für einen Moment über sein Gesicht ein Schatten zog und das eben noch vorhandene frohe Leuchten daraus verschwand. Betroffen über sich selbst, warf sie ihr Gartengerät zu Boden und war mit wenigen Schritten bei ihm, der im Rollstuhl unter den weitausladenden Zweigen der Trauerweide saß.

»Daniel, Liebster, verzeih!« rief sie schmerzlich bewegt. »Wie konnte ich nur so gedankenlos, so taktlos daherreden!« Sie kniete neben ihrem Mann auf dem Grasboden und umschlang ihn mit beiden Armen. »Bitte, sei mir nicht böse! Im gleichen Moment, in dem ich so dumm geredet habe, wußte ich, daß ich dir weh getan hatte.«

Er zog sie an sich. »Es ist kein Grund, dir böse zu sein, Jasmina. Ja, ich gäbe viel darum, dir jetzt helfen zu können. Aber das Wort ›Verzicht‹ wird nun einmal in meinem Dasein ganz groß geschrieben.«

Sie konnte sich noch immer nicht beruhigen. »Mit meinem dummen Geschwätz habe ich nun wieder allen Jammer neu in dir aufgerissen, nicht wahr? Bitte nimm es mir ab, es tut mir wirklich leid!«

»Laß gut sein, Liebste! Es sind nur ganz seltene und dann wirklich kurze Augenblicke, die in mir Traurigkeit wecken. Wenn ich mich dann selbst zur Ordnung rufe und dann daran denke, daß es anderen noch viel schlimmer geht als mir, bin ich bald wieder froh und zufrieden. Stell dir vor, ich hätte nach dem schrecklichen Unfall überhaupt kein Glied mehr rühren können, oder man hätte mir die Beine abnehmen müssen. So kann ich Arme und Hände und vor allem meinen Kopf gebrauchen und muß nicht unbeweglich im Bett liegen.«

Er scherzte: »Ich habe ein elegantes Gefährt, das ich selbst steuern kann und in dem mich mein Frauchen durch die Stadt schiebt. Und dann, Jasmina, seitdem du die Fahrprüfung bestanden hast und wir das Auto haben, in das ich mit deiner Hilfe ein- und aussteigen kann, seitdem bin ich beinahe wunschlos glücklich.«

Sie hatte ihren Kopf in seiner Armbeuge verborgen. Er hob mit seiner Rechten ihr Gesicht. »Aber du weinst ja! Nein, dazu ist kein Grund. Komm, sei wieder fröhlich und vergnügt und geh an deine Gartenarbeit. Es ist mir in der Tat ein Genuß, dich dort hantieren zu sehen. Wie ein junges Mädchen siehst du aus!«

Sie lachte nun wieder, nachdem sie sich die Tränen vom Gesicht gewischt hatte. »Danke für das Kompliment! Junges Mädchen mit einer schon halb erwachsenen Tochter!«

»Aussehen tut sie mit ihren sechzehn Jahren so«, erwiderte Daniel, »aber im Wesen ist sie doch noch reichlich unfertig.«

»Das ist gelinde gesagt. Aber sieh, da kommt Beatrix aus der Schule.«

Diese hatte die Eltern im Garten entdeckt und rief freudig: »Mutti, Vati, ich habe eine gute Note in der Klassenarbeit bekommen. Stellt euch vor, einen Zweier in Mathematik. So was ist noch nie dagewesen. Und hier«, sie hielt einen Briefumschlag hoch. »Ratet mal, von wem der ist? — Aber ihr kriegt's ja doch nicht raus.«

Das Mädchen war inzwischen durch die Seitenpforte in den Garten gelangt, ohne erst durchs Haus zu gehen. »Ich war nämlich auf dem Heimweg rasch bei Oma. Sie wollte mir doch ihren blühenden Kaktus zeigen. Ich sage euch, märchenhaft! Eine rosa Blüte wie ein Seestern. Und dann hat sie mir erzählt, daß sie einen Brief aus Italien bekommen hat.«

»Gewiß von Torellis aus Cremona. Dort wohnt dein Großonkel, Beatrix, der Bruder meines Vaters mit seiner Familie. Er und auch seine drei Söhne sind Geigenbauer und spielen wunderschön auf ihren Instrumenten. Mutter hat oft erzählt, wie herrlich sie bei ihrer Hochzeit musiziert haben.«

»Ja«, bestätigte Beatrix lebhaft. »Oma spricht immer wieder davon. Und einer dieser Verwandten hat eine Tochter, die, wie Oma sagt, in meinem Alter ist. Sie lernt in der Schule die deutsche Sprache und möchte, um sich darin zu üben, für einige Zeit in Deutschland und bei Oma wohnen. Nun soll ich euch fragen, ob ihr erlauben würdet, daß Antonella — so heißt sie nämlich — sich in der Zeit, in der Oma Dienst im Krankenhaus hat, bei uns aufhalten kann.«

»Natürlich kann sie das«, erwiderte Daniel und streckte Beatrix die Hand entgegen, die diese freudig ergriff. »Ich wußte, Vati, daß du es erlauben würdest, und du, Mutti, hast bestimmt auch nichts dagegen.«

»Aber nein, ganz und gar nicht. Vielleicht erlaubt dein Lehrer dir, daß du das Mädchen dann und wann mit in den Schulunterricht bringst. Das wäre ihr gewiß eine große Hilfe bei ihrem Bemühen, die deutsche Sprache besser zu lernen.«

»Das ist eine gute Idee, Mutti! Gleich morgen will ich ihn fragen. Ich freue mich schon jetzt ganz toll auf Antonella.«

Als Beatrix sich umwandte, um ins Haus zu gehen, sah sie ihre Schwester Natalie mit einigen ihrer Freundinnen aus der Schule kommen.

»Hier herein!« rief sie ihr zu. »Vati und Mutti sind im Garten.«

Natalie, die wie ihre Freundinnen eine Zigarette rauchte, erschrak sichtlich, als sie das hörte, warf die angerauchte Zigarette eilig fort und legte, Beatrix einen unmißverständlichen Blick zuwerfend, den Finger auf den Mund. Das hieß: Wehe, wenn du mich verrätst! Beatrix wußte sofort, was sie meinte. Es war ihnen beiden nicht gestattet, zu rauchen. Sie selbst hatte noch nie Lust dazu verspürt. Aber Natalie setzte sich über das Verbot hinweg. Wenn sie es bisher zu Hause auch vermied, aber auf der Straße und sogar auf dem Schulhof sah man sie immer wieder mit einer Zigarette. Als sie nun mit lässigem Gruß durch die Seitenpforte den Garten betrat, rief Beatrix ihr eifrig zu: »Stell dir vor, Antonella Torelli kommt aus Italien.«

»Noch nie gesehen«, erwiderte Natalie sichtlich uninteressiert. »Wer soll denn das sein? Eine Schlagersängerin oder eine Filmschauspielerin, die zufällig genauso heißt wie unsere Oma und Mutti früher?«

»Ach red' doch keinen Quatsch! Das ist doch eine Verwandte von uns. Eine Enkelin von unserem Großonkel in Cremona.«

»Woher soll ich das wissen?«

Beatrix hielt ihr den Brief vor die Augen und sprudelte drauflos. »Sie kommt für einige Zeit nach Deutschland, wohnt bei Oma und hält sich bei uns auf, wenn Oma Dienst im Krankenhaus hat.«

»Von mir aus«, war die gleichgültige Antwort der Schwester.

»Ich werde meinen Klassenlehrer fragen, ob ich sie manchmal mit in die Schule bringen darf, weil sie doch die deutsche Sprache lernen will.«

»Guten Erfolg! Aber das sag' ich dir, verschone mich zumindest in der Schule mit dieser Ausländerin. Wir haben genug von der Sorte in meiner Klasse. Von denen könnte ich dir allerlei erzählen.«

Beatrix war sichtlich enttäuscht über die Reaktion ihrer

Schwester, die auch nicht die geringste Begeisterung über das Auftauchen dieser Antonella zeigte.

Jetzt schaltete sich die Mutter ein. »Hör mal, Natalie, ich finde es nicht sehr nett von dir, unserem Besuch aus Italien die gleiche Nichtachtung entgegenzubringen, wie du es gegenüber den Kindern hier lebender Gastarbeiter tust. Du kennst Antonella doch noch gar nicht, und die Türken, Jugoslawen und Italiener sind genauso Menschen wie wir und haben Anspruch darauf, daß man sie ernst nimmt.«

»Ach Mutti, ich möchte wissen, was du sagen würdest, wenn du in der Schule neben einem Mädchen oder Jungen sitzen müßtest, die nach Knoblauch und anderem Undefinierbaren stinken. Ungeziefer haben sie auch eingeschleppt. Das gab es ja gar nicht mehr bei uns in Deutschland. Und wie unmöglich die sich kleiden!«

»Natalie, ich habe den Eindruck, daß du reichlich überheblich bist!« Mit diesen Worten schaltete sich Daniel in das Gespräch ein. »Jedenfalls muß ich dich sehr bitten, dieser Antonella, die eine Verwandte von Omas verstorbenem Mann ist, höflich und freundlich zu begegnen, so wie du es auch erwarten würdest, wenn du zu ihnen nach Italien kämst.«

»Was voraussichtlich nie geschehen wird. Ich würde mir bestimmt ein anderes Reiseziel aussuchen als das Land der Makkaronifresser.«

Nach diesen unfreundlichen Worten warf das Mädchen den Kopf in den Nacken und ging ins Haus.

Jasmina und Daniel wechselten einen Blick, wollten sich aber vor Beatrix nicht äußern. Diese jedoch ließ sich die Freude über den zu erwartenden Besuch aus Italien durch die unfreundliche Reaktion ihrer Schwester nicht nehmen und sagte: »Gleich heute will ich einen Brief an Antonella schreiben. Sicher kann sie genügend Deutsch, um ihn entziffern zu können.«

Es war einige Tage später, als Daniel Jordan zu seiner Frau sagte: »Wir haben so lange nichts von Tante Alma gehört. Irgendwie bin ich beunruhigt. Ob sie nun ihr Klassentreffen durchgeführt hat? Hoffentlich ist sie nicht wieder krank geworden.«

»Ruf doch mal an und frage nach ihrem Ergehen.«

»Ja, das will ich gleich nachher tun.«

Frau Berthold meldete sich am Telefon und sagte, daß ihr Frau Jordan Sorgen mache. Sie sei seit einiger Zeit irgendwie verändert.

»Ist sie krank? Dann hätten Sie doch, wie vereinbart, bei uns anrufen sollen, Frau Berthold.«

»Es ist so eigenartig, Herr Jordan, krank ist Ihre Tante eigentlich nicht. Aber ich weiß nicht, wie ich es nennen soll. Sie liegt so viel herum, was sie sonst gar nicht getan hat. Ihr Appetit läßt zu wünschen übrig, und sie schläft nachts — wie sie sagt — stundenlang nicht.«

»Hat sie denn ihr Klassentreffen durchgeführt, nachdem das geplante wegen ihres Hexenschusses abgesagt werden mußte?«

»Nein, eben nicht. Auch darüber habe ich mich gewundert, wo es ihr doch so wichtig war. Herr Jordan, manchmal denke ich, ich weiß nicht, ob ich das sagen darf...«

»Sprechen Sie nur, Frau Berthold.«

»Manchmal denke ich, ob sie wohl noch ganz richtig im Kopf ist.«

»Sie beunruhigen mich.«

»Das ist es ja eben, mich beunruhigt es auch. Sie fragt alle Leute, die kommen, so komische Sachen.«

»Was für komische Sachen?«

»Na ja, ob sie an Gott glauben, und ob mit dem Tode nicht alles aus sei und noch mehr solche schaurigen Dinge.«

»Aber warum haben Sie denn nicht schon früher angerufen, Frau Berthold, wenn Sie meine Tante so verändert finden?«

»Ich wollte es ja auch, aber...«

»Wir kommen heute nachmittag vorbei, meine Frau und ich. Bitten Sie Frau Jordan, wenn möglich, im Gartenzimmer auf uns zu warten. Sie wissen ja, daß ich die Treppe nicht heraufkommen kann.«

»Es ist recht, Herr Jordan.«

Nachdem Daniel den Inhalt des Gesprächs seiner Frau mitgeteilt hatte, war diese auch gleich der Meinung, daß man noch am selben Tag nach der alten Frau sehen müsse. So kam es, daß Jasmina ihren Mann im Auto zur Gartenstraße fuhr und sie, nachdem sie ihm wieder in den Rollstuhl geholfen hatte, im Gartenzimmer vor Tante Alma erschienen. Sie lag auf einer Couch, von Frau Berthold fürsorglich mit einer Decke zugedeckt, und schien sich beim Anblick der beiden nicht gleich zurechtzufinden. Wie aus weiter Ferne kommend, blickte sie Daniel und Jasmina an.

»Tante Alma, wir kommen, um zu hören, wie es dir geht«, begann ihr Neffe das Gespräch. »Wir haben eine ganze Weile nichts von dir gehört und waren beunruhigt.«

»Mir fehlt nichts«, erwiderte sie und sprach fast hastig weiter: »Sag mal, Daniel, du kannst doch bestätigen, du bist doch mein Patensohn, daß ich eine rechtschaffene Frau, eine gute Christin bin.«

Sie schien nicht zu merken, daß Daniel auf ihre Frage nicht einging. Merklich erregt fuhr sie fort: »Glaubst du an ein Leben nach dem Tod?«

»Ja, natürlich glaube ich daran.«

»Und du glaubst auch an das Endgericht?«

»Ja, Tante Alma, auch das glaube ich.«

»Fürchtest du dich davor?«

Nie vorher hatte Frau Jordan ihrem Neffen solche Fragen gestellt, und er überlegte, was jetzt die Ursache solcher Gedankengänge sein könne. Irgendwie hatte er das Gefühl, daß es nicht unwichtig war, in welcher Weise er ihr antwortete. So sagte er, seiner Überzeugung gemäß: »Ich hätte wohl Grund, mich zu fürchten, wenn ich nicht von Gottes Barmherzigkeit wüßte.«

»Wieso?« fuhr die alte Frau hoch. »Du bist doch ein anständiger Mensch! Daß du, mir unverständlicherweise, die Mina geheiratet hast, war ja schließlich keine Sünde, sondern ein nie wieder gutzumachender Irrtum.«

»Tante«, beschwor er sie mit einem Blick auf Jasmina, die neben ihm saß. »Du solltest in dieser Weise nicht mehr sprechen, zumal...«

Jasmina legte ihre Hand auf seine Rechte. »Das ist kein Grund zur Beunruhigung«, sagte sie leise zu ihm.

Er aber fuhr fort: »Zumal du dich doch nun schon seit langem vergewissern konntest, daß wir beide sehr glücklich miteinander sind.«

Frau Jordan schien das letzte nicht in sich aufzunehmen, sondern bohrte weiter: »Du hast noch nie Grund gehabt, dich vor einem Gericht zu fürchten. Du warst immer wie ich ein anständiger Mensch.«

»Tante Alma, darum geht es nicht. Keiner von uns kann vor dem heiligen Gott bestehen.«

»Aber Pfarrer Trost hat gesagt, ein Mensch wie ich, der so viel Gutes getan hat —«

»Es gibt keinen Menschen auf der ganzen Welt, der so viel Gutes getan hätte, daß er damit seine Schuld bereinigen könnte. Wer sie aber bekannt und ehrlich bereut, dem wird Gott gnädig sein. — Warum kommst du nicht zur Ruhe, Tante Alma?«

»Ich käme schon wieder zur Ruhe, wenn — wenn die Gedanken nicht immer wieder über mich herfallen würden.«

»Was für Gedanken? Kannst du es uns sagen?«

»Ach, ich bin im Augenblick nur etwas mit den Nerven herunter. Das wird wieder vergehen.«

»Können wir sonst noch etwas für dich tun, Tante Alma?« fragte Jasmina und beugte sich freundlich über sie.

»Nein, gar nichts. Ihr könnt jetzt wieder gehen!«

Als Jasmina sich anschickte, Daniels Rollstuhl hinauszuschieben, richtete die alte Frau sich mühsam auf und hielt den Neffen am Arm zurück. »Daniel, ich bin mir zwar keiner Schuld bewußt. Du weißt ja, wie rechtschaffen ich immer war. Aber als der Pfarrer mich besucht hat, da habe ich in meinem Zorn — weil er tat, als sei auch ich ein sündiger Mensch — gesagt: ›Ich brauche keinen gnädigen Gott!‹ Und darüber komme ich seitdem nicht mehr zur Ruhe. Die Angst, es könnte doch alles wahr sein mit dem Leben nach dem Tod und mit dem Gericht — und überhaupt alles...« Fast verzweifelt blickte sie den Neffen an: »Warum werde ich damit nicht fertig? Daniel, sag es mir doch!«

Daniel gab seiner Frau ein Zeichen, daß sie noch etwas länger bei Frau Jordan verweilen müßten. Jetzt war ihm klar, warum sie innerlich nicht zur Ruhe kam.

Jasmina schob den Krankenstuhl ihres Mannes nahe an die Couch heran, auf der die Tante lag. Sie aber verließ das Zimmer. Bestimmt war es richtiger, die beiden jetzt allein zu lassen.

Bei diesem Gespräch erkannte Daniel, daß die so selbstsicher scheinende alte Frau von einer sie fast aufreibenden Angst erfüllt war. Aber wie konnte er ihr helfen, wenn sie davon überzeugt war, ein Mensch ohne Tadel zu sein? An ihrer Selbstsicherheit prallte jedes Wort ab, das er von Sünde, Schuld und Gottesferne sagte. Wie schwer war es doch, einem alten Menschen, der von seiner Unfehlbarkeit zutiefst überzeugt schien, das Evangelium zu bringen. Als sie nach fast einer Stunde immer noch darauf beharrte, sich keiner Schuld bewußt zu sein, schwieg Daniel. Er fühlte sich erschöpft.

»Ich muß jetzt nach Hause fahren«, sagte er. »Jasmina wird das Abendessen vorbereiten wollen. Die Kinder werden schon ungeduldig warten. Aber wenn es dir recht ist, komme ich in den nächsten Tagen wieder vorbei. Dann reden wir weiter.«

»Kannst du nicht schon morgen kommen?« fragte die Tante. Schon wieder stand die Angst in ihren Augen.

»Gut«, antwortete Daniel nach kurzem Überlegen. »Ich will versuchen, es möglich zu machen. Sollte Jasmina verhindert sein, mich mit dem Auto zu fahren, komme ich allein. Du weißt ja, daß ich den Rollstuhl selbst bedienen kann. Aber ich muß dich bitten, mich dann wie heute im Gartenzimmer zu empfangen. Treppen kann ich ja nicht steigen.«

Als das Ehepaar Jordan nebeneinander im Auto saß, war Daniel sehr schweigsam.

»Bist du bekümmert?« fragte Jasmina ihren Mann.

»Warte, bis wir heute abend eine ruhige Stunde haben«, erwiderte er. »Ich muß innerlich erst etwas Abstand nehmen von dem Gespräch mit Tante Alma. Wie schwer ist es doch, einem alten Menschen, der sich bisher gegen das Wirken Gottes gesträubt hat, zurechtzuhelfen.«

»Es ist schon schwer, einen jüngeren Menschen, wie ich es bin, zur rechten Erkenntnis zu führen, nicht wahr?«

»Letztlich ist es ja überhaupt Gottes und nicht unser Werk.«

Am anderen Tag fuhr Jasmina ihren Mann zu seiner Tante. Während er sich Zeit nahm, auf deren Anliegen einzugehen, machte sie Besorgungen in der Stadt, von denen sie früher als erwartet zurückkam. In einem Blumengeschäft hatte sie drei gelbe Rosen gekauft und brachte diese der alten Frau. Irgendwie drängte es sie, ihr eine Aufmerksamkeit zu erweisen.

»Das Geld hättest du dir sparen können«, erwiderte Tante Alma griesgrämig. »Schließlich habe ich im Garten eigene Rosen.«

»Aber soviel ich weiß, keine gelben«, lachte Jasmina und überging bewußt Frau Jordans kränkende Art.

»Sie wollte dir doch eine Freude machen«, lenkte Daniel ein.

»Ich mag keine gelben Rosen.«

»Aber nun wollen wir in unserem Gespräch fortfahren, Tante Alma.«

»Es ist nicht nötig, daß die Mina dabei ist.«

»Du meinst Jasmina! Vielleicht kann sie inzwischen irgend etwas im Haushalt tun! Etwa Fenster putzen? Nicht wahr«, er wandte sich seiner Frau zu, »oder sonst irgend etwas.«

Jasmina nickte. So ganz behagte es ihr nicht. Lieber hätte sie an dem Gespräch teilgenommen, dessen Verlauf sie interessierte, nachdem ihr Mann ihr vom gestrigen Gespräch erzählt hatte.

»Meine Fenster sind sauber. Dazu brauche ich deine Frau nicht«, sagte ablehnend Tante Alma. »Aber im Garten wäre dringend das Unkraut zu entfernen. Überall kommt schon wieder Gras hervor. Die Berthold läßt doch sehr nach, die kann das nicht mehr.«

Jasmina blickte ihren Mann fragend an. Es ärgerte sie, daß Frau Jordan ihr, ohne sie zu fragen, eine Arbeit zuwies, als sei sie noch ihr Dienstmädchen. Daniel las in ihren Gedanken, nickte ihr aber ermutigend zu. Tu es, Liebste! Auch wenn er es nicht aussprach, sie verstand ihn doch.

»Gut«, erwiderte sie. »Früher hattest du, Tante Alma, in der Waschküche Gartenschürzen hängen. Ich hole mir eine und mache mich hinter deinem Unkraut her.«

»Was heißt hier mein Unkraut? Du tust gerade so, als hätte ich es wachsen lassen.«

Jasmina überhörte bewußt die gereizte Antwort und verließ das Zimmer, um sich in den Garten am Haus zu begeben.

Daniel aber setzte sein Gespräch fort. »Wir sprachen von den Geboten Gottes. Du kennst sie doch noch, Tante Alma?«

Merklich unwillig antwortete sie: »Ein paar werde ich wohl noch zusammenkriegen. Aber was soll das, Daniel? Du willst mich doch nicht examinieren. Jetzt kehr bloß nicht den Schulmeister heraus. Das kann ich schon gar nicht ausstehen.«

Herr Jordan bemühte sich, gelassen zu bleiben. Er kannte ja die Art der alten Frau. Nur zu gut begriff er Jasmina, wenn diese Mühe hatte, deren gereiztes Wesen immer wieder neu zu ertragen.

»Tante Alma«, antwortete er so ruhig wie möglich. »Du hast mich gestern gebeten, heute wieder zu dir zu kommen, um mit mir über die Fragen zu reden, die dir Unruhe bereiten.«

»Das stimmt, aber was hat das mit den Zehn Geboten zu tun. Ich bin schließlich kein Schulmädchen, dessen Kenntnisse du prüfen mußt.«

»Ich weiß, Tante Alma, aber um deine Fragen beantworten zu können, muß ich auf verschiedene Geschehnisse zurückgreifen. Du hast mir nun schon einige Male gesagt, daß du ein rechtschaffener Mensch, eine gute Christin, keinesfalls aber eine Sünderin bist. Sieh, die Gebote hat Gott den Menschen gegeben, damit sie wissen, was er von ihnen fordert. Sie sind die Offenbarung seines Willens.«

»Du sollst nicht töten«, unterbrach Frau Jordan ungeduldig ihren Neffen. »Du sollst nicht ehebrechen! Du sollst nicht begehren deines Nächsten Weib, Knecht, Magd usw. Du sollst nicht stehlen! Du siehst, ich weiß Bescheid. Und nichts von alledem habe ich je getan. Ich weiß gar nicht, was dieses Verhör soll!«

»Tante Alma«, beschwichtigte Daniel die alte Frau, die sich bereits wieder in Erregung steigerte. »Es geht weder um ein Verhör, noch mache ich dir irgendwelche Vorwürfe. Ich will dir doch nur helfen, aus deiner Unruhe und Angst herauszukommen. Natürlich hast du weder die Ehe gebrochen noch einen Menschen getötet noch jemand bestohlen, genausowenig wie ich — und doch sind wir vor Gott Sünder, selbst wenn wir die genannten Gebote nicht übertreten haben und sind nur an einem einzigen schuldig geworden. Dann haben wir uns eben doch gegen Gottes Willen versündigt.«

Frau Jordan wollte bereits wieder aufbegehren, aber er ließ sich jetzt nicht unterbrechen und fuhr fort: »In Jakobus 2, Vers 10 steht: ›So jemand das ganze Gesetz hält und sündigt an einem, der ist's ganz schuldig‹.«

»Aber das ist doch eine Ungerechtigkeit sondergleichen!«

Die alte Frau fuhr aufs neue hoch.

»Würdest du das auch so sehen«, versuchte Daniel ihr an einem Beispiel klarzumachen, »wenn ein Dieb vor Gericht gestellt wird und beteuert, nur einen kleinen Betrag gestohlen zu haben. Er sei kein Scheckbetrüger, er habe keinen Einbruch verübt und keinen Menschen umgebracht. Das alles nützt ihm nicht, denn er hat gestohlen, und wenn es nur ein kleiner Betrag ist. Er wird dafür nach den Richtlinien des Gesetzes bestraft, denn er ist schuldig. Denke doch einmal an das erste Gebot: Ich bin der Herr, dein Gott, du sollst keine anderen Götter neben mir haben.«

»Na und?«

»Tante Alma, der oder das, was den ersten Platz in unserem Leben einnimmt, das ist der Gott oder der Götze, den wir anbeten. Das kann unser Besitz, unser Erfolg im Berufsleben, das kann aber auch ein Mensch sein, den wir mehr lieben als Gott.«

»Gott lieben!« fast höhnisch wiederholte es die alte Frau. »Lieben kann ich doch nur jemand, den ich kenne, den ich achte oder verehre. Aber Gott? Wo ist er? Wer hat ihn je gesehen? Wer weiß denn überhaupt, ob er in Wirklichkeit existiert?«

Daniel erschrak bis ins Innerste. Und diese Frau, die vielleicht schon bald vor den Toren der Ewigkeit stand, nannte sich Christin? Er hatte das Empfinden, daß er mit ihr auch nicht den kleinsten Schritt weiterkam.

Erneut begann er und betete in seinem Innern, daß Gott ihm doch Weisheit schenken möge, diesem verhärteten Menschen zurechthelfen zu können. »Tante Alma«, sagte er, »einmal kam ein Schriftgelehrter zu Jesus, der wollte ihn versuchen, ihm gewissermaßen eine Falle stellen. Er fragte ihn: Meister, welches ist das vornehmste Gebot? Die Juden haben nämlich nicht nur die Zehn Gebote, die Gott ihnen auf dem Berg Sinai gegeben hat, sondern insgesamt 613 Verordnungen, die sie halten sollten. Er brachte mit dieser Frage Jesus keineswegs in Verlegenheit. Jesus antwortete diesem Mann: Du sollst Gott lieben, deinen Herrn, von ganzem Herzen, von ganzer Seele und von ganzem Gemüt. Das ist das vornehmste und größte Gebot. Das andere aber ist ihm gleich: Du sollst deinen Nächsten lieben wie dich selbst. — Ich meine, Tante Alma, wenn wir uns ganz ehrlich fragen, ob wir diese beiden wichtigsten Gebote gehalten haben, dann muß jeder von uns bekennen: Nein, ich habe es nicht getan. Ich bin vor Gott schuldig geworden.«

Zu Daniels Verwunderung antwortete Frau Jordan jetzt kein Wort. Sie sah vor sich hin und sagte nach einer geraumen Zeit, wie aus tiefem Nachsinnen kommend: »Ja, wenn das so ist? Seinen Nächsten lieben wie sich selbst — das tut doch kein Mensch. Und Gott lieben von ganzem Herzen, von ganzer Seele — hast du nicht so gesagt, Daniel? — das ist doch fast unmöglich, wenn man sich von ihm keine Vorstellungen machen kann, wenn man ihn gar nicht kennt.«

»Du kannst ihn aber kennenlernen durch Jesus Christus, Tante Alma.« Irgendwie begann Daniel zu hoffen, daß er einen Schritt weitergekommen war. In einfachen Worten, als spräche er zu einem Kind, fuhr er fort: »In der Bibel wird uns gesagt, als Gott dem Volk Israel durch Mose vom Berg Sinai aus seine Gebote kundgetan hatte, geschah dies unter gewaltigem Donnerrollen und Blitzen. Der ganze Berg war in Rauch gehüllt, und es tönte wie von gewaltigen Posaunen. Dem Volk war es nicht erlaubt, auf den Berg Sinai zu steigen. Nur Mose durfte sich Gott nahen. Damit keiner es wagte, sich dem zu widersetzen, hatte Mose um den Berg eine Umzäunung ziehen lassen, vor der das ganze Volk ehrfürchtig stehenblieb und auf das wartete, was ihm von Gott durch Mose gesagt wurde. Das Volk Israel fürchtete sich sehr, weil es wußte, daß Gott heilig und allwissend ist und alle ihre Übertretungen, ihre Sünden, die sie von Gott trennten, kannte. Angst und Zittern war über sie alle gekommen.«

»Und dann erwartet Gott, daß die Menschen ihn lieben? Man kann doch nicht lieben, was man fürchtet«, unterbrach ihn bereits wieder ziemlich erregt die Tante.

»Du hast recht«, bestätigte Daniel ihre Worte. »Das wußte auch Gott. Darum hat er einen Weg gezeigt, auf dem die von ihm gefallene sündige Menschheit wieder zu ihm zurückfinden kann. Ach Tante Alma, ich wünschte, ich könnte es dir so erklären, daß du es fassen und glauben kannst. All deine Angst und Unsicherheit würde von dir abfallen.«

»Aber wenn doch ein Zaun da ist und niemand zu Gott gelangen kann?« Sie schwieg und legte die Hand über die Augen. Es schien für sie alles zuviel zu sein. Hatte Daniel sie überfordert? Besorgt blickte er auf die alte Frau, die jetzt wirklich angegriffen und bleich aussah. Aber so durfte er das Gespräch nicht beenden, ohne wenigstens den Weg zur Hilfe zu nennen. Ob sie es noch fassen konnte?

»Du sprichst von dem Zaun, der das Volk Israel von Gott und auch uns von ihm trennt. Dieser Zaun ist nun abgerissen. Hör einmal, was der Apostel Paulus an die Epheser schreibt in

Kapitel 2: »Er ist unser Friede. Er hat abgebrochen den Zaun, der dazwischen war. In Jesus Christus seid ihr, die ihr einst fern wart, nahe gekommen durch das Blut Christi«.«

Das Stöhnen der alten Frau ließ ihn erschrocken verstummen. Ihm wurde klar, daß sie, die sich ein ganzes Leben lang so gut wie gar nicht um diese Wahrheiten gekümmert hatte, kaum noch imstande war, sie zu fassen. Er konnte Gott nur bitten, daß er das, was ihm, Daniel, bei allem guten Willen nicht gelang, möglich machen möge, nämlich: daß sie noch imstande war, das Angebot Gottes anzunehmen.

Nur eins wollte und mußte er ihr noch sagen: »Glaube an den Herrn Jesus Christus, so wirst du selig!«

Als Daniel sich von seiner Tante verabschiedete, umklammerte sie wortlos seine Hand. Ihre Augen waren wieder in Angst auf ihn gerichtet. »So wirst du selig«, wiederholte sie schließlich mit fast unhörbarer Stimme. »Oh, Daniel, wenn ich es doch glauben könnte!«

Als Jasmina und ihr Mann zu Hause angekommen waren, sagte sie: »Ich habe, als ich im Garten arbeitete, fast das ganze Gespräch mit anhören können. Damit dich Tante Alma wegen ihrer Schwerhörigkeit verstehen konnte, hast du viel lauter gesprochen als sonst. Nur was sie sagte, konnte ich nicht immer verstehen. Ihre Stimme kam mir so schwach vor.«

»Sie war so schwach, daß ich zeitweise um sie bangte. Ich sorge mich auch jetzt um sie.«

»Aber du hast es wunderbar verstanden, ihr zu erklären, was wichtig ist. Weißt du, die Sache von dem Zaun, den der Herr Jesus durch sein Kommen in diese Welt und durch sein Sterben für uns abgebrochen und damit uns den Zugang zu Gott freigemacht hat, das war mir wie eine Offenbarung. Ich hatte es ja kürzlich zum ersten Mal im Hausbibelkreis gehört. Aber erst heute, als du es der Tante so schlicht erklärtest, habe ich es richtig verstanden. O Daniel, das hast du wirklich gut gemacht!«

»Wenn es nur noch in ihr Inneres eingedrungen ist«, sagte er besorgt. »Es wäre so wichtig«!

Beatrix war vor lauter Erwartung ganz aus dem Häuschen. Es gab für sie bei den gemeinsamen Mahlzeiten kaum ein anderes Thema als Antonella Torelli, die am nächsten Tag erwartet wurde.

»Mutti, was für ein Kleid soll ich anziehen, wenn ich sie mit Omi vom Bahnhof abhole?«

»Ich denke, dein Schulkleid ist richtig.«

Natalie stichelte: »Ich habe dich kürzlich dabei erwischt, wie du vor dem großen Spiegel Mutters langes schwarzes Abendkleid anprobiert hast, das sie trägt, wenn sie mit Vati ins Konzert geht. Das wäre doch das richtige zum Empfang der Spaghettifresserin, wenn du sie morgen abholst.«

»Blöde Ziege!« gab Beatrix zurück.

»Fangt nicht schon wieder Streit an«, schalt Jasmina. »Im übrigen habe ich es nicht gern, wenn du, Beatrix, ohne mich zu fragen, meine guten Kleider anziehst.«

»Es war doch nur — ich wollte mal sehen, ob mir schwarz auch steht. Du siehst so königlich in dem Kleid aus, Mutti, so vornehm!«

»Du hast mich verstanden, Beatrix, nicht wahr? Wie schnell könnte in einem solchen teuren Kleid ein Riß oder ein Fleck sein.«

»Ich tu's nicht mehr, Mutti. Aber allen Ernstes, meinst du nicht auch, ich sollte morgen mein Sonntagskleid anziehen, wenn ich Antonella vom Bahnhof abhole?«

»Hör endlich auf«, fuhr Natalie die Schwester an. »Seit Tagen gibt es kein anderes Gesprächsthema mehr als diese Italienerin. Ich wundere mich nur, daß du inzwischen nicht den italienischen Sprachkurs besucht hast, der gerade in der Volkshochschule läuft.«

»Mutti, sage ihr, daß sie aufhören soll, mich immer mit Antonella aufzuziehen. Im übrigen ist Natalie nur neidisch, daß sie an mich und nicht an sie geschrieben hat.«

»Das kommt daher, daß du im gleichen Alter bist wie Antonella«, schaltete sich jetzt Daniel in das Gespräch ein und wandte sich dann Natalie zu: »Ich nehme an, es ist unnötig, dir noch einmal zu sagen, daß ich erwarte, du begegnest dieser Cousine so höflich und taktvoll, wie es sich für uns als Gastgeber gehört.«

»Das kann ich jetzt bereits singen«, erwiderte Natalie ungezogen.

»Laß bitte deine spitzen Bemerkungen und sei unserm Gast behilflich, Deutsch zu lernen«, fügte Daniel hinzu.

»Das werde ich schon tun«, ereiferte sich jetzt Beatrix. »Dazu brauche ich die Natter nicht.«

So nannte die jüngere Schwester Natalie manchmal, wenn sie sich über sie ärgerte.

»Da sieht man, wer von uns beiden die spitzeste Zunge hat«, stellte Natalie fest.

»Jedenfalls wird Antonella keinen guten Eindruck von euch beiden bekommen, wenn ihr dauernd streitet«, meinte die Mutter.

»Das ist mir vollkommen egal«, widersetzte sich Natalie, stand auf und verließ das Eßzimmer, in dem man soeben die Mittagsmahlzeit beendet hatte.

»Bitte, bleib hier, bis wir das Dankgebet gesprochen haben«, ordnete Daniel unmißverständlich an.

Nur widerstrebend setzte sich Natalie wieder auf ihren Stuhl und erdreistete sich, in herausforderndem Ton zu fragen: »Hast du etwa vor, Vati, wenn dieses Mädchen bei uns zu Tisch ißt, auch vor und nach dem Essen zu beten?«

»Was fällt dir ein«, entgegnete Jasmina.

Daniel aber übernahm es, der Tochter zu antworten: »Du hast doch wohl nicht im Ernst erwartet, Natalie, daß wir um dieses Besuches willen unsere bisherige Tisch- und Hausordnung ändern?«

»Wenn sie es aber nicht gewohnt ist, wird ihr das peinlich sein. Übrigens ist sie, soweit ich weiß, Katholikin, und die haben bestimmt ganz andere Gewohnheiten.«

»Fromme Katholiken beten auch zu Tisch. Jedenfalls bei uns wird nichts geändert. Antonella wird sich uns anpassen müssen. Nach ihren Briefen zu urteilen, scheint sie ein wohlerzogenes, nettes Mädchen zu sein. So, und nun wollen wir das Dankgebet sprechen.« Es war üblich, daß alle gemeinsam nach dem Essen beteten: »Wir danken dir, Herr, denn du bist freundlich, und deine Güte währet ewiglich.«

Natalie schwieg diesmal. Mürrisch erhob sie sich und ging in ihr Zimmer, um Schulaufgaben zu machen.

»Du bist heute dran, in der Küche Geschirr abzutrocknen«, erinnerte sie Beatrix.

»Das kannst du tun. Wir haben morgen eine Klassenarbeit, für die ich noch büffeln muß«, war die Antwort.

Jasmina hatte eine gereizte Antwort auf der Zunge, unterließ es jedoch, sie auszusprechen. Es genügte, daß es Natalie wieder einmal gelungen war, die Atmosphäre zu trüben.

Als Daniel sich mit seiner Frau am Nachmittag auf der Terrasse eine Pause gönnte — Jasmina hatte vor, danach im Garten zu arbeiten —, kam sie wieder einmal auf das Benehmen Natalies zu sprechen.

»Was soll nur aus dem Mädchen werden?« fragte in spürbarer Sorge die Mutter. »Ich habe gestern mit ihr wieder einmal ein Gespräch wegen ihrer Berufswahl gehabt. Am liebsten wäre mir, sie ginge noch ein Jahr zur Schule, damit sie bis zum Abschluß etwas reifer und verständiger wird.«

»Ihre Leistungen reichen niemals aus, um das Abitur zu machen«, erwiderte Daniel. »Die Fähigkeiten hätte sie schon, aber du weißt ja, wie ungern sie sich anstrengt. Ihr fehlt bisher einfach der nötige Lebensernst.«

»Sie hat auch keinerlei Interesse daran, irgendeinen Beruf zu erlernen.«

Jasmina goß ihrem Mann eine zweite Tasse Kaffee ein und reichte ihm das Brotkörbchen. »Noch ein Butterhörnchen, Daniel?«

»Nein, danke!« Er nahm das Thema erneut auf. »Es wäre allerdings Zeit, daß Natalie sich darüber Gedanken macht, wie es mit ihr weitergehen soll, wenn sie jetzt die zehnte Klasse hinter sich gebracht hat. Ich fürchte ohnehin, daß ihr Zeugnis schlecht sein wird.«

»Ach Daniel, wann werde ich die Sorge um dieses Kind einmal los sein? Ich fürchte: Nie!«

Daniel fiel in diesem Augenblick der Spruch ein: »Wälze die Last deines Lebens auf den Herrn und dann ruhe! Er wird dich versorgen.« Aber weil er erst vor wenigen Tagen seine Frau an dieses Wort erinnert hatte, sprach er es jetzt nicht aus. Es darf für sie kein billiger Trost oder eine abgegriffene Münze werden.

Am nächsten Tag stand Beatrix voller Erwartung neben ihrer Großmutter auf dem Bahnhof, um Antonella Torelli abzuholen. »Oma, ich habe Angst!« sagte sie plötzlich.

»Angst? Wieso? Wovor?« fragte die Großmutter und blickte ihre Enkelin verwundert an. Daß dieses Kind noch immer nicht frei war von solchen Unsicherheitsgefühlen.

»Vielleicht hat sie sich ein ganz anderes Bild von mir gemacht und ist nun enttäuscht, wenn sie mich sieht.«

»Aber Beatrix, sei doch nicht so albern. Ihr habt in den letzten Wochen einige Briefe gewechselt. Sei nur ganz natürlich und überwinde deine Hemmungen. Du bist doch ein liebenswertes Mädchen.«

»Aber —« Der Zug fuhr in die Bahnhofshalle ein, und Beatrix ging tatsächlich hinter Großmutters Rücken in Deckung.

Diese zog sie jetzt energisch hervor. »Benimm dich nicht töricht! Du bist mit deinen vierzehn Jahren doch kein kleines Kind mehr.«

Aus einem der Abteilfenster winkte ein Mädchen.

»Das ist sie!« sagte Frau Torelli.

Wenige Augenblicke später sprang Antonella aus dem Zug. Sie trug ein gutsitzendes Sommerkostüm und auf dem dunklen Haar eine rote Baskenmütze. Über der Schulter hing eine sportliche Tasche an einem Lederriemen. In der rechten Hand trug sie einen kleinen Koffer, den sie vor Frau Torelli abstellte. »Du bist Tante Julia«, sagte sie in herzlicher Weise, umarmte und küßte die Tante, als sähe sie diese nicht zum ersten Mal.

Dann wandte sie sich an Beatrix. Ehe diese auch nur ein

Wort hervorbrachte, hatte das fremde Mädchen sie in den Arm genommen und auf beide Wangen geküßt.

»Ich habe sofort gewissen, daß du es bist, Beatrix. Vielen Dank, daß du mir die Fotografie geschickt hast. So war eine Irrung unmöglich.«

Sie hakte mit dem freien Arm Beatrix unter und setzte sich, als sei sie die Führende, mit beiden in Bewegung, ohne dabei aber selbstsicher zu wirken. Ob sie Beatrix' Unsicherheit spürte?

»Du sprichst ja gar nichts«, sagte der Gast aus Italien. »Ich kann dir nicht sagen, wie sehr ich mich auf dich gefreuen habe.«

Jetzt endlich fand das Mädchen einige Worte. »Und ich erst auf dich, Antonella! Am liebsten hätte ich, wenn du ganz bei uns wärst, auch nachts. Platz hätten wir genug, aber. . .« Sie warf einen Blick auf die Großmutter. »Oma will ja auch etwas von dir haben.«

Diese nickte den beiden Mädchen freundlich zu: »Ihr werdet oft genug zusammen sein können.«

Beatrix drückte glücklich Antonellas Arm. »Wir werden gute Freundinnen sein.«

In diesem Augenblick nahten sich von hinten eilige Schritte, und eine Stimme rief: »Hallo, Antonella! Ich dachte schon, ich komme zu spät! Aber nun hat es ja doch noch gereicht.«

Erschrocken und zugleich empört starrte Beatrix ihre Schwester an. »Wie kommst du hierher?«

»Genau wie du auf meinen zwei Beinen.« Natalie wandte sich dem Besuch aus Italien zu. »Hallo, Antonella!« wiederholte sie in übermütigem Ton. »Ich war der Meinung, daß du das beste Stück der Familie, nämlich mich, schon gleich am Bahnhof kennenlernen solltest. Ich bin nämlich das schwarze Schaf in der Familie: Natalie. Gib mir mal deinen Koffer. Du denkst auch an gar nichts, Beatrix.«

Antonella schüttelte verneinend den Kopf. »Den kann ich gut selbst tragen.«

»Die Oma begrüßt du wohl gar nicht«, tadelte Beatrix die

Schwester. Sie war über Natalie empört. Bis jetzt hatte diese nur abfällig von Antonella gesprochen, und nun tauchte sie ungebeten einfach hier auf dem Bahnsteig auf und spielte Theater, als sei sie hocherfreut über den Besuch. Aber sie würde sich nicht verdrängen lassen. Immer war es so gewesen, daß die Schwester sie beiseitegeschoben oder gönnerhaft auf sie herabgeblickt hatte. Diesmal würde sie sich zu wehren wissen.

Antonella schien von dem heimlichen Streit zwischen den beiden nichts zu merken. Fröhlich plauderte sie in origineller Weise sowohl mit ihrer Großtante als auch mit den beiden Schwestern, den Arm von Beatrix aber nicht loslassend. So verließen sie schließlich die Bahnhofshalle.

»Heute sind wir bei uns zu Hause«, informierte Beatrix die neue Freundin. »Mutti hat ein gutes Essen vorbereitet. Sie freut sich schon auf dich, ebenso unser Vati.«

Natalie schien sich plötzlich überflüssig vorzukommen. »Ich hab' noch was zu erledigen«, behauptete sie. »Ich komme nach! Servus, Antonella!« grüßte sie lässig und sprang davon.

»Du hast eine nette Schwester«, stellte Antonella fest und schien nicht zu merken, daß Beatrix auf diesen Ausspruch nicht einging. Vielleicht aber spürte das sensible Mädchen doch etwas von den Spannungen zwischen den beiden. Sie fügte hinzu, indem sie Beatrix einen herzlichen Blick zuwarf: »Aber meine Freundin bist du!«

Das wiederum machte diese so glücklich, daß sie sich vornahm, nichts der Mutter davon zu sagen, daß Natalie ihr den Empfang auf dem Bahnhof gründlich verdorben hatte.

In einer Nische der Bahnhofshalle warteten zwei von Natalies Freundinnen, die sie nach Beendigung des Nachmittags-Schulunterrichts überredet hatte, mit ihr zum Bahnhof zu gehen. »Diese Italienerin, von der ich euch erzählt habe, eine entfernte Verwandte von uns, kommt heute und bleibt ein paar Wochen bei meiner Großmutter, weil sie hier ihr Deutsch verbessern will. Meine Schwester ist seit Tagen rein aus dem Häuschen vor lauter Erwartung. Kommt mit und laßt uns der

Begrüßungszeremonie beiwohnen. Ich stelle mir vor, wie enttäuscht Beatrix sein wird, wenn diese Spaghettifresserin mit Kopftuch aus dem Zug steigt in einem bis auf die Schuhe reichenden Rock, und ihre paar Habseligkeiten in einer Pappschachtel unter dem Arm trägt. Kommt, das gibt eine Mordsgaudi!«

Ohne von Frau Torelli und Beatrix bemerkt worden zu sein, hatten die drei Mädchen, verborgen hinter den auf dem Bahnsteig stehenden gelben Postwagen, die Ankunft Antonellas beobachten können.

»Von wegen Kopftuch und Pappschachtel!« spottete eine der Freundinnen Natalies, und die andere fügte ironisch hinzu: »Jetzt bist du es wohl, die enttäuscht ist!«

»Enttäuscht?« wiederholte Natalie gedehnt. »Nein, das nicht, aber ich muß schon zugeben, daß ich überrascht bin. So hübsch habe ich sie mir nicht vorgestellt, und intelligent scheint sie auch zu sein. Na und ihre Kleidung, einfach Klasse!«

»Sieh nur zu, daß dir die Möglichkeit bleibt, dich auch noch ein wenig in dem Strahlenglanz dieser Verwandten aus Italien bewegen zu können. Vorerst scheint deine Schwester die größeren Chancen zu haben.«

»Ha!« lachte Natalie. »Es wird nicht lange dauern, bis Antonella erkennt, was für ein Unschuldslamm die Beatrix ist. Ich werde ihr die Italienerin bald ausgespannt haben.«

»Sei nicht gemein, Natalie! Du hast schließlich uns, während deine Schwester keine richtige Freundin hat.«

»Daran ist sie selber schuld!«

Inzwischen warteten Jasmina und ihr Mann auf den Besuch. Sie freuten sich beide für Beatrix und hofften, daß sich zwischen den gleichaltrigen Mädchen eine echte Freundschaft entwickeln würde. Wie sehr gönnten sie dies Beatrix, die, ihrer Wesensart entsprechend, meistens im Schatten anderer stand.

Da läutete bereits die Hausglocke. »Das werden sie sein!«

Als Jasmina das anmutige Mädchen sah, löste allein ihr Anblick eine Woge der Sympathie in ihr aus. »Willkommen, Antonella!« sagte sie herzlich. Es fiel ihr nicht schwer, die Umarmung des Mädchens zu erwidern.

»Tante Jasmina, ich danke euch ganz herzlich, Oma und dir und Onkel Daniel, daß ihr mich so freundlich aufnimmt, obwohl ich euch nie vorher gesehen habe. Ich meinen, als wenn wir zusammengehören. Ich soll euch viele Grüße sagen von meine Eltern und Brüdern und alle Verwandte. Ah, das ist bestimmt Onkel Daniel!«

Sie ging ihm, der mit dem Rollstuhl aus seinem Arbeitszimmer in die Diele gefahren kam, entgegen. Beide Hände streckte Daniel dem Mädchen zu: »Willkommen, Antonella!« sagte auch er. »Wir alle freuen uns auf dich!« Dann reichte er der Schwiegermutter die Hand. »Schön, Mutter, daß du auch da bist!«

»Nun wollen wir aber gleich ins Eßzimmer gehen«, mahnte Jasmina. »Die Pizza steht schon auf dem Tisch.«

»Oh, oh, Pizza!« freute sich Antonella. »Es duft schon so gut!«

Alle lachten. »Du meinst, es duftet!« sagte fröhlich Beatrix. Und dann, als erschrecke sie über ihre eigene Kühnheit, Antonella korrigiert zu haben, fügte sie schnell hinzu: »Du sprichst aber schon sehr gut Deutsch. Das habe ich gar nicht erwartet.«

Antonella aber lachte fröhlich. »O nein, das ist ein Irrweg — ein Irrtum, meine ich. Ich mache immer wieder Fehler. Bitte sage mir jedesmal, wenn ich etwas falsch mache — und ihr, Onkel Daniel und Tante Jasmina, bitte auch! Ebenso du, Tante Julia. Dabei bin ich ja zu euch gekommen.«

»Du wolltest sagen, dafür bin ich zu euch gekommen, nicht wahr?«

»O ja, dafür. Gracie, danke, Onkel Daniel!«

Es wurde ein fröhliches Beisammensein, das auch nicht sonderlich gestört wurde, als Natalie zu spät zum Abendessen erschien. Die Eltern stellten um ihres Besuches willen keine Fragen nach der Ursache der Unpünktlichkeit. Nach dem Essen saß man noch gemütlich im Wohnzimmer beisammen. Frau Torelli erkundigte sich nach dem Ergehen der Verwandten ihres verstorbenen Mannes. Wenn sie nun auch schon viele Jahre nicht mehr in Italien gewesen war und kein regelmäßiger Briefkontakt gepflegt wurde, so hatte sie doch immerhin einige Jahre mit ihrem Mann in Cremona gelebt und seine Angehörigen kennengelernt.

Antonella erzählte lebhaft und anschaulich. Nach einer Stunde stellte sie fest: »Ich meine, ich höre schon lange zu euch, so gut verstehen wir uns.«

»Gehöre«, korrigierte Beatrix, ihr ins Ohr flüsternd. »Nicht höre, sondern gehöre zu euch!«

»Gut, gut!« rief Antonella. »Ich werde viel lernen.«

Natalie aber stieß mit ihrem Fuß die Schwester unter dem Tisch vor das Schienbein und tippte mit dem Finger vielsagend auf ihre Stirn. »Spiel dich nicht so auf!«

»Ich habe ein paar Fotografien von zu Hause mitgebracht«, sagte jetzt Antonella und nahm ein Mäppchen mit Bildern aus ihrer Umhängetasche. Alle beugten sich interessiert über die Aufnahmen, und Antonella erklärte: »Das ist meine Mama, hier mein Papa. Dies ist mein Bruder Guido und daneben mein ältester Bruder Alfons.«

Frau Torelli meinte, Ähnlichkeiten zu entdecken. »Dein Vater gleicht meinem Mann, der ja sein Onkel war. — Ach, wie schön war es damals in Cremona!« In ihrer Stimme schwang Wehmut mit. Die Bilder hatten Erinnerungen an vergangene glückliche Zeiten in ihr wachgerufen.

Plötzlich schien Natalie wie elektrisiert. »Und wer ist das hier?« Sie deutete auf ein Bild, auf dem Guido, Antonellas Bruder, neben einem etwa gleichaltrigen Jungen zu sehen war.

»Das ist Franzisco, der Freund meines Bruders.«

»Himmel, ist der hübsch!« rief Natalie bewundernd aus. »Geht der auch noch zur Schule?«

»Oh ja! Er ist sehr klug und will studieren. Er will Arzt werden.«

»Wohnt er auch in Cremona?«

»Nein, er besucht nur in Cremona das Gymnasium. Sein Vater hat ein großes Hotel am Gardasee. Franzisco fährt meistens nur über das Wochenende nach Hause oder während der Schulferien.«

Es war offensichtlich, der Junge gefiel Natalie ausnehmend gut.

»Verliebe dich nur nicht in die Fotografie«, spottete Beatrix leise. »Wenn er so gut aussieht, hat er bestimmt schon längst eine Freundin.«

»Hör auf mit deinem blöden Geschwätz!« fuhr die Schwester sie an und zog sich einen vorwurfsvollen Blick der Mutter zu.

»Könnt ihr es nicht einmal jetzt, in Gegenwart Antonellas, unterlassen, euch zu streiten?«

»Wir streiten doch gar nicht«, erwiderte Natalie. »Das ist doch unser gewohnter Umgangston.«

Antonella, die sich gerade mit ihrer Großtante angeregt unterhalten hatte, blickte fragend zu den beiden Mädchen herüber, verstand jedoch den Zusammenhang ihrer Gespräche nicht, weil sie nicht genau hingehört hatte.

Frau Torelli erhob sich. »Ich glaube, wir sollten jetzt gehen. Antonella wird von der langen Reise müde sein.«

»Bleib doch noch ein Weilchen«, bettelte Beatrix.

»Morgen kommen wir wieder zurück«, antwortete Antonella. »Tante Julia hat richtig, ich bin müde.«

»Hat recht«, korrigierte Jasmina freundlich. »Es ist so lustig, wenn du so tapfer drauflosschwätzt. Es wird gar nicht lange dauern, und du sprichst ganz fehlerlos Deutsch.«

»Nur wenn ihr mir alle damit helfst.«

»Dabei.«

»Ach ja, dabei helft. Ihr müßt viel Geduld mit mich haben.«

Beatrix durfte die Großmutter und ihren Schlafgast noch ein Stück weit begleiten, lehnte es aber ab, als Natalie sich anbot, mitzukommen.

Nachdem die drei gegangen waren, sagte Jasmina zu Natalie: »Es wäre mir lieb, wenn ihr eure gegenseitigen Sticheleien endlich unterlassen würdet, wenigstens in Gegenwart von Antonella.«

»Es ist gut, daß du gegenseitig sagst. Gewöhnlich bin ich ja immer allein diejenige, die an allem schuld sein soll.«

Jasmina ging nicht näher darauf ein. Sie gab Natalie den Auftrag, den Tisch abzuräumen und das Abendgeschirr abzuwaschen.

Daniel und seine Frau besuchten Tante Alma mindestens einmal in jeder Woche, manchmal auch öfter. Die Kräfte der alten Frau ließen merklich nach. Oft konnte sie das Bett nicht mehr verlassen. Frau Berthold äußerte sich besorgt. »Es stimmt etwas nicht mit ihr. Sie schimpft nicht mehr soviel wie sonst, und mit ihrem Gedächtnis ist es ganz schlimm. Manchmal erzählt sie mir zehnmal dasselbe an einem Tag.«

»Das ist eine Alterserscheinung, mit der man rechnen muß«, erklärte Herr Jordan.

»Kürzlich hat sie mal etwas von einem Pfarrer geredet. Weil sie mir sehr unruhig schien, habe ich sie gefragt, ob ich Herrn Pfarrer Trost anrufen und ihn um seinen Besuch bitten soll. Aber sie wußte im nächsten Augenblick schon nicht mehr, was sie gesagt hatte. Nun habe ich den Pfarrer zufällig vor ein paar Tagen auf der Straße getroffen, als ich beim Einkaufen war. Er sprach mich an und fragte, wie es Frau Jordan gehe. Als ich ihm sagte, daß es um sie schlecht stehe und ich manchmal den Eindruck habe, sie mache es nicht mehr lange, versprach er, bald einmal zu kommen. Aber bis jetzt war er noch nicht da.«

Ja, es stimmte, der Gemeindepfarrer war lange nicht in der Gartenstraße bei Frau Jordan gewesen. Nicht, daß er sie vergessen hätte. Immer wieder hieß es in ihm: Du solltest nach der alten Dame sehen! Aber er schob es von Mal zu Mal auf. Es war fast, als fürchtete er sich vor diesem Besuch. Wenn sie ihm nun wieder wie das letzte Mal solche unangenehmen Fragen stellte, die er zwar theologisch oder besser gesagt, von der Bibel her beantworten konnte, dies der Greisin gegenüber aber nur ungern tat. Er konnte der großzügigen Spenderin doch nicht so brutal die Wahrheit ins Gesicht sagen! Mußte ein Seelsorger nicht taktvoll sein? Er kannte Kollegen, die im Übereifer in die jeweiligen Situationen hineintappten und dabei wie ein Elefant im Porzellanladen alles zerschlugen und nichts als Scherben zurückließen. Nein, zu denen wollte er nicht gehören! Er hatte den Ruf, behutsam und vorsichtig mit den Menschen umgehen zu können, immer darum bemüht, niemand zu verletzen oder ihm zu nahe zu treten.

Gewiß, er mußte Frau Jordan in nächster Zeit wieder einmal besuchen, besonders nachdem er es ihrer Haushaltshilfe zugesagt hatte. Heute? Nein, dann hätte er etwa um 11 Uhr am Vormittag in der Gartenstraße sein müssen, wie es üblich war. Morgen? Das ging auch nicht. Er erwartete den Dekan zu einer Besprechung, und am Abend war Kirchengemeinderatssitzung, auf die er sich noch vorbereiten mußte, besonders nach dem vorangegangenen Gespräch mit dem Dekan. Übermorgen war Samstag, den benötigte er für die Vorbereitung des Gottesdienstes am anderen Tag. Und am Sonntag nachmittag waren sie zu den Schwiegereltern eingeladen. Also dann nächste Woche. Aber da waren auch schon einige Termine in seinem Kalender eingetragen. Außerdem hatte seine Frau am Mittwoch Geburtstag. Diesen Tag mußte er sich unbedingt für sie freihalten, zumal es der fünfzigste war und sie viel Besuch erwarteten. Dienstags hatte er regelmäßig im Krankenhaus Besuche zu machen. Donnerstag war Pfarrkonvent...

Inzwischen stirbt unter Umständen die alte Dame, hieß es plötzlich in ihm. Dieser Gedanke beunruhigte ihn so stark, daß er allen vorausgegangenen Erwägungen zum Trotz sich von einem Augenblick zum anderen entschloß, nun doch am Nachmittag dieses Tages zu Frau Jordan zu gehen. Es war seltsam, seit seinem letzten Besuch bei ihr war in ihm eine Wandlung vorgegangen — nicht etwa, daß er sich grundlegend geändert hätte. Dafür sah er auch keine Veranlassung. Schließlich war er der Pfarrer einer der größten Gemeinden im Bezirk. Das ließ auf berufliche Qualität und Begabung schließen. Er wußte auch, daß man ihn für einen guten Kanzelredner hielt.

In Bezug auf dies alles hätte er keinen Grund gesehen, sich ändern zu müssen. Aber er hatte nach dem letzten Besuch bei Frau Jordan klar erkannt, daß er versagt hatte. Ja, mehr als das. Er war an ihr schuldig geworden, indem er nicht auf ihre Angst eingegangen war, sondern sie mit Redensarten vertröstet hatte.

Natürlich war er über ihren spontanen Ausspruch: »Ich brauche keinen gnädigen Gott« erschüttert gewesen. Dieses Gefühl hatte in ihm selbst so etwas wie Furcht ausgelöst. Bin ich etwa die Ursache dafür, daß diese Greisin, die bestimmt keine lange Wegstrecke mehr vor sich hat, die bald — wie man zu sagen pflegt — vor den Toren der Ewigkeit steht, eine derartig ehrfurchtslose, ja frivole Äußerung getan hat? Aber ich persönlich brauche einen gnädigen Gott, war seine eigene Reaktion gewesen. Darüber hatte er zu niemand gesprochen, nicht einmal zu seiner Frau, die er doch liebte und vor der er eigentlich alles hätte aussprechen können. Aber ob sie ihn verstanden hätte? Er fürchtete, sie würde ihm mitleidig anlächelnd gesagt haben: »Siegfried, hast du dich noch immer nicht frei gemacht von den veralteten Ansichten deiner pietistischen Eltern?«

Jedenfalls war ihm wie selten vorher klargeworden, daß er nichts so nötig brauchte wie einen gnädigen Gott — er, der geachtete, in den Augen vieler seiner Gemeindeglieder untadelige Pfarrer und Seelsorger der Stephanus-Kirche. Und doch meinte er feststellen zu können, daß seit jenem Besuch bei Frau Jordan in ihm eine Veränderung vorgegangen war, auch wenn dies vielleicht niemand außer ihm selbst bemerkt hatte. Mehr als zuvor überlegte er seine Worte bei den Predigten oder an Kranken- und Sterbebetten, ja sogar im Konfirmandenunterricht.

Das Schuldgefühl, das damals in ihm aufgebrochen war, hatte sich bis zu einem gewissen Grad verdrängen lassen, war aber nie ganz verschwunden. Irgendwie befürchtete er wohl auch, daß es sich wieder stärker melden würde, nachdem er den Entschluß gefaßt hatte, noch heute Frau Jordan zu besuchen. Doch war ihm klar, daß er so handeln mußte. Wie ein Zwang war es über ihn gekommen.

Frau Berthold öffnete die Tür. Mit gedämpfter Stimme begrüßte sie ihn: »Guten Tag, Herr Pfarrer! Ich habe schon auf Sie gewartet und bin froh, daß Sie nun gekommen sind. Frau Jordan wird mit jedem Tag schwächer. Im Augenblick ist zwar ihr Neffe bei ihr.«

»Ach, dann ist mein Besuch jetzt bestimmt unangebracht. Ich komme gern in den nächsten Tagen wieder vorbei!« Pfarrer Trost war direkt erleichtert, daß er einen guten Grund hatte, diesen Besuch verschieben zu können. Aber die besorgte Frau Berthold ließ ihn nicht gehen. »Nein, bitte, Herr Pfarrer, bleiben Sie hier. Es wird ohnehin, so meine ich, die letzte Möglichkeit sein. Sie macht es nicht mehr lange.«

Mit dem Handrücken wischte sich Frau Berthold eine Träne aus dem Auge und fuhr fort, noch immer flüsternd: »Der Neffe, Herr Jordan, wird bestimmt bald gehen. Er ist schon eine ganze Weile da. Setzen Sie sich bitte währenddessen im Wohnzimmer in einen Sessel. Dann können Sie gleich anschließend zu Frau Jordan und brauchen sich nicht noch einmal herbemühen.«

So geschah es dann auch. Pfarrer Trost wollte froh sein, wenn er diesen Besuch hinter sich gebracht hatte. Einmal mußte es ja doch sein.

Die Tür zum Krankenzimmer war nur angelehnt. Er konnte nicht hören, was die alte Frau sagte, dazu war ihre Stimme zu schwach. Aber laut und deutlich, um sich der Schwerhörigen verständlich zu machen, antwortete ihr Neffe: »Jesus spricht: Wer zu mir kommt, den will ich nicht hinausstoßen.« Danach entstand eine kurze Pause, in der sich anscheinend die Kranke äußerte.

»Doch, Tante Alma, du darfst es wirklich glauben, es gilt dir, es gilt allen, die sich nach Ihm sehnen und Ihn von Herzen suchen.«

Pfarrer Trost konnte auch die nächste Antwort der Kranken nicht verstehen, jedoch vermochte er sich aus dem Inhalt des weiteren Gesprächs ein Bild zu machen, indem er auf die Antworten von Herrn Jordan achtete.

»Du mußt dir nicht länger Vorwürfe darüber machen, daß du so viele Jahre nicht die Wahrheit gesucht hast. Es ist auch jetzt noch nicht zu spät. Du erinnerst dich doch, daß ich dir vor einiger Zeit gesagt habe: Glaube an den Herrn Jesus, so wirst du selig.«

———

»Was sagst du, Tante Alma? — Der Zaun ist noch da? — Ich weiß nicht recht, was du meinst.« Der Neffe schien einen Augenblick nachzudenken. Dann fuhr er fort: »Ach, du sprichst von dem Gehege, von dem Zaun, der dem Volk Israel den Zugang verwehrte. Sie durften sich Gott, der mit Mose auf dem Berg Sinai sprach, nicht nahen. An diesen Zaun denkst du, Tante Alma. Jetzt verstehe ich dich. Aber ich habe dir doch auch den Vers genannt, in dem uns von Jesus gesagt ist, daß er den Zaun abgerissen hat, der dazwischen war. Durch ihn, durch Jesus haben wir und hast auch du, Tante Alma, freien Zugang zu Gott.«

Eine ganze Weile blieb es still. Ob Frau Jordan eingeschlafen war? Pfarrer Trost erwog aufs neue, ob er sich jetzt nicht doch zurückziehen sollte. Gewiß war die Kranke viel zu erschöpft, um noch ein weiteres Gespräch verkraften zu können.

Da vernahm er wieder Herrn Jordans Stimme: »Quäle dich nicht länger, Tante Alma, und nimm es im Glauben an: Das Blut Jesu macht uns rein von aller Sünde.«

Zu seiner Verwunderung hörte Pfarrer Trost jetzt die Antwort der Sterbenskranken klar und deutlich: »Gott, sei mir Sünderin gnädig!«

Hier gibt es für mich nichts mehr zu tun, dachte der Pfarrer. Hier ist alles gesagt und geschehen, was überhaupt möglich war. Leise stand er auf und verließ die Wohnung, ohne das Krankenzimmer betreten zu haben. Er war froh, Frau Berthold nicht mehr begegnet zu sein. Ihn erfüllte zwar nicht wie nach seinem letzten Besuch ein quälendes Schuldgefühl, jedoch ein ihn tief bewegendes, schmerzliches Bedauern. Das, was er miterlebt hatte, wäre im Grunde seine Aufgabe als Seelsorger gewesen. Dankbar erkannte er an, daß er als Theologe es nicht hätte besser und liebevoller machen können, als es der Lehrer Daniel Jordan getan hatte.

Er war noch keine halbe Stunde zu Hause, als das Telefon läutete und Frau Berthold ihm mit tränenerstickter Stimme mitteilte, daß Frau Jordan vor wenigen Minuten verstorben sei. Er könne noch nicht lange vorher das Haus verlassen haben, denn kurz bevor sie in den Keller gegangen sei, hätte sie ihn noch im Wohnzimmer gesehen. Sie bedaure es sehr, daß er nun doch nicht. . . Sie redete noch irgend etwas vom Heiligen Abendmahl. Aber der Pfarrer unterbrach sie: »Frau Berthold, es ist alles geschehen, was Frau Jordan noch gewünscht hat. Ihr wurde Vergebung der Sünde zuteil.«

Nun kam die weinende Frau Berthold nicht mehr mit. Wie konnte der Pfarrer das wissen, wo er doch gar nicht bei ihr gewesen und ihr auch nicht das Abendmahl gegeben hatte.

Etwas später fand ein Telefongespräch zwischen Daniel Jordan und Pfarrer Trost statt. »Ich möchte Ihnen mitteilen, daß meine Tante heute nachmittag um 16.30 Uhr gestorben ist.«

»Ich habe es bereits durch Frau Berthold gehört, die bei mir angerufen hat. Ich nehme an, daß Sie als der einzige Verwandte der Verstorbenen mit mir über die Beerdigung sprechen wollen. Da Sie, Herr Jordan, nicht so beweglich sind wie ich, würde ich, wenn es Ihnen recht ist, morgen — einen Augenblick bitte, am Vormittag erwarte ich den Dekan zu einer Besprechung —«

»Ich kann mich ganz nach Ihnen richten, Herr Pfarrer.«

Die beiden Männer vereinbarten eine Zeit, und nun war es seltsam: Siegfried Trost war sich dessen bewußt, daß durch die vorausgegangenen Geschehnisse die Rollen vertauscht waren. Nicht er ging in erster Linie zu Herrn Jordan als dessen Seelsorger, sondern dieser würde sein Beichtvater sein. Irgendwie ahnte er es mit aller Deutlichkeit. Wenn er seine innere Not einem Menschen anvertrauen konnte, dann war es dieser gelähmte Lehrer. Und diesmal würde es ihm nicht glücken, die innere Unruhe von sich abzuschütteln oder ihr zu entfliehen, wie er dies schon damals, nach seinem letzten Besuch bei Frau Jordan, getan hatte. Er wollte dem auch nicht mehr ausweichen, sondern sich der neu gewonnenen Erkenntnis bewußt stellen.

Antonella war wieder abgereist. Vier Wochen hatte sie bei den Verwandten in Deutschland zugebracht. Es war erstaunlich, wie sie im Fluge die Herzen derer gewann, die sie kennenlernten. Tante Julia war glücklich, durch das Mädchen nach Jahren wieder engere Verbindung mit den Verwandten ihres verstorbenen Mannes bekommen zu haben. Sie genoß die Abende, die sie mit Antonella in ihrem bescheidenen kleinen Heim nach der Tagesarbeit im Krankenhaus verbringen konnte.

Sie empfand beinahe so etwas wie Eifersucht, wenn sie die fröhliche Großnichte während ihres Nachtdienstes im Krankenhaus Jordans übergeben mußte, weil sie das Mädchen nicht allein in ihrer Wohnung lassen wollte. »Ich bin gern bei dir, Tante Julia«, hatte Antonella eines Tages zu ihr gesagt. »Du hast ein kleiner, gemütlicher Wohnung, aber man sehen nur Häuser und Dächer aus deine Fenster, kein Gras, kein Wald, keine Blumen und keine Bäume.«

»Das stimmt, Antonella«, hatte Frau Torelli geantwortet. »Weißt du, als ich vor Jahren aus Italien zurück in die Heimat kam, war mein Mann, dein Onkel, bereits gestorben. Da besaß ich nicht so viel Geld, daß ich mir eine größere Wohnung hätte leisten können.«

»Warst du glücklich mit deine Mann, Tante Julia?«

»Sehr glücklich, Antonella. Leider hat unsere Ehe nur einige Jahre gedauert. Ich lernte meinen Mann kennen, als ich hier im Krankenhaus, in dem ich noch heute als Schwester arbeite, Patient war. Nur kurze Zeit lebte er in Deutschland. Ich zog mit ihm nach Italien und kehrte als Witwe mit meinen zwei kleinen Töchtern zurück.«

»Mit Tante Jasmina, und wie heißt deine andere Tochter, Tante Julia?«

»Tanja. Sie ist auch verheiratet und hat einen Sohn. Sie ist mit ihrem Mann in eine andere Stadt gezogen. Wir sehen uns sehr selten. Das macht mir manchmal Kummer.«

»Schade, Tante Julia!«

»Damals war ich sehr froh«, fuhr diese fort, »daß ich mit meinen beiden kleinen Mädchen diese Wohnung bekam und wieder im Krankenhaus angestellt wurde. Die Kinder blieben tagsüber in einem Kinderhort.«

»Was ist ein Kinderhort?«

»Ein Platz, ähnlich wie ein Kinderheim, wo man die Jungen und Mädchen betreut, während die Mutter arbeiten geht.«

»Aha, ja, ich verstehen!«

»Manchmal habe ich später auch gewünscht, für meine beiden kleinen Mädchen eine größere, sonnige Wohnung zu haben, vielleicht auch ein Gärtchen — aber ich hatte nie Zeit, danach zu suchen, vor allem aber auch kein Geld für die Miete, die eine größere Wohnung in schöner Lage gekostet hätte.«

Schon bald kam der Tag der Abreise.

»Ich werde dir oft schreiben«, hatte Antonella gesagt, als sie sich von ihrer Tante verabschiedete. »Ich wissen, daß du viel allein bist.«

Es war Frau Torelli nicht leicht gefallen, das Mädchen wieder herzugeben. Ihre liebevolle Art hatte ihr gutgetan.

Aber nicht nur sie hatte wehmütigen Herzens Antonella ziehen lassen, sondern vor allem Beatrix. Zwischen den beiden Mädchen hatte sich eine schöne Freundschaft entwickelt, die das Selbstvertrauen von Beatrix stärkte. Antonella hatte sie ernst genommen und mit ihr nie von oben herab geredet, so wie Natalie das meistens tat. Jasmina und Daniel glaubten sogar, an dieser eine gewisse Veränderung wahrgenommen zu haben. Antonellas ruhige, gleichbleibende Art war auf ihre älteste Tochter nicht ohne Einfluß geblieben, wie sie meinten.

In der Schule, die Antonella etliche Male mit Beatrix besucht hatte, eroberte sie die Herzen der Mädchen ihrer Klasse im Sturm.

Ohne es beabsichtigt zu haben, schlug sie sogar eine Brücke zwischen den deutschen Mädchen und den fünf Ausländerinnen, die sich in der Klasse befanden. Als die Lehrer zu dem traditionellen, einmal jährlich stattfindenden Schulfest Vorbereitungen trafen, bot Antonella sich an, mit den Schülerinnen aus Italien einige in ihrem Heimatland übliche Volkstänze einzuüben. Das wurde mit Begeisterung aufgenommen. Antonella besorgte einige italienische Schallplatten. Die Mütter der Mädchen besaßen zum Teil landesübliche Trachten oder stellten solche her. Sie waren stolz darauf, daß ihre Mädchen, die bisher von manchen scheel angesehenen Kinder der Gastarbeiter, auf diese Weise ihr Können zeigen und Anerkennung ernten würden.

Selbst Natalie wagte nicht mehr, von ihnen als von den Spaghettifressern zu sprechen und ließ sich so weit herab, ihrer jüngeren Schwester gegenüber einzugestehen, daß sie ihre Meinung über manche der ausländischen Schülerinnen geändert habe. Das wollte schon einiges heißen. »Auf deine Freundschaft mit Antonella könnte ich geradezu eifersüchtig sein«, sagte sie zu Beatrix.

Diese erklärte ihrer Mutter in freudigem Erstaunen: »Seitdem Antonella da ist, verändert sich Natalie zusehends. Sie ist viel netter zu mir geworden.« Mag es so bleiben, dachte Jasmina, hütete sich aber, irgendeinen Zweifel zu äußern, um ihre Jüngste nicht zu verunsichern.

Nun also war Antonella wieder abgereist. Tränenreich hatte Beatrix von der Freundin Abschied genommen. Natalie hatte ihrem zum Ausdruck gebrachten Bedauern darüber, daß sie nun wieder fortreise, scheinbar nebenbei die Frage hinzugefügt, ob sie wohl mit ihrer Schwester für einige Ferientage in ihr Elternhaus kommen könne.

»O ja!« hatte das Mädchen erwidert. »Ich habe Beatrix schon eingeladen.«

Ziemlich von oben herab hatte Natalie geantwortet: »Die

kann man nicht alleine fahren lassen. Da muß ich schon mitkommen.«

»Man wird sehen«, hatte Antonella zurückhaltend erwidert.

Als die Familie an diesem Abend gemeinsam zum Essen beisammensaß, neckte Natalie die Schwester bereits wieder in spöttischem Ton: »Du bist sichtlich vom Abschiedsschmerz gezeichnet. Aber sei nicht traurig, Antonella hat mich eingeladen, zu ihr in die Ferien zu kommen. Natürlich nehme ich dich dann mit. Sie ist ja deine beste Freundin.«

Jasmina und Daniel blickten Natalie erstaunt an. »Von dieser Abmachung wußten wir bisher nichts.«

Beatrix aber fuhr hoch: »Das stimmt ja gar nicht! Das ist wieder einmal eine niederträchtige Erfindung von dir. Mich allein hat Antonella eingeladen, und ich werde mich hüten, dich mitzunehmen. Du wärst imstande, mir die ganzen Ferien zu verderben.«

»Fangt ihr bereits wieder an zu streiten?« mahnte Daniel ärgerlich. »Es war geradezu eine Wohltat, daß ihr euch in der letzten Zeit ein wenig zusammengenommen habt.«

»Es wird sich zeigen, wer von uns beiden zuerst nach Italien kommt!« triumphierte Natalie. »Ohne mich würdet ihr Beatrix ohnehin nicht fahren lassen. Bei ihrer Angst und Unselbständigkeit würde sie bereits in den ersten Tagen irgendwelchen Wegelagerern oder sonstigen Kriminellen in die Hände fallen!« Sie lachte wie über einen guten Witz.

Jasmina aber wurde von einer unerklärlichen Unruhe befallen. Dem Mädchen war allerlei zuzutrauen.

Nun lag Tante Alma schon seit einigen Wochen unter der Erde. Viele Menschen hatten an ihrer Beerdigung teilgenommen. Die alte Dame war eine bekannte Persönlichkeit gewesen. Sie hatte viele Freunde gehabt. Über ihre Beerdigung war viel gesprochen und über den Pfarrer viel gerätselt worden.

Was war nur mit seiner Grabrede? Sie war so ganz anders gewesen als sonst. Immer wieder werde man an einem Menschen schuldig, hatte er gesagt. Oft erkenne man das erst, wenn der andere schon gestorben sei und man an ihm nichts mehr gutmachen könne. Auch er selbst müsse sich dessen anklagen, so hatte der Pfarrer gesagt.

»Also, ich weiß nicht recht, was ich davon halten soll.«

»Pfarrer sind auch nur Menschen, und ich meine, es schadet gar nichts, wenn er das vor seiner Gemeinde zugibt.«

»Irgendwie kam er mir verändert vor.«

»Wieso verändert?«

»Ich kann das nicht richtig erklären, einfach anders als sonst.«

Sie hatten nicht unrecht, die dies behaupteten. In der Tat war dieser Beerdigung etwas vorausgegangen, was merkliche Spuren zurückgelassen hatte. Nachdem Pfarrer Trost nach dem Tod von Frau Jordan zu ihrem Neffen gekommen war und das Notwendige über die Beerdigung mit ihm besprochen hatte, schilderte Daniel Jordan in kurzen Worten den Lebenslauf seiner verstorbenen Tante. Danach war eigentlich nichts mehr zu besprechen gewesen, und Pfarrer Trost hätte sich verabschieden können, aber er blieb auf seinem Stuhl sitzen. Nachdem beide Männer eine ganze Weile geschwiegen hatten und Daniel sich über das Verhalten des Pfarrers wunderte, fragte dieser: »Haben Sie noch etwas Zeit für mich persönlich, Herr Jordan? Was die Beerdigung Ihrer Tante angeht, haben wir ja alles besprochen. Aber —«, es schien ihm nicht ganz leicht zu fallen, weiterzusprechen. »Ich habe noch ein persönliches Anliegen.«

Daniel blickte seinen Besuch fragend an. Er konnte sich nicht vorstellen, was der Pfarrer meinte. »Natürlich habe ich für Sie Zeit«, erwiderte er.

»Haben Sie schon einmal erlebt, Herr Jordan, daß es Ihnen war, als — als —«, er suchte nach passenden Worten und fuhr dann fort: ».. .als ständen Sie vor den Scherben Ihres bisherigen Lebens?«

Daniel überlegte: Der Mann vor ihm hatte eine so schwerwiegende Frage gestellt, daß er unmöglich antworten konnte, ohne sich der Tragweite seiner Antwort bewußt zu sein. Dann erwiderte er: »Ja, Herr Pfarrer, etwas Ähnliches habe ich durchgemacht, nachdem ich bei dem schweren Unfall meine Frau verlor und selbst zum hilflosen Menschen wurde, der ich noch heute bin. Damals, als ich erkannte, daß ich meinen Beruf, der mir sehr viel bedeutete, nicht mehr ausüben kann und bis zu meinem Lebensende anderen zur Last fallen werde, ja, damals stand ich vor den Trümmern meines Lebens. Es hat lange Zeit gedauert, bis es mir gelang, die Scherben wieder zusammenzufügen. Lassen Sie mich einen zerbrochenen Krug als Vergleich nehmen. Man kann die Scherben vielleicht zusammenkitten, aber es wird nie ganz gelingen, die Bruchstellen zu beseitigen. Die Narben bleiben. Im Laufe der Zeit ist mir jedoch klargeworden, daß es Gott möglich ist, ein zerbrochenes Gefäß, das mit viel Mühe wieder zusammengekittet wurde, Ihm zur Ehre nutzbar zu machen.«

Daniel schwieg einen Augenblick. Dann fuhr er fort: »Vielleicht ist das kein passender Vergleich. Aber ich fand keinen besseren. Jedenfalls kenne ich persönlich Zeiten, in denen ich an Leib und Seele zerschlagen und ohne jede Zukunftshoffnung war. Wäre ich nicht schon damals ein gläubiger Christ gewesen, ich fürchte, ich hätte mir das Leben genommen. Es brauchte viel Zeit, Herr Pfarrer, bis ich erkannte, daß dieses schwere Geschehen in meinem Leben schon seine Richtigkeit hatte und daß Gott auch einen wertlos scheinenden, zerbrochenen Krug füllen und gebrauchen kann. In den Händen Gottes können auch Scherben zu einem neuen, brauchbaren Gefäß werden.«

Aufmerksam hatte Pfarrer Trost seinem Gemeindeglied Daniel Jordan zugehört. Dann erwiderte er: »Daß es in Ihrem Dasein nicht bei einem Scherbenhaufen geblieben ist, kann jeder, der Sie und Ihr Tun beobachtet, erkennen. Und doch wage ich, Ihnen zu widersprechen: Wenn Ihr Leben, wie Sie sich ausdrücken, in Scherben zerfiel, dann lag das nicht an Ihnen selbst. Vielleicht hätte ich noch vor wenigen Wochen gesagt: Da hat das blinde Schicksal brutal zugeschlagen. Heute würde ich es wohl anders nennen. Bei mir aber ist es nicht so. Ich stehe vor Trümmern — und dies aus eigener Schuld.«

Daniel sah den Mann vor ihm fragend an. »Ich weiß nicht, was Sie meinen, Herr Pfarrer.«

»Ich will offen mit Ihnen reden, Herr Jordan. Ich benötige jetzt einfach einen Menschen, dem ich sagen kann, wie mir zumute ist. Ich wüßte niemand, dem ich mich anvertrauen kann wie Ihnen.«

»Ich danke Ihnen, Herr Pfarrer, aber wäre da nicht einer Ihrer Kollegen —«

»Nein, bitte, hören Sie mich an. Sie haben mir vor wenigen Tagen einen unschätzbaren Dienst erwiesen.«

»Ich wüßte nicht wo und wie! Aber bitte reden Sie. Ich werde Sie nicht mehr unterbrechen.«

Pfarrer Trost begann: »Ich komme aus einem christlichen Elternhaus. Vater und Mutter gehörten zu einer pietistischen Gemeinschaft. Sie waren beide erfüllt von einer tiefen Frömmigkeit, in die ich in meinen Kinderjahren wie selbstverständlich hineinwuchs. Es gab natürlich Zeiten, in denen mir die strengen Ordnungen meines Elternhauses lästig wurden. So war es eine unumstößliche Regel, daß die Familie am Sonntag vormittag gemeinsam zur Kirche und am Nachmittag zur Gemeinschaftsstunde ging. Es geschah immer öfter, daß meine Geschwister und ich uns dagegen auflehnten. Eines Tages aber kam ein Jugendleiter zu uns in die Gemeinschaft. Er machte den Eltern klar, daß sie uns auf diese Weise überforderten und das Gegenteil von dem erreichen würden, was sie wünschten. ›Geben Sie acht, daß kein Widerwille in Ihren Söhnen und Töchtern gegen die Gottesdienste aufsteigt‹, sagte er.

Er schlug vor, daß er sich am Sonntagnachmittag der Jugend unserer Gemeinde annehme, und es gelang ihm, die Zustimmung unserer Väter und Mütter zu erhalten. Nur einige blieben unansprechbar. Dieser Jugendleiter hatte eine feine Art, mit uns umzugehen. Wenn wir eine Wanderung gemacht, in einem der umliegenden Seen gebadet oder sonst etwas unternommen hatten, wofür wir uns begeistern konnten, entließ er uns nie, ohne mit uns eine kurze Andacht gehalten zu haben. Bei diesen Andachten machte er uns klar, daß für jeden Menschen einmal die Stunde der Entscheidung für oder gegen Gott kommen werde. Und so geschah es, daß ich mich eines Tages im Alter von achtzehn Jahren entschloß, mein Leben als bewußter Christ zu führen. Irgendwie machte mich diese Entscheidung froh und änderte mein Dasein. Nach dem Abitur erklärte ich meinen Eltern, daß ich mich entschlossen habe, Theologie zu studieren.

Meine Mutter nahm mich bewegt in die Arme. ›Eine größere Freude hättest du uns nicht machen können‹, sagte sie. ›Du weißt, daß wir dich Gott geweiht haben, als du geboren worden warst.‹

Mein Vater ist nie ein Mann vieler Worte gewesen. Als es dann soweit war, daß ich auf die Universität ging, legte er mir die Hände auf die Schultern, blickte mir ernst in die Augen und sagte zu mir nichts anderes als: ›Halte, was du hast, daß niemand deine Krone nehme‹.

In jenem Augenblick verstand ich die Tragweite seiner Worte in ihrem ganzen Ausmaß noch nicht. Erst später, nach einigen Jahren, als es tatsächlich so weit gekommen war, daß ich meinen kindlichen Glauben unter dem Einfluß anders ausgerichteter Studienkollegen und Lehrer drangegeben hatte, erkannte ich, was mein Vater mir hatte sagen wollen. Die anklagenden Stimmen in mir versuchte ich nun zum Schweigen zu bringen. War ich nicht ein erfolgreicher Pfarrer geworden? Hatte ich in meinen Gemeinden nicht gutbesuchte Gottesdienste? Ich blickte zurück auf Jahre, in denen ich, wie ich meinte, mit mir und meinem Leben ganz zufrieden sein könnte. Bis vor einiger Zeit schien mir alles auch ganz in Ordnung zu sein. Und dann kam ein Tag, an dem ich innerlich wachgerüttelt wurde, und zwar durch Ihre alte Tante, Herr Jordan.«

»Durch meine Tante, Herr Pfarrer? Ich verstehe nicht«, erwiderte Daniel.

Jetzt begann Pfarrer Trost von seinem Besuch bei Frau Jordan zu berichten, wo sie so eigenartige Fragen gestellt hatte,

Fragen, die den Tod und das Leben nach dem Sterben betrafen. Und daß sie ihn unumwunden gefragt habe, ob er an ein Gericht im Jenseits glaube, bei dem man Rechenschaft über sein ganzes Leben auf Erden ablegen müsse. Er habe gespürt, daß in der alten Frau Jordan Angst aufgebrochen sei. Doch er habe diese Angst lässig und mit Redensarten beantwortet, etwa in der Richtung, daß sie ja eine gute Christin sei, die in ihrem Leben viel Gutes getan habe, besonders durch ihre zahlreichen Spenden.

Als sie dann fragte, ob ich meine, daß man durch Spenden ein Plus bei Gott habe, sei er sehr in die Enge getrieben worden, und es sei ihm plötzlich wie Schuppen von den Augen gefallen, daß er die alte Dame nicht mit leeren Reden abspeisen dürfe. Schließlich habe er so nebenher die Äußerung getan, daß wir ja alle mehr oder weniger schuldig vor Gott sind. Aber wir hätten einen gnädigen Gott, und so würde schließlich doch alles recht werden. Sie brauche sich nicht länger zu ängstigen. — »Herr Jordan, etwa in dieser Art haben wir miteinander geredet. Was dann geschah, hat mich zutiefst erschüttert. ›Ich brauche keinen gnädigen Gott!‹ hat Ihre Tante erregt ausgerufen. ›Ich habe mein Leben lang nichts Unrechtes getan. Sagen Sie selbst, Herr Pfarrer, ob ich nicht immer eine gute Christin gewesen bin? Nein, ich brauche keinen gnädigen Gott!‹

Mir kam es vor, Herr Jordan, als hätte ich bisher hinter einer dichten Nebelwand gelebt, die mir jeden Ausblick verwehrte. Plötzlich wurde diese Wand wie von unsichtbarer Hand geöffnet, und was ich dann sah, das erfüllte mich mit Grauen. War ich nicht schuld daran, daß die alte Frau diesen schrecklichen Ausspruch getan hatte? Im Rückblick kam er mir direkt gotteslästerlich vor: ›Ich brauche keinen gnädigen Gott!‹ Ist es nicht mit meine Schuld, wenn vielleicht eine Anzahl Menschen aus meiner jetzigen und den vorigen Gemeinden in diesem Wahn lebten, weil ich sie im unklaren gelassen habe über den Ernst der biblischen Wahrheit?

Herr Jordan, als ich damals Ihre Tante verließ, bewegten

mich unentwegt ihre Worte. Ich ging zurück in mein Studierzimmer, schloß die Tür hinter mir und glaubte immer nur ein Wort zu hören: ›Du bist schuldig!‹ Ich ertappte mich dabei, daß ich laut vor mich hersprach: ›Aber ich, ich benötige einen gnädigen Gott!‹ Herr Jordan, ich kann Ihnen nicht sagen, was ich in jenen Tagen durchgestanden habe! Wie Schuppen fiel es mir von den Augen. Ich hatte, das wurde mir klar, meinen Gemeindegliedern bisher Steine statt Brot gegeben, weil ich ihnen nicht das volle Evangelium gebracht hatte. Ich schlug meine Bibel auf und fand in Matthäus 5 den Abschnitt, der die Überschrift trägt: ›Die Geltung des Gesetzes.‹ Da spricht Jesus: ›Denn wahrlich, ich sage euch: Bis Himmel und Erde vergehen, wird nicht vergehen der kleinste Buchstabe noch ein Tüpfelchen vom Gesetz, bis es alles geschieht. Wer nun eines von diesen kleinsten Geboten auflöst und lehrt die Leute so, der wird der Kleinste heißen im Himmelreich; wer es aber tut und lehrt, der wird groß heißen im Himmelreich.‹

Diese Erkenntnis trieb mich so um, daß ich gestörte Nächte hatte und geradezu gegen Depressionen ankämpfen mußte. Ich versuchte, mit meiner Frau, der mein veränderter Zustand natürlich auffiel, zu sprechen und ihr zu erklären, was in mir vorging. Ich sage nichts gegen meine Frau. Wir verstehen uns gut, ja unsere Ehe kann glücklich genannt werden. Aber in diesem Fall begriff sie mich einfach nicht. Sie kommt aus einem liberalen Pfarrhaus und war vom ersten Tag unserer Ehe an der Meinung, daß ich mich lösen müsse von den überholten Ansichten meines Elternhauses, wie sie es nannte. So hörte ich auf, mit ihr über die in mir aufgebrochene Not zu sprechen und wurde immer schweigsamer. Das widerspricht eigentlich meinem Wesen, denn ich bin von Natur aus ein fröhlicher Mensch. Meine Frau äußerte ihren Eltern gegenüber Besorgnis über meinen Gemütszustand. Die rieten ihr, mit mir in Urlaub zu gehen, Abwechslung und Zerstreuung zu suchen. Wenn das alles nichts nützen würde, sollte ich einen Psychotherapeuten aufsuchen.

Ich muß zugeben, daß sich in jener Zeit in mir eine Veränderung vollzog. Aber obwohl ich bemüht war, meine Predigten anders als bisher auszuarbeiten, weil ich nun an den Textaussagen innerlich beteiligt war, kamen die anklagenden Stimmen in mir nicht zur Ruhe: Du bist schuld! Du hast deine Gemeinde irregeleitet! Du hast ihnen die Heiligkeit des allwissenden, allmächtigen Gottes vorenthalten, den man nicht durch Spenden oder sonstige gute Werke bestechen kann! Meine Frau schlug mir ernstlich vor, einen Psychotherapeuten aufzusuchen. Ach, was wußte sie im Grunde genommen von mir, die sie mich doch hätte kennen sollen! Ich erwog, zu meinen Eltern zu fahren, um ihnen Einblick in das zu gewähren, was in mir vorging. Aber dazu war ich zu feige. Es hätte bedeutet, vor ihnen eingestehen zu müssen, was ihnen schon lange klargeworden war. Mein Vater hatte es einmal so ausgedrückt: ›Er hat sein Erstgeburtsrecht für ein Linsengericht eingetauscht.‹ Wenn er in früheren Jahren in ernster Sorge um mich versucht hatte, mich von seiner Meinung zu überzeugen, hatte ich dazu nur ein erhabenes Lächeln.

Mir war klar, daß ich Ihre Tante hätte besuchen müssen. Aber ich gestehe Ihnen offen, ich fürchtete mich vor den Fragen, die sie mir wieder stellen könnte. Ohne Zweifel hätte ich ihr dann anders antworten müssen über das Sterben, das Gericht und das Leben nach dem Tod. Ich hätte diesen schrecklichen Ausspruch, den ich von ihr gehört hatte, noch einmal aufgreifen müssen. Und davor fürchtete ich mich, denn schließlich war ich selbst die Ursache dazu.«

Pfarrer Trost hielt in seinem Reden inne. Es war, als ob er in sich hineinhörte. Daniel wartete geduldig, bis er weitersprach.

»Eigenartig, mitten in meine feigen Gedankengänge hinein, die mich hinderten, den dringenden Besuch zu machen, wurde mir plötzlich klar, daß ich unbedingt und sofort in die Gartenstraße gehen müsse. Ich ging wie unter einem Zwang. Eine Stunde später wußte ich, woher dieser unmißverständliche Befehl gekommen war. Frau Jordans Haushaltshilfe hatte mich nämlich in den Raum geführt, der sich neben dem Zimmer befand, in dem die alte Dame lag. ›Warten Sie bitte hier, bis der Neffe Frau Jordan verläßt‹, sagte sie. ›Es wird nicht mehr lange dauern, bis er sich verabschiedet. Wer weiß, ob Sie Frau Jordan noch lebend antreffen, wenn Sie noch einmal fortgehen.‹

So saß ich denn und vernahm jedes Wort, das Sie zu der Kranken sprachen. Es hat mich bis ins Tiefste hinein bewegt, mit welcher liebevollen Geduld Sie auf sie eingingen und ihre Fragen beantworteten. Was Frau Jordan gesagt hat, konnte ich nicht verstehen. Sie muß schon sehr schwach gewesen sein. Aber aus Ihren Antworten entnahm ich, um was es ging. Ich schämte mich wie nie zuvor in meinem Leben. Das, was Sie an der Sterbenden taten, wäre mein Amt gewesen. Ich als ihr Seelsorger hätte ihr in dieser Stunde beistehen müssen. Aber Gott würdigte mich dieses Auftrags nicht. Mir war, als habe er mir mein Amt genommen.

Können Sie nachfühlen, Herr Jordan, wie mir zumute war? Plötzlich stand ein Wort aus dem Lukasevangelium vor meinem inneren Auge: ›Wer die Hand an den Pflug legt und sieht zurück, der ist nicht geschickt zum Reiche Gottes.‹ In der nun in mir aufbrechenden Not hätte ich am liebsten die Flucht ergriffen und das Haus Ihrer Tante verlassen. Aber irgend etwas oder irgend jemand hielt mich zurück. Mir war's, als befinde ich mich auf der Anklagebank eines Gerichtssaales. Für den Bruchteil einer Sekunde streifte mich ein Gedanke: War das überhaupt noch normal, was ich da erlebte? Hatte meine Frau nicht recht, wenn sie befürchtete, daß ich einem religiösen Wahn verfallen war? Aber ich konnte dieser Stunde nicht entfliehen. Ich geriet in einen Zustand, den ich vorher noch nie erlebt hatte. Wie in Schweiß gebadet saß ich auf dem Stuhl bei der nur angelehnten Tür, hinter der Sie am Bett der Sterbenden saßen. — Das letzte, was ich vernahm, war die Stimme Ihrer Tante, merkwürdig klar und gut verständlich: ›Gott, sei mir Sünderin gnädig!‹

Ich wartete nicht, bis Sie das Haus verließen, Herr Jordan. Wie ein Geschlagener lief ich davon. Es gab für mich ja auch nichts mehr zu tun. Etwas später riefen Sie dann bei mir an und teilten mir mit, daß Ihre Tante gestorben sei. In mir streiten sich nun die zwiespältigsten Gefühle«, fuhr der Pfarrer fort. »Einerseits ist mir bei den letzten Worten Ihrer Tante eine furchtbare Last von der Seele genommen worden. Sie hatte trotz meines Versäumnisses zuletzt doch noch erkannt, daß sie einen gnädigen Gott braucht und sich an ihn gewandt. Andererseits belastete mich eine neue, nicht minder drückende Bürde, nämlich die Erkenntnis, versagt zu haben — und dies nicht allein Ihrer Tante gegenüber, sondern all den mir anvertrauten Menschen in meinen Gemeinden. Und nun, Herr Jordan, stehe ich vor den Trümmern meines Lebens, vor einem Scherbenhaufen. Ich, der ein erfolgreicher Pfarrer genannt wird, erschrecke bis ins Tiefste vor der Erkenntnis, daß ich eine furchtbare Saat gesät habe, indem ich auch von der Kanzel herab die Gottessohnschaft Jesu Christi in Zweifel gezogen, seine Wunder und vor allem sein Erlösungswerk am Kreuz geleugnet habe. Das Furchtbare ist, diese Saat wird aufgehen. Nichts ist umsonst gesät!«

Erschrocken blickte Pfarrer Trost auf seine Uhr. »Herr Jordan, ich habe Ihre Zeit ungebührlich in Anspruch genommen. Entschuldigen Sie bitte.« Er stand auf. »Ich möchte mich von Ihnen verabschieden.«

Daniel Jordan, der die tiefe Betroffenheit, die die Beichte des Pfarrers in ihm ausgelöst hatte, nicht verbergen konnte, wehrte ab: »Bitte, Herr Pfarrer, nehmen Sie noch einmal Platz. So können und sollten wir unser Gespräch nicht abbrechen.«

»In einer viertel Stunde habe ich eine Trauung vorzunehmen«, erwiderte Siegfried Trost. »Ich kann nicht eine Minute länger bleiben. Aber bitte erlauben Sie mir, wiederzukommen, morgen, übermorgen, oder wann es Ihnen paßt. Ich brauche Ihre Hilfe, Herr Jordan, nachdem ich Zeuge dessen war, was am Sterbebett Ihrer Tante geschah. Ich weiß nicht, wie es bei mir weitergehen soll. Eins ist mir aber sicher: Frau Jordans letztes Gebet ist auch das meine geworden: Gott, sei mir Sünder gnädig! Wie sollte ich sonst mit der Last auf meiner Seele weiterleben können!«

Dieses Gespräch zwischen den beiden Männern hatte noch vor der Beerdigung der alten Frau Jordan stattgefunden. Kein Wunder, daß die Frage umging: Was ist mit unserem Pfarrer geschehen? Er war kaum wiederzuerkennen. Dabei stand Pfarrer Trost erst am Anfang eines Geschehens, das für ihn zur Lebenswende werden sollte.

Das Schuljahr war zu Ende. Natalie brachte ein besseres Zeugnis nach Hause, als es die Eltern erwartet hatten. Freudig erregt betrat sie die Wohnung und schwang ihr Zeugnisheft über dem Kopf. »Vati, Mutti, in vier Fächern bessere Noten und diesmal keine einzige Fünf!«

Beide Eltern waren erfreut. »Fein, Natalie! Wir gratulieren!«

»Ist das alles?« fragte sie gedehnt. »Meine Freundinnen bekommen jedesmal eine Belohnung von ihren Eltern, wenn sie sich in der Schule verbessert haben.«

»Sie strengt sich nie an, ohne Aussicht auf eine Belohnung«, stichelte Beatrix.

»Bei dir würde nicht einmal die größte Anstrengung zu einem Erfolg führen«, gab Natalie schlagfertig zurück.

»Eine Belohnung?« wiederholte Daniel. »Nun, darüber ließe sich reden. Dein Bemühen soll auch eine Anerkennung finden. Was hättest du denn für einen Wunsch?«

Natalie strahlte. »Wirklich, Vati, darf ich einen Wunsch äußern? Ihr wißt doch, daß mehrere Klassenkameradinnen während der Ferien in ein Jugendheim an die Nordsee fahren. Ich hatte mich bisher dafür nicht interessiert, zumal ihr ja in diesem Jahr wieder mit uns nach Tirol fahren wollt. Nun aber hat ein Mädchen aus Krankheitsgründen zurücktreten müssen. Es ist also ein Platz frei geworden. Meine Freundin Ilsegret hat mich sehr gebeten, doch mitzukommen. Sie war schon im vergangenen Jahr dort und hat mir den Aufenthalt in diesem Nordseebad in schillernden Farben beschrieben, so daß ich nun große Lust habe, mitzufahren. Das also ist mein Wunsch.«

»Wer fährt denn von euren Lehrern mit?« wollte Jasmina wissen.

»Oh, Mutti«, lachte die Tochter, »du hast bereits wieder Angst, daß wir nur ja genügend beaufsichtigt werden. Dabei sind die meisten von uns sechzehn oder siebzehn Jahre alt. Da weiß man im allgemeinen, wie man sich zu benehmen hat.«

»Im allgemeinen schon, aber nicht in jedem Fall«, stichelte Beatrix.

»Ich wüßte nicht, daß ich dich um deine Meinung gefragt hätte«, gab Natalie gereizt zurück und wandte sich ungeduldig an die Eltern: »Darf ich nun, oder darf ich nicht?«

Daniel und Jasmina wechselten einen Blick. »Bis wann mußt du dich entschieden haben?«

»Unsere Klassenlehrerin, die mit uns fährt, möchte noch heute abend wissen, ob sie mit mir rechnen kann.«

»Das kommt mir ein bißchen plötzlich«, meinte die Mutter. »Ich müßte dir für diese Reise noch einiges anschaffen, was du am Strand benötigen wirst.«

»Vor allem einen Mini-Bikini!«

Jasmina ging auf den Einwand ihrer jüngsten Tochter nicht ein. »Zwei Badeanzüge werdet ihr haben müssen, und einen neuen Bademantel brauchst du auch. Deinen bisherigen kann Beatrix haben, der ist dir inzwischen zu klein geworden.«

»Dann will ich auch einen neuen. Immer wird Natalie bevorzugt, wenn es um Kleidungsstücke geht«, schmollte Beatrix.

»Du hast, soviel ich beobachtet habe, noch immer bekommen, was du brauchst«, erwiderte Daniel.

Natalie stand bereits an der Tür. »Danke, daß ihr mich mitlaßt! Ich fahre schnell mit dem Rad zu meiner Klassenlehrerin, um es ihr zu sagen. Ilsegret wird außer sich vor Freude sein, daß ich nun doch mitkomme!«

Jasmina besorgte in den nächsten Tagen die nötigen Anschaffungen. Natürlich freute sie sich darüber, daß Natalie Fortschritte in der Schule zu verzeichnen hatte. Unwillkürlich mußte sie an die Zeit denken, als Daniel, damals noch ihr

Klassenlehrer, ihr versichert hatte, daß ihre Begabung ausreiche, das Abitur zu machen, wenn sie sich nur mehr anstrenge. Sie hatte sich bemüht, um den von ihr verehrten, ja geliebten Lehrer nicht zu enttäuschen. Alles war gutgegangen, bis dieser aalglatte Mensch, Natalies und Beatrix' Vater, auf der Bildfläche erschien und sie seinen verführerischen Worten geglaubt hatte. Wenn nur nicht Natalie einmal einem so verantwortungslosen Menschen in die Hände fiel! Die Angst um ihre älteste Tochter war nicht geringer geworden.

Aber nun schöpfte sie ein wenig Hoffnung, die besseren Noten in Natalies Zeugnis waren gewiß ein gutes Zeichen. Doch war es bei ihr nicht ähnlich gewesen? Ihre Schulleistungen waren damals bis kurz vor dem Abitur zufriedenstellend bis zu dem Augenblick... Nein, sie wollte diese trüben Erinnerungen nicht immer wieder neu heraufbeschwören. Warum nur fiel heute die alte Unruhe wieder über sie her? Schließlich war es nicht recht und für die Entwicklung des Mädchens nicht förderlich, wenn Jasmina in ihrem Innern Mißtrauen gegen Natalie hegte.

Am nächsten Morgen fühlte Daniel sich nicht so wohl. Dieser Sommer war regnerisch und kühl wie schon lange nicht mehr. Frühnebel, die sonst erst im Herbst auftauchten, belasteten Daniels Kreislauf sehr. Ihm, der ständig im Rollstuhl sitzen mußte, fehlte die Bewegung an der frischen Luft.

»Ich werde morgen, wenn du abfährst, nicht mit dir zum Bus kommen können«, sagte Jasmina zu Natalie. »Vati geht es in den letzten Tagen nicht gut. Ich muß ihn zum Arzt fahren.«

Die Mutter merkte nicht, daß Natalie geradezu aufatmete.

»Ich komme gut zurecht«, erwiderte sie. »Mach dir keine Gedanken!«

»Aber deine beiden Koffer? Dann soll Beatrix dich begleiten.«

»Das ist nicht nötig. Mir ist viel lieber, sie bleibt zu Hause.«

»Wann fährt denn der Bus ab?«

»Wir sollen uns um neun Uhr vor der Schule treffen.«

»Wie dumm, genau um diese Zeit sind wir beim Arzt

bestellt, sonst hätte ich dich mit deinem Gepäck hingefahren.«

»Mutti, mach dir keine Sorgen! Ich fahre einfach mit dem frühen Bus am Morgen. Wenn ich dann auch noch eine halbe Stunde vor der Schule warten muß, ist das nicht weiter schlimm.«

»Nun gut! Es sind ja alle Vorbereitungen getroffen. Reiseproviant mache ich dir morgen früh zurecht. Dann hast du alles frisch. Schreibe gleich, wenn ihr euer Reiseziel erreicht habt, wie alles mit der Fahrt war und ob es dir dort gefällt — und, Natalie, nicht wahr, ich muß mich nicht ängstigen um dich? Sei nicht leichtfertig und paß beim Schwimmen auf.«

»Daß du nicht untergehst«, vollendete Natalie leichtfertig den Satz. »Und wirf dich nicht dem ersten besten Jüngling an den Hals! Mutti, ich weiß alles, was du mir sagen willst. Spar dir die weiteren Moralpredigten.«

Am anderen Morgen entdeckte Beatrix, daß die Schwester etwas vom Reiseproviant, den die Mutter fürsorglich eingepackt hatte, vergessen hatte. Einen Augenblick zögerte sie. Dann soll sie eben Hunger leiden! Geschieht ihr gerade recht! Warum hat sie ihre Gedanken nicht beieinander! Aber dann entschloß sie sich doch, der Schwester mit dem Rad nachzufahren. Bestimmt würde sie bereits an der Schule stehen und auf den Bus warten.

Aber dort waren weder Natalie noch ihre Schulkameradinnen zu sehen. Ein Blick auf die Uhr zeigte ihr, daß es nur wenige Minuten vor neun war. Unschlüssig blieb sie stehen. Es konnte natürlich sein, daß alle Schüler frühzeitig versammelt gewesen waren und der Bus entsprechend früher abgefahren war. Als Beatrix sich umwandte, sah sie, daß der Hausmeister vor der Turnhalle den Rasen mähte. Vielleicht konnte der ihr Auskunft geben.

»Ein Reisebus?« antwortete er auf ihre Frage. »Nein, der wäre mir nicht entgangen. Ich bin hier schon seit einer halben Stunde beschäftigt.«

»Aber das kann doch nicht sein! Um neun Uhr sollte er hier abfahren.«

»Was fragst du mich denn erst, wenn du es doch besser weißt«, erwiderte er mürrisch. »Glaubst du vielleicht, eine Schar Mädel und Jungen mit ihrem Reisegepäck wäre hier so lautlos eingestiegen, daß ich es nicht bemerkt hätte?« Er wandte sich wieder seiner Arbeit zu, ohne sich auf ein weiteres Gespräch einzulassen.

Beatrix war ratlos. Vater und Mutter sowie sie selbst hatten doch genau gehört, daß Natalie die Schule als den Ort des Treffens um neun Uhr als Abfahrtszeit angegeben hatte. Was sollte sie nur tun? Das vergessene Reisebrot war das geringste. Natalie besaß genügend Geld, um sich etwas zu kaufen. Außerdem hatte Mutti ihr reichlich Proviant mitgegeben. Sie mußte also nichts entbehren. Aber wo befand sich die Schwester? Eine unerklärliche Angst erfüllte sie plötzlich.

Da kam ihr ein Gedanke: Ich fahre zu Ilsegret, Natalies Freundin. Deren Mutter würde hoffentlich zu Hause sein und den Irrtum aufklären können. Die wußte bestimmt, von wo und wann der Bus abgefahren war. Beatrix schwang sich auf ihr Rad und stand wenige Minuten später vor dem kleinen Einfamilienhaus, in dem die Eltern Ilsegrets wohnten. Eilig durchschritt sie den Vorgarten und klingelte an der Eingangstür. Als nicht geöffnet wurde, blickte sie sich suchend um. Wie hübsch und gepflegt sah hier alles aus. Eine Fülle von Rosen in verschiedenen Farben säumten den Weg. Der Rasen sah aus, als sei er erst heute morgen geschoren worden. Sonnenblumen wuchsen an verschiedenen Stellen, und bunte Wicken rankten am Gartenzaun empor. Hier würde es Mutti auch gefallen, dachte Beatrix, und bewunderte die Pracht der Geranien in den Blumenkästen vor den Fenstern, die blauen und weißen Petunien und gelben Pantöffelchen, die überragt wurden von den kleinblumigen, zarten Margeriten, die man jetzt überall in den Gärten sah. Dann aber schreckte sie auf. Sie verlor sich hier in Bewunderung der Blumenpracht und wußte noch immer nicht, wo sie Natalie suchen sollte. Sie drückte noch einmal auf den Klingelknopf. Auch jetzt meldete sich niemand.

Beatrix, ohnehin zögernd, wenn es darum ging, einen Entschluß zu fassen, wußte nicht, wie sie sich zu verhalten hatte. Sollte sie hier warten, bis Ilsegrets Mutter zurückkam? Bestimmt hatte sie ihre Tochter zum Bus begleitet und war nun gegangen, einige Besorgungen zu machen. Aber wer weiß, wie lange sie unterwegs sein würde. Wenn nun der Bus gar nicht an der Schule abgefahren war, wie der Hausmeister behauptet hatte! Ob sie zu Hause anrief und die Mutter fragte, was sie weiter unternehmen soll? Doch dann fiel ihr ein, daß die Eltern ja beim Arzt waren und so schnell nicht zurückkehren würden. Also mußte sie versuchen, eine andere von Natalies Schulkameradinnen zu finden.

Aber es war wie ein Verhängnis. Auch dort traf sie niemand an. Keiner konnte ihr weiterhelfen. Schließlich blieb ihr nichts anderes übrig, als zurück nach Hause zu fahren. Die Mutter würde sich nicht wenig aufregen, wenn sie ihr berichtete, daß der Bus gar nicht von dem Platz, den Natalie angegeben hatte, abgefahren war.

Zu Hause fand sie auf dem Küchentisch einen Zettel, auf dem stand: »Vati und ich mußten nicht lange beim Arzt warten. Zum Glück ist es nichts Schlimmes mit Papa. Seit einer halben Stunde ist Pfarrer Trost bei ihm. Sie haben eine Besprechung. Gehe also nicht in Vatis Arbeitszimmer. Sollte ich bis kurz vor zwölf nicht zu Hause sein, setze die Salzkartoffeln auf, die ich vorbereitet habe. Dann wasche den Salat. Die Frikadellen kannst du formen. Das Hackfleisch ist im Kühlschrank. Schneide eine halbgroße Zwiebel klein, so fein wie möglich. Ich brate die Frikadellen selbst, wenn ich zurückkomme. Ich beeile mich. Gruß, Mutti.«

Beatrix hätte in Tränen ausbrechen mögen. Die Mutter war fort, den Vater sollte sie nicht stören. Die Angst und Unruhe um Natalie wurde immer heftiger. Sie hatte das deutliche Empfinden, daß irgend etwas nicht stimmte und daß man schleunigst etwas unternehmen mußte, um ein Unglück zu verhüten. Und nun dieser blöde Auftrag: Kartoffeln aufsetzen, Salat putzen, Frikadellen vorbereiten! Als wenn das im Augenblick so wichtig wäre!

Beatrix ging in ihr Zimmer, um ein Hauskleid anzuziehen. Natürlich hatte sie sich hübsch gemacht, bevor sie mit dem Rad zur Schule gefahren war, schon um Natalies Schulkameraden zu imponieren. Und nun wußte kein Mensch, ob oder von wo sie überhaupt abgefahren waren.

Als Beatrix in ihr Zimmer trat, um das Hauskleid aus dem Schrank zu nehmen, fiel ihr auf, daß ihr Bett nicht so ordentlich gemacht war, wie sie es sonst am Morgen zurückließ. Seltsam, es sah aus, als sei jemand an ihrem Bett gewesen.

Als sie ihre Steppdecke säuberlich zurücklegen wollte, entdeckte sie, daß darunter ein Briefumschlag lag. Verwundert nahm sie ihn in die Hand und las: Für Beatrix. Das war doch die Handschrift ihrer Schwester! Nichts Gutes ahnend, setzte sie sich auf den Stuhl am Fenster. Ihre Hände zitterten, als sie den Brief öffnete und las:

Liebe Beatrix,

mach kein Theater, wenn du liest, was ich dir jetzt schreibe und teile es den Eltern mit: Ich fahre nicht mit meinen Klassenkameraden an die See. Das war ein Vorwand, weil ich wußte, daß Mutti und Vati mir doch nicht erlauben würden, nach Italien zu reisen. Ich habe mir alles genau überlegt. Weil mein Geld nicht reichen wird, fahre ich per Autostopp. Ich weiß, von wo aus Personen- oder Lastwagen nach Italien fahren. Sobald ich in Italien bin, schreibe oder telefoniere ich. Sage Mutti, sie braucht sich wirklich keine Sorgen um mich zu machen.

Ich weiß, Beatrix, daß du jetzt eine fürchterliche Wut auf mich hast, weil ja vor allem du Antonella besuchen wolltest, wenn auch erst im nächsten Jahr. Aber ich kann dich bei meinem Unternehmen wirklich nicht gebrauchen. Das mußt du verstehen. Du wärst mir nur ein Hindernis.

Sobald ich in Cremona angekommen bin, rufe ich zu Hause an. Aber wann das sein wird, kann ich nicht sagen, weil ich ja nicht weiß, ob ich schnell ein Auto finde, das in die Richtung fährt und mich mitnimmt. Sage Mutti, sie soll sich keine Sorgen machen. Schließlich hat sie, als sie nur wenig älter war als ich, ihre Mutter vor noch ganz andere vollendete Tatsachen gestellt.

Ich werde also zuerst unsere Verwandten in Cremona besuchen. An Antonella habe ich vor ein paar Tagen geschrieben und sie auf mein Kommen vorbereitet. Ich werde ihnen nicht lange zur Last fallen. Mein Wunschtraum ist es, zu Franciscos Eltern zu kommen und wenn möglich, dort im Hotel seines Vaters als Servier- oder Zimmermädchen zu arbeiten. Schließlich habe ich ein ganz annehmbares Gesicht und eine gute Figur, und so was stellt man gerne ein, wenn es darum geht, Gäste zu bedienen. Vor allem hoffe ich aber, Francisco kennenzulernen. Ich fand ihn schon auf der Fotografie, die uns Antonella zeigte, hinreißend. Oh, Beatrix! Aber Du Unschuldslamm verstehst davon ja noch nichts!

Mama dürfte mir eigentlich keine Vorwürfe machen und müßte Verständnis für mein Handeln aufbringen, denn sie war ja auch noch sehr jung, als sie unsern Vater kennenlernte! Die Eltern sollen mir nicht böse sein. Ich lasse sie ja nicht im Ungewissen, nachdem ich ihnen mein Vorhaben und Reiseziel genannt habe.

Viele Grüße Euch allen
Natalie

»Das ist eine Gemeinheit!« empörte sich Beatrix. »Nun schnappt sie mir die Italienreise weg. Dabei war doch mit Antonella und den Eltern ausgemacht, daß ich sie als erste besuchen darf. Aber das sieht ihr wieder ähnlich. Laß sie nur zurückkommen, der werde ich meine Meinung sagen!«

Dann aber schämte sich Beatrix über diese Gedankengänge. Jetzt dachte sie nur an sich selbst, während man überhaupt keine Ahnung hatte, wo Natalie sich befand und was aus diesem Abenteuer werden würde. Wie oft hörte man davon, daß jungen Mädchen, die sich leichtfertig von irgendwelchen Autofahrern mitnehmen ließen, Schlimmes passiert sei. Erst gestern wurde im Fernsehen wieder von einer Sechzehnjährigen berichtet, die im Wald nahe einer Autobahn ermordet aufgefunden worden war. Wenn doch nur die Mutter endlich heimkommen würde, damit man Natalie möglichst irgendwo aufspüren und sie von ihrer Idee abbringen könnte.

Als Beatrix in die Küche ging, um Mutters Aufträge auszuführen, sah sie deren Auto vor dem Haus vorfahren.

»Hast du die Kartoffeln noch nicht aufgesetzt?« fragte Jasmina, als sie die Küche betrat. »Da steht ja auch noch der Salat ungewaschen.« Dann blickte sie Beatrix prüfend an. »Was ist mit dir? Du siehst ja ganz verstört aus.«

Wortlos reichte ihr die Tochter Natalies Brief und brach im gleichen Augenblick in Tränen aus. Noch stehend las die Mutter die Zeilen, und nun war es Beatrix, die erschrak. »Mama, du wirst ja ganz bleich. Ist dir schlecht?«

Jasmina sank auf den nächsten Stuhl. Dann schlug sie die Hände vor das Gesicht und stöhnte. »Die Saat geht auf! O Gott, das ist's, was ich schon lange befürchtet habe! Die Saat geht auf!« Es war wie ein verzweifeltes Reden mit Gott.

Beatrix umfaßte die Mutter und schmiegte sich, erschüttert über deren Gefühlsausbruch, an sie. »Was meinst du denn damit, Mama? Ich verstehe dich nicht.«

Jasmina stöhnte nur, und dann liefen auch ihr Tränen aus den Augen.

Ratlos streichelte Beatrix die Weinende. »Mutti, sollen wir nicht doch Papa rufen?«

Jasmina schüttelte den Kopf. Dann trocknete sie energisch ihre Tränen. Wie töricht, hier zu sitzen und sich ihrem Jammer und ihrer Angst um Natalie hinzugeben. Es galt, keine Zeit zu verlieren. Sofort mußte gehandelt werden. »Nein«, erwiderte sie, »Vati hat jetzt, wie mir scheint, eine wichtige Unterredung. Nachher werde ich alles mit ihm besprechen. Jetzt aber fahre ich sofort zu meiner Mutter. Sie soll unverzüglich mit unseren Verwandten in Cremona telefonieren. So viel Italienisch kann sie noch. Die Angehörigen müssen Natalie zurückschicken. Unter keinen Umständen darf sie sich dort in dem Hotel am Gardasee um eine Stelle als Haus- oder Serviermädchen bewerben. Sie weiß doch genau, daß wir sie hier in der Hotelfachschule angemeldet haben.«

»Wer weiß denn, ob sie überhaupt nach Italien kommt?« sorgte sich Beatrix. Die Angst um ihre Schwester war jetzt größer als ihr Groll. »Mama, darf ich nicht mit zu Oma? Ich sorge mich so um Natalie.«

Erstaunt blickte Jasmina ihre Jüngste an. Es tat ihr in diesem Augenblick geradezu wohl, daß Beatrix nicht in vorwurfsvollem Aufbegehren von ihrer Schwester sprach, wie sie es sonst immer tat. Aber auf den ausgesprochenen Wunsch ging sie nicht ein.

»Nein, Beatrix. Du kannst mich nicht begleiten. Du wirst heute einmal selbständig das Mittagessen übernehmen.«

»O Mutti, wenn das nur genießbar wird.«

»Du wirst es schon fertigbringen. Den Brief nehme ich für Oma mit. Sage Vati, daß ich so schnell wie möglich zurückkomme.«

Inzwischen hatte sich folgendes ergeben: Pfarrer Trost hatte telefonisch angefragt, ob Herr Jordan noch heute vormittag eine Stunde Zeit für ihn habe. Daniel war sehr froh über die vom Arzt gestellte Diagnose gewesen und spürte, wie die Freude darüber ihm Kraft gab. Also sagte er zu.

Ihm fiel sofort der veränderte Gesichtsausdruck des Pfarrers auf, als dieser die Wohnung betrat. Freudig streckte er ihm die Hand entgegen.

»Es geht Ihnen besser als das letzte Mal, als Sie bei mir waren«, stellte er fest.

»Ja — und nein«, war die Antwort.

Nachdem er Daniel gegenüber Platz genommen hatte, berichtete der Pfarrer ohne Umschweife: »Ich hatte Ihnen von der in mir aufgebrochenen notvollen Erkenntnis berichtet, Herr Jordan. Wir mußten unser Gespräch abbrechen, weil ich eine Trauung vorzunehmen hatte. Danach durchlebte ich noch einige sehr schwere Stunden. Aber heute kann ich Ihnen sagen, daß sie nicht nur schwer, sondern auch heilsam und segensreich waren. Bereits Ihre Worte hatten mir richtungweisend geholfen, und dann erinnerte ich mich des Ausspruchs eines meiner Theologieprofessoren. Er war ein gläubiger Mann und sagte zu uns Studenten: ›Die Geschichte vom verlorenen Sohn ist noch heute aktuell. Es kann sein, daß Sie irgendwann in Ihrem Leben in eine Situation geraten, in der Sie erkennen, daß Sie sich in Irrtümer verstrickt und vom Vaterherz Gottes entfernt haben. Auch ein Pfarrer kann in eine Lage kommen, wo er wie der verlorene Sohn sein Gut verpraßt hat und zerlumpt — nicht unbedingt äußerlich, sondern all seiner Sicherheiten und Gelehrsamkeit entblößt — glaubt, nicht weiter zu können. Die Ursachen mögen verschiedener Art sein. Wichtig aber ist, daß er sich, ganz gleich, was vorausgegangen ist, auf den Heimweg macht, sich daran erinnert, daß sein Vater auf ihn wartet und ihm entgegenkommt.‹ «

Pfarrer Trost schwieg einen Augenblick. Dann sah er Daniel freimütig an und fuhr fort: »Seltsam, jahrelang habe ich an diese Ausführungen meines von mir sehr verehrten Professors nicht gedacht. Sie waren in meiner Erinnerung wie ausgelöscht. Und jetzt, wo ich in der Tat nicht weiter wußte, standen sie plötzlich vor meinem inneren Auge.«

»Das war wohl der Augenblick«, sagte Daniel, »an dem der Vater sich auf den Weg machte und dem verlorenen Sohn entgegenkam.« Er zitierte die Worte der Bibel: »Ehe der Sohn ihn sah, sah ihn der Vater.«

»Sie haben recht«, bestätigte Siegfried Trost. »So ähnlich habe ich es empfunden. Ich bin heimgekehrt — in jener Nacht, nach dem Gespräch mit Ihnen, Herr Jordan. In meinem Studierzimmer habe ich es ausgerufen: ›Vater, ich bin nicht wert, daß ich dein Sohn heiße.‹ Und mir war, als erlebte ich, wie es im Lukasevangelium gesagt ist. Ich wußte, ich war wieder angenommen, obgleich ich sein Erbe geringgeachtet und verpraßt hatte.«

Daniel ergriff die Hand des Pfarrers. »Ich habe es Ihnen sofort angesehen, als Sie kamen, und ich bin so froh mit Ihnen!«

Nun wurde Siegfried Trost sehr ernst. »Aber wie soll es weitergehen, Herr Jordan? Ich kann das verpraßte Erbe nicht wieder zurückgewinnen. Alle die versäumten Gelegenheiten, alle geringgeachteten Erfahrungen und Erkenntnisse, nichts kann ich mehr gutmachen. Das Erbgut ist vertan, verschwendet, mißachtet! Nicht einmal darum bitten konnte ich, daß der Vater mich zu einem seiner Tagelöhner machen möge, wie der verlorene Sohn es tat. Nicht einmal das. Mir ist's, als könne Gott mich nicht mehr gebrauchen nach all den Versäumnissen.«

»Herr Pfarrer«, erwiderte Daniel, »nicht als Tagelöhner, sondern als Sohn wurde der heruntergekommene Mann wieder aufgenommen und in seine vollen Sohnesrechte eingesetzt. Das gilt auch Ihnen!«

»Aber wie soll ich denn all das Versäumte nachholen? Trotz aller Hektik, die sich in Gemeindeunternehmungen bei der Jugend, im Frauenkreis, beim Posaunenchor und bei anderen, die sich einsetzen, bemerkbar macht, kommt mir meine Gemeinde wie eine verdorrte Wüste vor. Ich zittere davor, daß auf meiner Arbeit kein Segen mehr liegt, sondern nach allem, was ich versäumt habe, ein Fluch.«

Daniel war erschüttert. Es mußte etwas geschehen, um dem Pfarrer zurechtzuhelfen. Er fuhr fort: »Gott kann auch einen Fluch in Segen verwandeln. Das sagt uns die Heilige Schrift. Was die verdorrte Wüste betrifft: Gott will, daß die Wüste zum Blühen kommt. Herr Pfarrer, ich bin felsenfest davon überzeugt, daß Gott nach den Erlebnissen, die hinter Ihnen liegen, Ihrer Ausweglosigkeit ein Ende setzt.«

»Aber was wird aus der falschen Saat, die ich gesät habe?« fragte Siegfried Trost, noch immer verzagt. »Bedenken Sie, ich habe Zweifel und Unglauben gesät, weil in mir selber der lebendige Glaube erloschen war. Wenn ich daran denke, daß diese Saat aufgeht und Früchte trägt... Nichts ist ja umsonst gesät.«

»Glauben Sie nicht, daß Gott Sie befähigen kann, den Acker Ihres Arbeitsfeldes durch eine neue, klare, bibelgerechte Verkündigung umzupflügen und die Saat Ihrer Ihnen von Gott geschenkten neuen Erkenntnis auszustreuen? Gott vermag sogar Totengebeine wieder lebendig zu machen. Denken Sie an Hesekiel 37. Über diesem Kapitel steht: Das Totenfeld wird durch Gottes Odem wieder lebendig.«

»Und das sollte ich wirklich erleben dürfen?« Siegfried Trost wagte es noch nicht zu fassen. Die Wüste sollte wirklich blühen?

Daniel steuerte seinen Rollstuhl hinüber an das große Bücherregal, das fast eine ganze Wand in seinem Arbeitszimmer einnahm. Er überflog kurz die Reihen und griff kundig eine Broschüre heraus.

Er kam zurück und saß nun dem Pfarrer wieder gegenüber. Nach kurzem Blättern hatte er gefunden, was er suchte. Dann nahm er das Gespräch wieder auf: »Hören Sie, was Hanna Hümmer dazu sagt:

Setze der Wüste eine Grenze in dir selbst,
und du wirst merken:
Du kannst nicht selbst
der Wüste gebieten.
Aber wenn Gott der Wüste gebietet,
wird große Stille über dich kommen.
Du siehst einen weiten Weg vor dir,
doch es ist kein trostloser Weg.
Gehe ihn nicht nur mit Tränen,
sondern auch mit Freuden
und wisse, daß der Herr selbst
Brot und Wasser ist,
und daß er immer seinen Engel zu dir sendet.
Der Sand soll blühen!
Das ist Gottes Verheißung
über allen Wüsten deines Lebens.
Und weißt du nicht,
daß keine Wüste ohne Oase ist?
Weißt du nicht,
daß darum auch das schwerste Leben
sehr begnadigt ist?«

Danach war es eine ganze Zeit völlig still zwischen den beiden Männern. Als der Pfarrer sich nach einer weiteren halben Stunde verabschiedete, waren sie Freunde geworden.

Erst als sich die Haustür hinter Siegfried Trost geschlossen hatte, merkte Daniel, daß es aus der Küche brenzlig roch. Er steuerte seinen Rollstuhl durch den Gang und wollte gerade Jasmina fragen, ob ihr der Braten oder sonst etwas angebrannt sei. Da entdeckte er Beatrix, die mit tränenüberströmtem Gesicht in der Küche am Herd stand und bemüht war, mit dem Pfannenschaber die halbverkohlten Frikadellen vor dem völligen Verbrennen zu retten.

»Hallo, Beatrix!« fragte er. »Was tust du denn heute in der Küche?«

Er fuhr näher an sie heran. »Warum weinst du und siehst so unglücklich aus? Etwa wegen der verkohlten Fleischküchlein? So was kann passieren. Wir schaben die Kohle ab und sehen, ob von der Füllung noch etwas übriggeblieben und genießbar ist. Aber wo ist denn Mutti?«

Ohne eine Antwort zu geben, weinte Beatrix aufs neue los und konnte nicht verhüten, daß einige Tränen in die Pfanne tropften.

»Es ist ja nicht nur wegen der Frikadellen«, schluchzte sie endlich und suchte, um ein schlimmeres Pfannenmalheur zu verhüten, in ihrer Schürze nach einem Taschentuch, das sie aber nicht fand.

»Komm, nimm mein's«, tröstete Herr Jordan und reichte ihr das seine. »Was ist dir denn sonst noch angebrannt? Wie kommt es, daß du allein hier in der Küche stehst?«

»Es ist ja noch etwas viel Schlimmeres passiert«, fuhr Beatrix fort. »Natalie hat euch belogen. Sie ist gar nicht mit ihrer Klasse an die See, sondern nach Italien gefahren. Sie hat mir einen Brief hinterlassen — und — und —«

»Nun hör mal auf zu weinen«, sagte in bestimmtem Ton Daniel. »So kommen wir nicht weiter. Nimm die verkohlten Frikadellen vom Herd und setz dich hierher neben mich auf den Stuhl. Gib mir den Brief, den dir deine Schwester hinterlassen hat, und sag mir jetzt endlich, wo Mama ist.«

Es dauerte eine ganze Weile, bis Daniel den Sachverhalt erfuhr. Eine knappe Stunde später kam auch Jasmina. Zuerst blickten die Eheleute sich stumm in die Augen. Daniel kannte seine Frau zu genau, um nicht zu wissen, was in ihr vorging.

»Hast du deine Mutter angetroffen?« fragte er. »Habt ihr gleich mit den Verwandten in Cremona telefoniert?«

»Nein, ich traf Mutter nicht an«, erwiderte Jasmina niedergeschlagen. »Auch im Krankenhaus war sie nicht. Alle abkömmlichen Schwestern machen heute mit den dienstfreien Ärzten und dem Verwaltungspersonal einen Betriebsausflug. Daran nimmt auch Mutter teil. Es wird spät werden, bis sie nach Hause kommt. Ich habe ihr aber ein paar Zeilen im Briefkasten hinterlassen. Vom Krankenhaus aus bin ich sofort zur Polizeiwache gefahren und habe Natalie als vermißt gemeldet. Weil sie noch nicht volljährig ist, setzt sich die Polizei ein, indem sie eine Vermißtenanzeige weiterleitet an die verschiedenen umliegenden Polizeiämter und an die in Frage kommenden Grenzstationen. Meine Angaben wurden sofort in einem Computer registriert. Ich muß noch heute die neueste Fotografie von Natalie auf die Polizeiwache bringen. Alle Angaben werden dann in einem Fernschreiben an die zuständigen Stellen weitergeleitet.«

Das alles hatte Jasmina stehend berichtet. Jetzt sah Daniel, wie bleich sie wurde und sich nach einem Stuhl umblickte.

»Schnell, Jasmina, komm, setz dich!« rief er besorgt. »Diese ganze Aufregung hat dir geschadet.« Er zog den nächststehenden Sessel heran und wandte sich Beatrix zu: »Laß dir von Mutti sagen, wo du die neueste Fotografie findest und bringe sie sofort auf die Polizeistation in der Hauptstraße. Dort warst du doch, Jasmina, oder nicht?«

Sie nickte und wandte sich an Beatrix: »Ganz hinten im neuen Fotoalbum ist das Bild von Natalie.«

Beatrix aber wehrte sich: »Ich geh' nicht zur Polizei. Dann wollen die alles genau von mir wissen, und ich kann doch keine Auskunft geben.«

»Du gehst!« bestimmte Daniel energisch, »und zwar sofort.

Du siehst doch, daß es Mutti nicht gut ist. So viel muß man doch von dir in deinem Alter erwarten können.«

Beatrix wußte, daß jetzt eine Widerrede nicht angebracht war und gehorchte.

Herr Jordan schob seinen Rollstuhl nahe an den Sessel zu Jasmina heran, legte den Arm um ihre Schultern und zog sie an sich. »Ich weiß, Liebste, wie dir zumute ist: Aber vielleicht sorgen wir uns grundlos. Wenn ein junges Mädchen einmal ohne Einwilligung der Eltern eine Reise unternimmt, muß nicht gleich etwas passieren.«

Jetzt war es mit Jasminas Fassung vorbei. Aufweinend lehnte sie sich an ihren Mann. »Nun ist es soweit!« schluchzte sie. »Ich habe es dir ja schon immer gesagt, daß wir mit Natalie noch manches erleben werden. Das Furchtbare jedoch ist, daß ich selber daran schuld bin. Die Saat, die ich gesät habe, geht in erschreckender Weise auf!«

Daniel war erschüttert. Jasmina sprach fast dieselben Worte aus, die er nur kurz vorher aus dem Munde des Pfarrers vernommen hatte. Um etwas Zeit zu gewinnen, die es ihm ermöglichen sollte, die rechte Antwort für Jasmina zu finden, fragte er: »Wie meinst du das: Die Saat geht auf?«

»Du selbst warst es«, erwiderte sie, »der einmal zu mir sagte: Nichts ist umsonst gesät. Erst seitdem ich deine Frau geworden bin und mir nach und nach über manches klar wurde, was ich früher nicht wußte, vor allem seitdem ich regelmäßig am Hausbibelkreis teilnehme, wird mir manches bewußt. Natalie trägt, ich habe es dir ja schon mehrmals gesagt, ein Erbe in sich von ihrem Vater, aber auch von mir. Ich habe mich dem Mann, von dessen Oberflächlichkeit ich schon bald überzeugt war, ohne Bedenken hingegeben. Ich wollte die Kinder von ihm, zumindest Natalie. Gewiß, ich war zu jung und unerfahren, um mir der Verantwortung bewußt gewesen zu sein, daß man auch an Kindern schuldig werden kann, die man in die Welt setzt. Jetzt erschrecke ich vor der Erkenntnis, daß Natalie Eigenschaften in sich trägt, die ihr zum Verhängnis werden können. Die Veranlagung, ihre Wesensart liegt in ihr, und ich muß als Mutter hilflos zusehen, wie sie ihren Weg genauso leichtfertig geht, wie ich es damals getan habe.«

Daniel umschloß mit seiner Hand ihre zuckenden Finger. In ihrem inneren Aufruhr rang sie die Hände. »Jasmina«, sagte er in seiner gütigen Art, bemüht, sie zu beruhigen: »Das alles mag seine Richtigkeit haben, aber —«

Sie unterbrach ihn erregt: »Aber?« wiederholte sie noch immer schluchzend. »Aber? Daniel, es gibt kein Aber. Ich jedenfalls sehe keinen Ausweg.«

»Gott aber hat einen Weg auch für Natalie«, erwiderte er voller Überzeugung. »Glaube mir doch! Er hat einen Weg für unsere Tochter, obwohl wir im Augenblick nicht einmal wissen, wo wir sie mit unseren Gedanken suchen sollen. Er weiß, wo sie ist!«

»Oh, Daniel, du bist so gut zu mir«, fuhr Jasmina fort. »Du sagst › unsere Tochter ‹, obgleich gerade du jetzt, nachdem Natalie uns diesen neuen Kummer bereitet, Grund hättest, dich von ihr zu distanzieren.«

»Darüber brauchen wir kein Wort zu verlieren. Wir gehören doch zusammen«, erwiderte Daniel. »Haben wir es in den Jahren unserer Ehe nicht immer wieder erlebt und können bestätigen: Geteiltes Leid ist halbes Leid, geteilte Freude ist doppelte Freude. Aber nun laß uns miteinander überlegen, was wir tun können, um Natalie zu finden und sie möglicherweise von ihrem törichten Entschluß abzubringen.«

»Es kann sein, daß die Polizei sie irgendwo aufgreift, unter Umständen noch vor der Grenze oder aber in Italien — sollte es ihr gelingen, hinüberzukommen. Aber wer weiß denn, was inzwischen alles passiert. Es gibt genügend leichtfertige Männer, die geradezu darauf aus sind, ein unerfahrenes Mädchen...« Jasmina sprach nicht weiter. Stöhnend barg sie den Kopf an Daniels Brust. »Ich werde verrückt, wenn ich mir vorstelle, was alles geschehen kann. Mancher Mann schreckt nicht vor Gewalttätigkeiten zurück, um zu seinem Ziel zu kommen. Wie oft liest man in letzter Zeit von Sexualmorden. Wenn ich daran denke...«

Daniel beugte sich in seinem Rollstuhl etwas zurück und hob Jasminas Gesicht zu sich empor. »Nun wollen wir nicht in den Fehler verfallen, uns in Sorgen um Natalie zu zermürben. Hast du nicht auch in deiner Schulzeit im Religionsunterricht den Liedvers gelernt, in dem es heißt: Mit Sorgen und mit Grämen und mit selbsteigner Pein läßt Gott sich gar nichts nehmen, es muß erbeten sein!«

»Doch«, nickte Jasmina. »Aber wenn ein Mensch ganz bewußt gegen seine bessere Einsicht, ja gegen sein Gewissen handelt — und ich bin sicher, daß Natalie genau gewußt hat, was sie uns antut!«

»Auch dann gilt es: Weg hat er allerwegen, an Mitteln fehlt's ihm nicht! Aber laß uns jetzt einmal dabei stehenbleiben: Es muß erbeten sein. Ich meine, wir sollten als nächstes miteinander die Hände falten und dafür beten, daß Gott Natalie trotz ihres Ungehorsams nicht aus den Augen läßt und sie vor dem Schlimmsten bewahrt.«

»Ja«, bat Jasmina, »laß uns zusammen beten. Ich hab zwar in meinem Innern während der ganzen Zeit, seitdem ich den Brief Natalies gelesen habe, zu Gott geschrien. Aber ich meine, du kannst das besser als ich.«

»Was soll ich besser können?«

»Beten! Du bist Gott immer nähergestanden. Du warst dein Leben lang ein anständiger Mensch mit einem guten Charakter, während ich —«

»O du törichte Frau! Meinst du, es gelte einer bestimmten Art von Menschen, wenn Gott uns in seinem Wort ermutigt: Rufe mich an in der Not, so will ich dich erretten, so sollst du mich preisen! Komm, Jasmina, wir können jetzt wirklich nichts Besseres tun, als zusammen zu beten und Gott um Hilfe anzurufen.«

Und so geschah es auch.

»Aber nicht wahr, Daniel«, bat Jasmina anschließend an ihr gemeinsames Gebet, in dem auch sie unter Tränen Gott ihre Tochter anbefohlen hatte, »du erwartest nicht, daß ich heute abend am Hausbibelkreis teilnehme. Ich weiß nicht, ob ich die

Fassung bewahren könnte, während ihr miteinander singt und betet.«

»Natürlich kannst du dich zurückziehen, wenn unsere Freunde kommen. Du solltest allerdings schon dasein, bis du alle begrüßt und in die Wohnung geführt hast. Aber meinst du nicht auch, Jasmina, es wäre gerade heute für dich eine Hilfe, den Abend im Kreis von Gleichgesinnten zu verbringen? Sollten wir sie nicht bitten, unser Gebetsanliegen zu dem ihren zu machen? Irgendwo habe ich einmal gelesen: Worte sind Macht, Gedanken sind Kräfte, stärker als beides ist das Gebet.«

»Aber du hast doch nicht vor, Daniel, ihnen zu sagen, was Natalie getan hat? Was sollen sie dann von uns denken?«

»Erstens bin ich davon überzeugt, daß es sich in Windeseile herumspricht, daß unsere Tochter ohne unsere Genehmigung nach Italien gefahren ist. So ein kleiner Ort, an dem jeder jeden kennt, ist der beste Nährboden für Klatschgeschichten. Aber bei den Teilnehmern unseres Bibelkreises kannst du doch mit anderen Voraussetzungen rechnen. Da geht es wirklich um ernsthaftes Mitsorgen, aber vor allem um das Wissen um die Macht der Fürbitte und die Tatsache: Das Gebet des Gerechten vermag viel, wenn es ernstlich ist.«

»Wo steht das?«

»In Jakobus 5, 16.«

»Aber dann gehöre ich nicht in euren Kreis. Ich bin nicht gerecht. Gerade durch das, was Natalie uns jetzt angetan hat, ist mir das aufs neue heiß auf die Seele gefallen. Vieles von dem, was sie an Unrechtem tut, kommt letztlich auf mein Konto.«

Daniel seufzte leise. Wie oft hatte er im Laufe der Jahre mit seiner Frau gerade darüber gesprochen! Immer wieder wurde sie von Anfechtungen und Zweifeln geplagt, oft so schlimm, daß ihr Gemüt zeitweise belastet war. Aber ganz sicher gehörte es zu seinen, ihm von Gott gegebenen Lebensaufgaben, Jasmina immer wieder mit Geduld aufzuhelfen, sie zu ermutigen und ihr den Weg zu zeigen, den sie zu gehen hatte. So erwiderte er: »Jasmina, du sagst, du gehörst nicht zu den Gerechten. Darum kannst du heute abend nicht an unseren Gebeten und der biblischen Betrachtung teilnehmen. Glaube mir, weder ich noch irgendeiner von denen, die heute abend anwesend sind, könnte sich vor Gott gerecht nennen. Hast du vergessen, Jasmina, was ich dir in ähnlichen Situationen schon verschiedentlich zu erklären versucht habe? Reich mir doch bitte meine Bibel vom Schreibtisch herüber.«

Daniel schlug sie auf und las 2. Korinther 5,21: »›Denn er hat den, der von keiner Sünde wußte, für uns zur Sünde gemacht, damit wir in ihm die Gerechtigkeit würden, die vor Gott gilt.‹

Hörst du das, Jasmina? In Christus und durch Christus bist du und bin ich und sind alle, die an ihn glauben gerecht geworden. Darum gilt es auch uns: Des Gerechten Gebet vermag viel, wenn es ernstlich ist. Laß doch endlich deine Vergangenheit ruhen. In dem Augenblick als du dich entschlossen hast, bewußt als Christ zu leben und dich Jesus Christus übergabst, ist alles Unrecht ausgelöscht worden. Du würdest Gott beleidigen, wenn du das, was du falsch gemacht hast, immer wieder hervorkramst. Du darfst deiner dir geschenkten Vergebung froh werden.

Ich meine, du solltest dich überwinden und auch heute abend an dem Bibelkreis teilnehmen. Ich bin fest davon überzeugt, daß alle Anwesenden sich mit uns vereinen werden, eingedenk des Wortes: Einer trage des anderen Last, so werdet ihr das Gesetz Christi erfüllen.«

In diesem Augenblick kam Beatrix aufgeregt von ihrem Ausgang zurück. »Ich habe die Fotografie von Natalie bei der Polizei abgegeben. Sie waren freundlich und haben nichts weiter gefragt. ›Alles Nötige hat uns ja deine Mutter bereits mitgeteilt‹, sagte einer der Beamten. Aber stellt euch vor, eine meiner Klassenkameradinnen, deren Schwester mit Natalie zur Schule geht und die bei der Gruppe war, die an die Nordsee fuhr, hat diese zum Reisebus begleitet. Dort hörte sie, daß man Natalie vermißte, die ja auch auf der Teilnehmerliste stand. Man habe eine ganze Weile auf sie gewartet, ehe dann der Bus ohne sie abgefahren sei.

Meine Klassenkameradin fragte mich: ›Ist deine Schwester krank geworden?‹ Als ich mit der Antwort zögerte, fuhr sie fort: ›Du brauchst nicht nach einer Ausrede zu suchen. Irgend etwas stimmt da doch nicht. Aber eure Natalie hat ja schon öfter für Gesprächsstoff gesorgt.‹ «

Jasmina wandte sich Daniel zu: »Siehst du, nun beginnt das Gerede bereits.«

»Kümmere dich nicht darum«, erwiderte er. »Wir müssen den Weg einschlagen, den wir als richtig erkennen, ohne uns von dem Geschwätz anderer beeinflussen zu lassen.«

Inzwischen war Natalie schon eine ganze Strecke weit gekommen. Aus Vaters Autoatlas hatte sie sich genau orientiert und die Route herausgeschrieben, die sie zurücklegen mußte, um so schnell wie möglich an die italienische Grenze zu gelangen. Der Gedanke, daß sie unter Umständen nicht einmal bis dahin kommen würde, war ihr überhaupt nicht gekommen. Was sollte bei ihrem Unternehmen schon schiefgehen? Sie besaß ja einen Personalausweis. Nachdem sie in dem Brief an Beatrix die Eltern von ihrem Vorhaben unterrichtet, ja sogar ihr Reiseziel angegeben hatte, würden diese bestimmt nichts unternehmen, ihren Plan zu vereiteln. So meinte sie.

Schließlich war es nicht das erste Mal, daß sie per Autostopp eine Fahrt unternahm. Gemeinsam mit einigen ihrer Schulkameradinnen hatte sie sich geradezu ein Vergnügen daraus gemacht, per Anhalter in die nicht weit entfernte Kreisstadt zu gelangen, um gemeinsam mit den Mädchen etwa ein Kino zu besuchen oder auf einen Rummelplatz zu gehen. Zu den Eltern hatte sie davon natürlich nicht gesprochen. Aber wer schon sagte in ihrem Alter alles zu Hause? Allerdings das, was sie jetzt vorhatte, war schon etwas anderes. Erstens war sie allein, und zweitens gedachte sie, ins Ausland zu fahren. Irgendwie reizte sie das Abenteuer.

Es war schon gegen Abend, als sie unweit von der Autobahn einem PKW entstieg, dessen Fahrer sie ein Stück weit mitgenommen hatte. Vorher konnte sie zweimal mit je einem Kleinbus und wieder mit einem Personenkraftwagen eine Strecke weit fahren. Die Männer waren alle freundlich gewesen und hatten sich mit ihr unterhalten, ohne viel nach dem Woher und Wohin zu fragen. Einer war ein wenig aufdringlich und in seinen Reden anzüglich geworden. Aber seine Späße hatten sie nicht weiter gestört, sondern ihr nur bestätigt, daß sie ein hübsches, attraktives Mädchen war.

Nun stand sie an einem Parkplatz. Die Dämmerung war schon hereingebrochen. Sie meinte, noch die Worte des älteren Herrn zu hören, in dessen Wagen sie die letzte Strecke bis hierher zurückgelegt hatte. Nachdem sie ihm auf seine Fragen erklärt hatte, daß sie nach Italien wolle, wo sie Verwandte habe, hatte er sie eindringlich zur Vorsicht ermahnt und gesagt, daß er sehr beunruhigt sein würde, wenn seine eigene Tochter, die etwa im gleichen Alter sei wie sie, sich auf ein solches Abenteuer einlassen würde. Lachend hatte sie erwidert: »Mir passiert schon nichts! Vielen Dank für's Mitnehmen!«

Es hatte tagsüber verschiedentlich geregnet, obwohl sie nicht direkt davon betroffen gewesen war, weil sie während der ganzen Zeit in den verschiedenen Autos saß. Nun fröstelte es sie doch, als sie in einer ihr völlig fremden Umgebung auf dem Parkplatz stand, auf einen Wagen hoffend, der sie mitnehmen würde. Es konnte nach ihrer Meinung nicht mehr allzuweit bis zur italienischen Grenze sein. Zum ersten Mal seit Beginn ihres Unternehmens überkam sie ein Gefühl des Unbehagens. Oder war es gar Furcht? Beinahe hätte sie bei dem Gedanken gelacht. Was aber sollte sie tun, wenn sie kein weiterer Autofahrer mitnehmen würde? Weit und breit war kein Haus zu sehen. Sie konnte doch nicht hier auf freier Strecke die Nacht zubringen!

Ob sie zu Fuß weiterging bis zur Autobahn? Aber dort würde bestimmt keiner anhalten, und im Dunkeln konnte man sie gut übersehen. Endlich, es schien ihr eine lange Zeit gewesen zu sein, nahte ein Personenwagen. Er hielt. Ein Mann stieg aus und machte sich am Gepäck zu schaffen. Sie ging auf ihn zu.

»Fahren Sie in Richtung Italien?«

»Nein, in einer halben Stunde verlasse ich die Autobahn.«

»Aber könnten Sie mich nicht wenigstens ein Stück weit mitnehmen?«

»Wo willst du denn hin?«

»Zu Verwandten in Italien.«

»Ich sagte dir doch schon, daß ich nicht in die Richtung fahre. Und wenn, so verrückt wäre ich nicht, dich mitzunehmen. Du bist ja beinahe noch ein Kind, und ich würde Schereien bekommen. Ganz bestimmt bist du von zu Hause ausgerissen. Schau, da kommt ein Polizeiwagen! Vielleicht wirst du bereits gesucht.«

Er winkte dem sich nähernden Auto.

Natalie aber hatte nur verstanden: Du wirst vielleicht gesucht! Sollten die Eltern etwa doch. . .? Jetzt galt es zu handeln.

Ehe der Mann sich umsah, hatte sie ihr Gepäck ergriffen und war in den Büschen verschwunden, die den Parkplatz umsäumten.

Tatsächlich entstiegen dem Wagen zwei Polizisten. Natalie sah aus ihrem Versteck, wie sie mit dem Mann, der ihnen gewinkt hatte, sprachen. Sie schienen seine Mitteilung jedoch nicht ernst zu nehmen. Nachdem sie sich einen Augenblick prüfend umgeschaut hatten, bestiegen sie wieder ihren Wagen und fuhren davon. Nur wenige Minuten später verließ der Mann, der sich geweigert hatte, Natalie auch nur ein Stück weit mitzunehmen, ebenfalls den Parkplatz.

Da stand nun Natalie, und wenn sie es auch vor sich selber nicht zugeben wollte: Ihr Mut sank bereits um etliches. Es fing aufs neue an zu regnen. Sie kramte ihren Plastikumhang aus einer ihrer Taschen, warf ihn sich über und zog die Kapuze über den Kopf. Dann begann sie, auf und ab zu gehen. Obgleich es ein Sommerabend war, fror sie. Der alte Reim aus ihrem Märchenbuch, an dem sie als kleines Mädchen große

Freude gehabt hatte, fiel ihr ein: »Wenn nur was käme und mich mitnähme...«

Es dauerte ziemlich lange, bis endlich wieder ein Auto in den Parkplatz einfuhr. Aber auch dessen Fahrer nahm sie nicht mit. Bei einem zweiten und dritten ging es ihr ebenso. Ob sie sich nun doch zu Fuß zur Autobahn aufmachte? Aber ihr Gepäck würde ihr lästig werden, wenn es möglicherweise ein weiter Weg bis dorthin war. Auf der Autobahn selbst würde kaum ein Fahrzeug halten, um sie mitzunehmen. Jetzt bog ein Lastwagen auf den Parkplatz ein. Sie hob beide Arme und gab mit dem Daumen die Richtung an, in die sie fahren wollte. Tatsächlich, der Wagen hielt direkt vor ihr.

»Na, Schätzchen, wir sollen dich wohl mitnehmen? Wohin soll denn die Reise gehen?« fragte ein bärtiger Mann mittleren Alters, der auf dem Fahrersitz saß.

»Ich muß nach Italien.«

»Wieso mußt du?«

Hatte Natalie sich vorher über den Autofahrer geärgert, der behauptet hatte, sie sei ja noch ein Kind, so störte es sie in keiner Weise, daß dieser hier sie mit Schätzchen und mit du anredete. Er schien ein Mann mit Humor zu sein.

»So, nach Italien willst du?« wiederholte er. »Da kannst du aber von Glück reden. Wir fahren nämlich tatsächlich dorthin.« Natalies Herz tat einen Freudensprung. So klappte es also doch noch.

»Kannst du denn auch zahlen?« fragte der Mann und weidete sich an dem plötzlich auf dem Gesicht des Mädchens zu erkennenden Schrecken.

»Zahlen? Etwas Geld habe ich schon«, stammelte Natalie, »aber nicht allzuviel. Was kostet es denn, wenn Sie mich mitnehmen?«

»Komm, steig ein!« lachte der Mann. »Das, was ich verlange, wirst du schon zahlen können.« Neben ihm saß ein junger Mann, der Beifahrer. Warum er wohl sein Gesicht so eigenartig verzog? Es schien Natalie, als schnitt er ihr geradezu eine Grimasse.

»Mach schon auf!« befahl der Fahrer ungeduldig. Es kam Natalie so vor, als gehorchte der Junge nur zögernd.

«Verstau hinten ihr Gepäck!« kam die zweite Anordnung. Während dies geschah, kletterte Natalie auf den Vordersitz. »So ist's recht«, lobte der Mann. »Zwischen dem Henry und mir bist du gut aufgehoben, und frieren mußt du auch nicht.« Er rückte näher an sie heran.

»Wie heißt du denn mein Täubchen?«

Schätzchen, Täubchen! dachte Natalie. Nicht schlecht, jedenfalls ist er ein gutmütiger Opa. Sie blickte ihn prüfend an. Seine grauen Bartstoppeln ließen sie vermuten, daß er nicht mehr der Jüngste war.

»Natalie!« antwortete sie.

Er pfiff durch die Zähne. »Toller Name, hab' ich noch nie gehört.«

Sie beeilte sich zu erklären, daß ihre Großmutter einen Italiener geheiratet habe, und in dessen Heimat komme dieser Name oft vor. Sie wäre jetzt auf dem Weg zu diesen angeheirateten Verwandten.

Inzwischen kam auch der Beifahrer wieder, stieg auf und setzte sich neben sie.

Natalie warf ihm einen raschen prüfenden Blick zu. Er sah nicht schlecht aus, jedenfalls viel gepflegter als sein Chef. Sie schätzte ihn auf neunzehn, zwanzig Jahre. »Bist du der Henry?« fragte sie.

Nicht gerade liebenswürdig kam die Antwort: »Ja, woher weißt du das?«

»Dein Chef hat gesagt, ich soll mich zwischen ihn und den Henry setzen.«

Der junge Mann erwiderte nichts, sondern blickte angestrengt nach draußen, obgleich es inzwischen nicht mehr viel zu sehen gab. Die Dunkelheit war hereingebrochen. Sie fuhren eine ganze Weile, ohne daß jemand von ihnen sprach. Der Mann am Steuer pfiff vor sich hin, suchte jedoch immer wieder Tuchfühlung mit dem Mädchen an seiner Seite. Nachdem sie auf der Autobahn etwa eine halbe Stunde gefahren waren, sagte er: »So, jetzt kommen wir an eine Raststätte. Ich habe einen Mordshunger. Kommst du mit, Schätzchen? Ich spendiere dir ein Schnitzel.«

»Und der Henry?« fragte Natalie, die offensichtlich an diesem jungen Mann Gefallen gefunden hatte.

»Der bleibt hier«, erwiderte kurz der Mann. »Einer muß auf den Wagen aufpassen. In den letzten Wochen ist auf einigen Parkplätzen der Raststätten verschiedenes passiert. Die Kerle brechen die Schlösser auf und stehlen wie die Raben.« Plötzlich stieß Natalie einen grellen Schrei aus und beugte sich zu ihrem Fuß hinab.

»Was ist dir?« fragte der Fahrer erstaunt.

»Ach nichts, ich — ich habe gemeint, mich hätte eine Biene gestochen.«

»Aber doch jetzt nicht in der Dunkelheit! Also was ist, Natalie, oder wie du heißt: Kommst du mit zum Essen?«

»Nein«, erwiderte sie zögernd, obgleich das Schnitzel sie lockte. »Ich habe keinen Hunger.«

»Dann läßt du es bleiben!« Zu seinem Beifahrer sagte er: »Dir rate ich, keine Dummheiten zu machen. Sonst bekommst du es mit mir zu tun. Das Fahrgeld steht mir zu!«

»Was hat er denn mit dem Fahrgeld gemeint?« fragte Natalie den jungen Mann an ihrer Seite, nachdem der Fahrer in der erleuchteten Raststätte verschwunden war. »Verlangt er wirklich Bezahlung? Und warum hast du mich vorhin getreten?«

»Bezahlung, ja. Aber anders als du meinst.«

»Wie soll ich das verstehen?«

»Frag nicht so dumm, aber wenn ich dir einen Rat geben soll: Hau ab, und zwar so schnell wie möglich!«

»Wieso? Wie kommst du mir vor? Jetzt habe ich endlich einen Laster gefunden, der mich nach Italien mitnimmt, und nun soll ich abhauen? Warum denn um alles in der Welt?«

»Wenn der 'rauskriegt, daß ich ihn verrate, bringt er mich um.«

Natalie sah ihn mit entsetzten Augen an. »So red' doch schon. Ich verrate dich nicht. Ehrenwort!«

»Du wärst nicht das erste Mädchen, daß er — na ja, du weißt schon, was ich meine.«

»Mensch, drück dich doch deutlich aus. Wieso arbeitest du denn bei dem alten Opa, wenn du ihn fürchten mußt?«

»Alter Opa? Der ist noch keine fünfzig. — Also hör zu! Ich muß mich beeilen, sonst reicht die Zeit nicht, bis er zurückkommt. Jedenfalls mußt du schnellstens fort. Ich bin der Sohn eines Kollegen meines Chefs. Mein Vater hat auch ein Lastwagenunternehmen. Wir wohnen im nächsten Dorf, und die beiden Männer kennen sich schon seit ihrer Jugend. Weil ich einmal das Geschäft meines Vaters weiterführen soll, wollte er, daß ich mich mindestens noch ein Jahr in einem anderen Betrieb umsehe. Den Führerschein für PKW habe ich natürlich schon zwei Jahre, den für Lastwagen mache ich in nächster Zeit. Ich bin nun schon ein Jahr bei meinem jetzigen Chef. Im Beruf ist er tüchtig, aber sonst ist er ein Halunke, mit einem anderen Wort gesagt: ein Schwein.«

»Na hör mal!«

»Ich weiß, was ich sage. Nicht nur einmal, sondern wiederholt habe ich erlebt, daß er sich an ein Mädel, das per Anhalter mit uns gefahren ist, herangepirscht hat. Gewöhnlich waren es allerdings solche, die von vornherein nicht abgeneigt waren. Ohne weiteres ließen sie sich von diesem Schuft mit in den Wald nehmen. Waren sie nicht willig, fand er bald einen Grund, sie nach kurzer Zeit abzusetzen. Glücklicherweise sind nicht alle Mädchen so. Einmal bin ich direkt dazugekommen. Es geschah in unserem Anhänger.« Eine Weile schwieg der junge Mann. Es fiel ihm schwer, weiterzusprechen. Er schien in sich hinein zu lauschen. Auf seinem Gesicht zeigte sich ein Ausdruck von Ekel und Abscheu.

»Mensch, so red' doch weiter!« drängte Natalie, offensichtlich ungeduldig, mehr zu erfahren.

Henry kniff die Augen zusammen und maß das Mädchen mit prüfendem Blick. Unwillig fragte er: »Was heißt hier weiterreden. Genügt dir das nicht? Erwartest du etwa eine genaue Beschreibung der widerlichen Szene? Hast du vielleicht Gefallen daran, solche Dinge zu hören? Das würde mich sehr enttäuschen.«

»Wieso enttäuschen?« fragte sie zurück. »Wir sind doch längst im Bilde.«

»Was willst du damit sagen? Also bist du doch so eine? Ich hatte von dir angenommen, deiner Kleidung und deinem Aussehen nach, daß du aus einem anständigen Haus kommst.«

Natalie errötete. Dann sagte sie eilig: »Jedenfalls brauchst du mich nicht mit solchen Flittchen auf eine Stufe zu stellen. Ich — ich komme wirklich aus einem guten Hause.«

Plötzlich meinte Natalie, das voller Sorgen auf sie gerichtete Gesicht ihrer Mutter vor sich zu sehen und die ruhige Stimme des Vaters zu hören: ›Natalie, überlege dir gut, was du tust!‹ Sie wiederholte noch einmal, vielleicht, weil sie eine Selbstbestätigung brauchte: »Jawohl, du brauchst gar nicht so zu tun, ich komm' aus einer anständigen Familie!« Eigenartig, solche Worte, etwa in Gegenwart ihrer engsten Freundinnen oder Freunde ausgesprochen, hätten sie sonst nur in Verlegenheit gebracht.

»Na also«, erwiderte Henry, »so etwa hatte ich es mir vorgestellt.« Er begann jetzt sichtlich, unruhig zu werden. Immer wieder blickte er nervös hinüber zu dem Rasthaus, voller Sorge, sein Chef könnte kommen, bevor es ihm gelungen war, dieses arglose Mädchen zu überzeugen und ihr die Weiterfahrt auszureden. Dann fuhr er fort: »Jedenfalls bin ich an jenem Tag nach diesem Erlebnis wie benommen nach Hause gekommen und habe meinem Vater gesagt, daß ich nie wieder eine Fahrt mit diesem Schuft machen werde. ›Red nicht so abfällig von deinem Chef‹, hat mich der Vater angefahren. ›Wenn du einen vernünftigen Grund hast, deine Arbeit niederzulegen, können wir in Ruhe darüber sprechen.‹ Ich konnte meinem Vater nichts Näheres sagen, ich schaffte es einfach nicht.

›Siehst du denn nicht, daß der Junge krank ist?‹ sagte meine Mutter. ›Laß ihn doch ein paar Tage zu Hause, bis er sich wieder wohler fühlt. Er klagt über Magenbeschwerden und muß sich immer wieder erbrechen!‹

Der Mutter habe ich dann wenigstens eine Andeutung gemacht, ohne ihr Näheres zu schildern. Mich ekelte alles an, das ganze Leben. Aber das Schlimmste muß ich dir noch erzählen. Vielleicht begreifst du nun, warum ich so auf dich einrede, obwohl ich damit rechnen muß, daß der Alte mich feuert, wenn er herausbekommt, daß ich in dieser Weise mit dir gesprochen habe.

Ich hatte eine Schulkameradin, etwas jünger als ich. Wir mochten uns gern. Sie fuhr jeden Tag mit dem Schulbus in die Stadt aufs Gymnasium. Wenn sie den Bus einmal verpaßte, hat sie wie andere auch versucht, per Anhalter nach Hause in unser Dorf zu kommen. Das ging auch bis dahin immer gut, denn glücklicherweise ist nicht jeder Autofahrer ein Schweinehund. Dann kam sie eines Abends nicht zur gewohnten Zeit heim. Die ganze Nacht haben ihre Eltern auf sie gewartet. Am anderen Morgen gingen sie zur Polizei. Man hat das Mädchen tot im Wald gefunden, erdrosselt, nachdem es — vergewaltigt worden war. Den Täter fand man rasch. Zwei Schuljungen, die beobachtet hatten, daß ein Autofahrer ihr anbot, mit ihm in seinem Wagen zu fahren, hatten sich die Autonummer gemerkt. Von seinem Schreibtisch weg hat die Polizei ihn verhaftet. Seine Frau ist fast irrsinnig geworden, als es herauskam. Die Zeitungen haben ausführlich darüber berichtet. Zuerst wollte es der Mann leugnen. Dann hat man ihn den beiden Jungen gegenübergestellt. Schließlich hat er alles gestanden. — So, und nun meine ich, solltest du wissen, was du zu tun —«

Mitten im Satz brach er ab. Die ganze Zeit hatte er die Eingangstür des Rasthauses nicht aus den Augen gelassen. »Er kommt!« flüsterte er plötzlich und meinte damit seinen Chef. »Raus, nichts wie raus!«

Die innere Erregung und Spannung, die Henrys Worten abzuspüren war, hatte sich nun auch des Mädchens bemächtigt. Natalie wollte noch sagen: »Aber du hast doch eben zugegeben, daß es auch andere, anständige Fahrer gibt.« Aber er ließ ihr gar keine Zeit mehr dazu.

Henry öffnete die Wagentür und zog sie beinahe von ihrem

Sitz. »Schnell, zum Glück steht er noch dort und spricht mit einem seiner Kumpanen. Schnell! Ich werfe dir dein Gepäck heraus. Geh, versteck dich in der Damentoilette, hier gleich daneben.«

»Aber wo soll ich dann hin? Und wie komme ich nach Italien?«

»Mach, daß du nach Hause zu deinen Eltern kommst! Am besten gehst du, wenn wir weitergefahren sind, zur Wirtin des Rasthauses. Frau Lehmann ist eine gute Frau, die hat schon manchem geholfen.«

In einer seltsamen Mischung von Erleichterung und Wut stand Natalie mit ihrem Gepäck im Vorraum der Damentoilette nahe der Autobahnraststätte. Am liebsten hätte sie geheult. Wütend stampfte sie mit dem Fuß auf. Aus einem kleinen Fenster konnte sie sehen, daß der Lastwagen mit Henry und seinem Chef fortfuhr. Wenn Henry tatsächlich gefeuert worden wäre, dann hätten sie sich zusammentun und gemeinsam die Weiterreise per Anhalter unternehmen können. Wenn so ein stattlicher Junge mit ihr gefahren wäre, würde sie kaum in Gefahr geraten. Plötzlich meinte sie, die letzten warnenden Worte Henrys noch einmal zu hören: »Mach, daß du nach Hause zu deinen Eltern kommst!«

Aufs neue stampfte Natalie mit dem Fuß auf. Sollte sie wirklich jetzt schon aufgeben, nachdem es gar nicht mehr weit bis zur italienischen Grenze war? Sie hatte ja noch immer die Möglichkeit, nach einem kurzen Besuch bei den Verwandten in Cremona nach Hause zu fahren. Nein, so schnell gab sie ihren Plan nicht auf! War es nicht lächerlich, sich durch diesen Henry ins Bockshorn jagen zu lassen? Wer weiß, ob wirklich alles so schlimm war, wie er es geschildert hatte. Aber wenn sie sich seine treuen blauen Augen vorstellte, und wie er sie eindringlich gewarnt hatte. . . Wenn das wirklich Tatsache war, was er ihr von seiner Schulfreundin berichtet hatte. . . Ein Schauder zog ihr über den Rücken. Was sollte sie nur tun? Sie konnte doch nicht die ganze Nacht hier in der Toilette stehen bleiben. War es in dieser Situation nicht doch vernünftig, sich an die Wirtin des Rasthauses zu wenden? So teuer konnte ein Zimmer für eine Nacht schließlich nicht sein. Eine große Müdigkeit überfiel sie plötzlich, und sie begann zu frieren. Das kam gewiß von der Aufregung. Sie würde sich heiße Suppe geben lassen und dann so schnell wie möglich ins Bett gehen. Komisch, warum war ihr Koffer plötzlich so schwer? Sie hatte ihn vorhin leicht tragen können.

Natalie verließ mit ihrem Gepäck das Häuschen und schleppte sich zum Rasthaus. Drei-, viermal mußte sie den Koffer abstellen. Seltsam, warum flimmerte es ihr so vor den Augen? Sie würde doch nicht etwa krank werden? Sollte sie sich vorhin, als sie längere Zeit im Regen gestanden hatte, erkältet haben? Das fehlte noch. Was war inzwischen aus Henry geworden? Ob sein Chef ihn mit Vorwürfen überschüttet hatte, oder ob er gar handgreiflich ihm gegenüber geworden war?

Als Natalie die Drehtür zur Raststätte öffnete, kam ihr ein vielversprechender Essensgeruch entgegen. Aber sie vermochte im Augenblick weder an eine heiße Suppe noch an Kalbsschnitzel zu denken. Sie sank auf den nächstbesten leeren Stuhl im Gästeraum und schloß für einen Augenblick die Augen. Eine ihr unerklärliche Schwäche überfiel sie.

Die Wirtin hatte sie von der Theke aus beobachtet. Eilig kam sie hervor und beugte sich über Natalie. »Fräulein, ist Ihnen schlecht?« Ach, das ist ja beinahe noch ein Kind! »Warte, ich bringe dir ein Glas Wasser, oder brauchst du zur Belebung einen Schnaps?«

Natalie spürte, wie ihr ein Glas an die Lippen gehalten wurde. Sie trank einen Schluck, ohne zu wissen, was man ihr gereicht hatte, und fühlte sich daraufhin etwas besser.

»Wo willst du denn hin?« fragte Frau Lehmann und blickte auf den Koffer, der neben dem Mädchen stand.

»Henry schickt mich«, konnte Natalie nur noch erwidern. Dann wurde es ihr wieder übel.

»Oh, Henry!« rief die Frau. »Hat er wieder einmal eine aufgegabelt und zu retten versucht? Das ist ein Junge!«

Mit aller Energie versuchte Natalie, sich zusammenzureißen. »Mir — mir ist so — so schlecht!« jammerte sie. »Kann ich nicht — haben Sie ein Zimmer für mich, nur für eine Nacht? Ich — ich glaube, ich muß jetzt einfach nur schlafen. Ich habe schon zu Hause einige Nächte kaum ein Auge zugetan.«

Frau Lehmann beobachtete, wie Natalie aufs neue erbleichte. Inzwischen war auch ihr Mann hinzugekommen. Prüfend blickte er auf das junge Mädchen, das vom Stuhl herunterzugleiten drohte. Fürsorglich legte Frau Lehmann den Arm um das junge Ding.

»Du weißt, daß wir kein Zimmer frei haben«, erinnerte sie ihr Mann. »Außerdem ist die doch krank! Das sieht man auf den ersten Blick. Wer weiß, wo sie sich herumgetrieben hat! Wir kriegen nur unnötige Scherereien, wenn wir die behalten. Die gehört ins Krankenhaus. Ruf nur gleich an, daß man sie holt!«

So viel hatte Natalie nun doch noch mitbekommen. Verzweifelt versuchte sie, sich aufzurichten. »Nein, bitte nicht ins Krankenhaus!« bat sie mit erregter Stimme und hob ihr Gesicht zu Frau Lehmann empor. »Henry hat gesagt, Sie seien — Sie seien — eine gute Frau. Sie würden mir raten, was ich tun soll.«

»Henry ist ein guter Junge!« erwiderte Frau Lehmann.

»Du mit deiner Gutmütigkeit läßt dich dauernd ausnützen«, brummelte ihr Mann. »Du weißt doch, daß alle Fremdenzimmer heute nacht belegt sind.«

»Ich lege sie für eine Nacht in Evis Zimmer.«

»Das fehlte noch, in das Zimmer unserer Tochter. Irgendsowas Hergelaufenes!«

»Denk doch, wenn es deiner Evi so gehen würde, daß sie auf einer Reise erkrankte!«

Deiner Evi hatte sie gesagt und damit den rechten Ton angeschlagen. Der robust wirkende Wirt besaß nämlich eine weiche Stelle in seinem Innern, und das war sein auserkorener Liebling, die einzige Tochter, herangewachsen zwischen drei Brüdern. »Aber nur eine Nacht«, beharrte Herr Lehmann,

»nicht länger. Entweder sie kommt dann ins Krankenhaus oder. . .« Er sprach nicht weiter.

»Oder —«, versuchte Natalie seinen Gedankengang aufzunehmen. Ja, wenn sie nur selber wüßte, was nun werden sollte. Dem Gedanken, zurück nach Hause zu fahren, bevor sie in Italien gewesen war, gab sie überhaupt keinen Raum. Dagegen sträubte sich ihr Stolz. Je länger sie darüber nachdachte, desto mehr kam ihr zu Bewußtsein, worüber sie vorher gar nicht nachgedacht oder wogegen sie sich innerlich gewehrt hatte: daß sie den Eltern mit ihrem abenteuerlichen Unternehmen Kummer und große Sorgen bereitet hatte. Doch war sie in diesen Augenblicken nicht in der Lage, sich darüber weitere Gedanken zu machen. Wenn Frau Lehmann nur irgendwo ein Lager zur Verfügung stellte. Mit jedem schmalen Sofa wäre sie zufrieden gewesen.

Die Wirtin erkannte die Situation. »Komm, Mädchen, ich bring dich in das Zimmer unserer Tochter. Du kannst ja kaum noch aus den Augen sehen. Wie heißt du überhaupt?«

»Natalie! Natalie Jordan.« Seltsam, daß sie ausgerechnet jetzt der Gedanke streifte, daß Vati ihr und Beatrix dadurch, daß er sie adoptiert hatte nicht nur Geborgenheit, sondern auch seinen Namen gegeben hatte. Irgendwie stimmte die augenblickliche Lage, in der sie sich befand, Natalie milde. Eigentlich war es von mir gemein, so empfand sie jetzt, die Eltern zu belügen, sie im Glauben zu lassen, daß ich mit den Mitschülerinnen meiner Klasse an die Nordsee fahren würde. . .

»Natalie, das ist ein schöner Name«, setzte Frau Lehmann den Gedankengängen des Mädchens jetzt ein Ende. »Komm, stütz dich auf meinen Arm! Unsere Wohnung ist gleich neben der Gaststube. Dort hat auch unsere Tochter ihr Zimmer. Evi ist nämlich in Stuttgart. Sie studiert Sozialpädagogik.«

Schwer stützte sich Natalie auf den Arm der freundlichen Wirtin, die dem Hausburschen den Auftrag gab, das Gepäck von Natalie nachzubringen. Sogar beim Ausziehen half ihr Frau Lehmann. Eigentlich wollte sie noch nach deren Personalien fragen, aber ihr mütterlicher Blick erkannte, daß Natalie jetzt nichts so nötig brauchte wie Ruhe.

Kaum lag das Mädchen im Bett, da schlief es auch schon ein. Leise verließ Frau Lehmann das Zimmer. Alles weitere würde sich morgen ergeben.

Die Teilnehmer des Hausbibelkreises hatten sich gerade verabschiedet. Nur Herr Braunschlegel, ein früherer Kollege Daniels, und seine Frau Esther waren noch zurückgeblieben. Obgleich Herr Jordan jede Hoffnung aufgegeben hatte, in seiner körperlichen Verfassung seinen Beruf noch einmal aufnehmen zu können, interessierte er sich doch für alles, was mit dem Schulwesen zusammenhing. Wenn er einige Nachhilfeschüler in seinem Haus unterrichtete, bedeutete ihm das Freude und gab ihm eine, wenn auch nur lockere Verbindung zu seinem ehemaligen Beruf, an dem einmal sein ganzes Herz hing.

Herr Braunschlegel hatte Daniel, nachdem der allgemeine Gedankenaustausch zu dem heutigen biblischen Thema beendet war, gefragt, ob er wohl noch etwas Zeit für ihn habe. Einige Eltern seiner Schüler hätten ihn gefragt, ob er ihnen nicht einen Lehrer für Nachhilfestunden in verschiedenen Fächern vermitteln könne, vor allem jetzt in der Ferienzeit. Nachdem die übrigen Besucher des Hausbibelkreises gegangen waren, setzten sich die beiden Ehepaare Jordan und Braunschlegel noch in der gemütlichen Polstersitzgruppe zusammen.

»Du bist so bleich und wirkst heute so bedrückt, Jasmina«, begann Frau Braunschlegel das Gespräch. »Ist es wegen eurer Natalie?«

Als sie sah, daß Jasminas Augen sich mit Tränen füllten, war sie besorgt, Frau Jordan zu nahe getreten zu sein. »Oh«, bat sie, »war es ungeschickt von mir, danach zu fragen? Du brauchst mir auch nichts zu sagen, wenn es dir schwerfällt, davon zu reden. Ich verstehe deine sorgenvollen Gefühle nur zu gut.«

»Du darfst es gerne wissen«, erwiderte Jasmina, die ein freundschaftliches Verhältnis zu der Frau des Lehrers Braunschlegel hatte. Wie ein Geschenk hatte sie es empfunden, als diese ihr vor ein paar Jahren das Du angeboten hatte. Sie war damals immer noch der Meinung gewesen, ihr Vorleben sei überall bekannt, und das empfand sie als einen auf ihr lastenden Makel. Noch heute machten ihr solche Gedankengänge zu schaffen.

Es war Daniel, der sie in unendlicher Geduld stets aufs neue dazu ermutigte zu glauben, daß ihre Vergangenheit gelöscht sei, nachdem sie eine bewußte Hinwendung zu Christus erlebt hatte.

»Die Sache mit den Nachhilfestunden ist mir schon wichtig«, sagte jetzt Herbert Braunschlegel, »aber vor allem hätten wir gern Näheres über eure Natalie gewußt, nachdem ihr vorhin eure Sorge um sie nur angedeutet und um Fürbitte gebeten habt.«

»Es war sehr ermutigend für uns, daß bei der Gebetsgemeinschaft jeder durch seine Fürbitte unsere Sorgen um Natalie geteilt hat«, sagte Daniel.

»Natürlich müßt ihr auch uns nichts Näheres über eure Tochter sagen«, fuhr Herr Braunschlegel fort. »Doch sollt ihr wissen, daß wir euch in allem, was euch bedrückt, nicht allein lassen wollen, ohne uns dabei aufzudrängen.«

»Davon kann keine Rede sein«, erwiderte Daniel und wandte sich seiner Frau zu. »Nicht wahr, Jasmina, wir wissen, daß sie unseres Vertrauens wert sind.«

Sie nickte unter Tränen. »Am besten, du erzählst die ganze Sache.«

Daniel berichtete von den Vorbereitungen zum Aufenthalt an der Nordsee, von dem vorgefundenen Brief an Beatrix, daß Jasmina gleich zur Polizei gegangen und die Sache gemeldet habe. »Aber bis jetzt haben wir noch keine Nachricht«, fügte Jasmina hinzu.

»Ich habe ihr erklärt, daß dies auch noch nicht möglich sein kann«, fuhr Daniel fort. »Natalie hat ja erst heute morgen das Haus verlassen.«

»Allerdings«, versuchte Esther Braunschlegel zu trösten,

»das ist ja noch gar nicht lange her. Da kannst du, Jasmina, noch kaum eine Nachricht erwarten.«

»Aber was kann seitdem schon alles passiert sein!«

»Meine Frau hat die Neigung, sich immer gleich das Schlimmste vorzustellen.«

Esther legte den Arm um die Schulter der Freundin. »Vielleicht neigen wir Mütter in besonderer Weise dazu. Wie gut verstehe ich dich, Jasmina!«

»Aber wir wollen eines nicht vergessen«, fuhr Herbert Braunschlegel fort. »ob es nun ein Tag oder eine Woche oder gar ein Monat wäre, daß ihr nichts von eurer Tochter wißt — Gott kennt den Ort, an dem sie sich aufhält. Er kennt auch alle Gefahren, und wenn sie in eine Löwengrube geriete wie Daniel, von dem wir heute abend im Bibelkreis sprachen: Er, unser Gott, kann sie bewahren und daraus erretten.«

»Aber«, wandte Jasmina ein und mußte an ihren immer wieder aufsteigenden Tränen schlucken, »da ist doch ein gewisser Unterschied: Daniel war ein frommer Mann, er vertraute Gott.«

»Du meinst also«, fragte Herbert, »er hätte durch seine Frömmigkeit Anspruch auf Rettung gehabt?«

»Ich weiß nicht. Aber ich meine, es käme schon darauf an, ob ein Mensch — wie sagst du doch immer, Daniel — in einem rechten Verhältnis zu Gott steht oder nicht. So schwer es mir fällt, von meiner eigenen Tochter dies sagen zu müssen, so haben wir doch den Eindruck, daß Natalie sich bewußt allem widersetzt, was mit Christentum zusammenhängt. Sie hat vor noch gar nicht langer Zeit zu mir gesagt: ›Mutti, gib dir keine Mühe, mich umzustimmen. Ich will nämlich gar nicht fromm sein. Am Wege der Christen stehen lauter Verbotstafeln. Dies ist nicht erlaubt und jenes verboten. Das gehört sich nicht für einen Christen, und hier muß man Verzicht üben. So geht es am laufenden Band. Das lasse ich mir nicht vorschreiben. Ich will nun einmal nicht fromm sein, ich will mein Leben genießen.‹«

»Das schließt aber doch nicht aus, daß es in ihrem Leben

Situationen geben kann — und warum sollte das nicht gerade jetzt möglich sein —, in denen sie ihren Irrtum erkennt und sich nach Rettung ausstreckt, die allein von Gott kommt.«

»Willst du damit sagen, sie könnte gerade jetzt in besonderer Gefahr sein?« fragte Jasmina mit zitternder Stimme.

Daniel hatte sich bis jetzt bewußt aus dem Gespräch herausgehalten. Er fand, daß es für Jasmina gut sei, auch von anderen bestätigt zu bekommen, was er ihr so oft klarzumachen versuchte.

Esther nahm den Gesprächsfaden auf und sagte: »Das will sicher niemand sagen. Aber wenn Gott uns nach unserem Verdienst, nach unseren guten Werken oder nach dem Grad unserer Frömmigkeit helfen würde, dann wären wir wohl schon alle längst zugrunde gegangen.«

Nun schaltete sich Daniel ein. »Ich meine, Gott kann es zulassen, daß Natalie durch irgendein Erlebnis in innere Bedrängnis gerät, so daß sie unter Umständen aus Angst zu Gott schreit.«

Jasminas Augen weiteten sich vor Schreck. »O Daniel, wie du das sagst! Davor möge unsere Tochter doch bewahrt werden!«

Er blickte sie liebevoll an. »Ich glaube, Gott hat es nicht nötig, sich von uns Vorschläge machen oder irgendeinen Rat geben zu lassen. Er ist noch viel mehr um das Wohlergehen unserer Natalie besorgt, als wir es je sein können. Uns bleibt aber die Möglichkeit der Fürbitte. Die wollen wir nutzen und es Gott zutrauen, daß er, längst bevor wir ihm die Sorge um unsere Tochter ausbreiten konnten, schon einen Weg zu ihrer Rettung und Heimführung bereit hat.«

»Du hast recht, Daniel«, pflichtete ihm Herbert bei. »Er kann sie auch vor allem erdenklichen Übel, vor Unfall, Gefahr und bösen Menschen bewahren. Weil sie bisher nicht den Weg zu Gott eingeschlagen hat, müssen wir sie stellvertretend mit unserer Fürbitte umgeben.«

»O ja, wenn er es doch täte!« flüsterte Jasmina. »Wenn er sie doch vor allem Bösen bewahren möchte. Ich habe solche

Angst, sie könnte einem schlechten Menschen in die Hände fallen.«

»Hab' Vertrauen!« sprach Esther ihr zu. »Du wirst sehen, Gott führt euch Natalie wieder zu, und er gebe euch dann die Weisheit, ihr in rechter Art zu begegnen.«

Jasmina blickte sie fragend an. Die Freundin fuhr fort: »Vielleicht müssen wir an unsere jungen Leute heute ganz andere Maßstäbe anlegen. Ich denke manchmal, wenn unsere vier Söhne alle möglichen Probleme in unsere Familie hineintragen, sind wir dann nicht geneigt zu denken: dies und jenes hätte es früher nicht gegeben! Entscheidungen, die unsere Kinder treffen, oft schon in einem Alter, wo wir sie noch gar nicht reif genug dafür halten, können wir nicht bejahen. Oft glauben wir, und das aus guter Meinung und lauter Sorge um sie, daß wir dies und das ihnen verbieten müssen — ja, so wie eure Natalie es gesagt hat: Wir richten Verbotstafeln an ihrem Weg auf.«

»Aber wir können doch nicht allem zustimmen, was sie tun und alles gutheißen?« meinte Jasmina. »Wo kommen wir dann hin?«

»Das sollen wir auch gewiß nicht«, erwiderte Esther. »Jede neue Situation erfordert jedoch auch wieder neue Erkenntnisse. Wir müssen uns innerlich leiten lassen.«

»Wir dürfen auch nicht vergessen«, schaltete sich jetzt Herr Braunschlegel wieder ein, »welchen Einflüssen die Jugend heute ausgesetzt ist in der Schule, durch die Medien, auch durch die Literatur. Wie schwer fällt es uns oft, ruhig zu bleiben, wenn sie etwa sagen: ›Ihr habt ja kein Verständnis für uns und wollt uns mit Gewalt eure längst veralteten Ansichten aufzwingen.‹ Da gerät man dann leicht in einen Zwiespalt. Soll man sich unter allen Umständen durchsetzen? Das Ergebnis wäre unerträglicher Unfriede in der Familie, oder mehr noch: Unsere Kinder verlassen empört und in Auflehnung das Elternhaus, und man entzweit sich völlig mit ihnen. Oder soll man nachgeben und gegen seine eigene Überzeugung handeln? Was ist nun das richtige?«

Daniel sagte: »Ich glaube, eine Generallösung gibt es da nicht. Solche Nöte treiben uns als christliche Eltern ins Gebet und lassen uns unsere Abhängigkeit von Gott immer mehr und stärker erkennen. Vor allem dürfen wir es nicht an der Liebe mangeln lassen.«

»Wie hättet ihr in unserem Fall gehandelt?« fragte Herbert. »Unser zweiter Sohn verlangte unsere Zustimmung dazu, daß seine Freundin in unsere Wohnung zieht und sie zusammen ein Zimmer bewohnen. Das Mädchen hat vorher schon drei Jahre lang mit einem Freund in dessen Wohnung gelebt. Dieses Verhältnis ging auseinander. Sie hat ihren Partner verlassen und will nun in gleicher Weise mit unserem Kurt zusammenleben. Wir konnten, das werdet ihr verstehen, dazu unsere Zustimmung nicht geben. Daraufhin haben sie sich ein möbliertes Zimmer gemietet. Das Mädchen ist Verkäuferin und verdient gut, während Kurt sich im letzten Lehrjahr befindet.«

Esther fuhr fort: »Wir haben ihm gesagt, daß er uns jederzeit besuchen darf, daß wir immer für ihn da sein wollen, aber daß wir nicht von unserer Überzeugung abgehen können. Er hat uns höhnisch ins Gesicht gelacht und nicht begriffen, wie wir so altmodisch denken können.«

»Und wenn deine Freundin nach einiger Zeit an dir genauso handelt, wie sie es mit ihrem bisherigen Partner getan hat, wenn sie auch dich verläßt und zu einem dritten überwechselt? haben wir ihn gefragt«, berichtete Herbert. Er fügte die Antwort seines Sohnes hinzu: »Dann muß ich es eben hinnehmen, und ihr könnt froh sein, wenn wir nicht verheiratet waren. Dann ist alles viel komplizierter.«

»Ihr habt gefragt, wie wir in diesem Fall gehandelt hätten«, sagte Daniel und nahm gleichzeitig Jasminas Hand in die seine. Er hatte schon bei Beginn des Gespräches seinen Rollstuhl neben ihren Sessel gelenkt. Nur zu gut wußte er, was in diesen Augenblicken in ihr vorging. War es nicht letztlich die Geschichte seiner Frau, die das Ehepaar Braunschlegel soeben vor ihnen ausbreitete? Genauso hatte Jasmina vor Jahren gehandelt, als er, ihr damaliger Lehrer, gehofft hatte, daß sie sich entschließen würde, das Abitur zu machen: Sie war zu ihrem Freund gezogen. Und Natalie, ihr Sorgenkind, war eine Frucht jener Zeit ihres Ungehorsams und ihrer inneren Aufsässigkeit. Warm umschlossen Daniels Finger ihre eiskalt gewordene Hand. Sie verstand ihn und dankte es ihm mit einem liebevollen Blick.

Er aber fuhr fort: »Ich bin der Meinung, daß ihr nicht anders handeln konntet! Ihr habt recht: Herz und Haus muß unsern Kindern offen bleiben, und doch müssen sie wissen, daß wir konsequent nach unserer Überzeugung als Christen handeln.«

»Unser Ältester wird zu Weihnachten heiraten«, berichtete Esther. »Er hat uns ein liebes Mädchen gebracht. Ihr Vater ist Arzt und gehört mit seiner ganzen Familie zur Landeskirchlichen Gemeinschaft. Das junge Paar ist auf der Suche nach einer geeigneten Wohnung. Aber unser dritter Sohn macht uns im Augenblick ebenfalls großen Kummer. Er hat sich einer Jugendsekte angeschlossen und lebt seit einiger Zeit in einer ihrer Wohngemeinschaften.«

»Gehörte er nicht zum Christlichen Verein Junger Menschen?« fragte Daniel. »Ich meine, ihn dort verschiedentlich getroffen zu haben. Er machte mir einen so fröhlichen, überzeugten Eindruck.«

Esther schwieg dazu. Man sah ihr an, wie nah ihr diese Sache ging.

Nun war es Jasmina, die von ihrem Stuhl aufstand, sich neben die Freundin stellte und den Arm um ihre Schulter legte. »Wie tut ihr mir leid«, sagte sie leise, als sie sich zu Esther herabbeugte. Diese hob den Blick zu ihr und sah sie an, als wollte sie sagen: Siehst du nun, daß auch wir unsere Last zu tragen haben?

Herbert aber beantwortete Daniels Frage: »Ja, du hast recht! Aber dann wurde Karl-Heinz sehr kritisch, sah im CVJM nur noch Versagen und behauptete eines Tages, die Christen hätten ihn sehr enttäuscht, so daß er nichts mehr mit ihnen zu tun haben wollte. Wir ahnten damals nicht, daß er schon längere Zeit zu dieser Sekte ging. Inzwischen ist er ihr ganz beigetreten und ihren Einflüssen völlig verfallen. Er hat andere Ansichten und Lebensgrundsätze als bisher. Unser Jüngster geht ja noch zur Schule. Er ist ein unkomplizierter, anhänglicher Junge. Leider macht uns sein Gesundheitszustand manchmal Sorgen. Er ist ziemlich anfällig und hat schon zweimal Lungenentzündung gehabt. Manchmal fragen wir uns, wie wohl die Entscheidungen der beiden Brüder, die sich von uns, den Eltern, nichts mehr sagen lassen, auf ihn wirken. — Es ist gut, daß wir uns mit diesen schweren Sorgen nicht allein abquälen müssen, sondern sie vor Gott ausbreiten dürfen.«

Jasmina wandte sich Herbert zu: »Ich danke euch für euer Vertrauen. Ich sehe, daß auch ihr nicht ohne Kummer seid. Unser Gespräch hat mir sehr geholfen und mir Mut gemacht. Ich will es Gott zutrauen, daß er Natalie nicht fallen läßt und sie vor Schlimmem bewahrt.«

Als Braunschlegels sich zum Aufbruch erheben wollten, bat Daniel: »Komm, Jasmina, setz dich ans Klavier. Wir wollen noch miteinander singen:

Befiehl du deine Wege und was dein Herze kränkt,
der allertreusten Pflege des, der den Himmel lenkt,
der Wolken, Luft und Winden gibt Wege, Lauf und Bahn,
der wird auch Wege finden, da dein Fuß gehen kann.«

Als Jasmina Herrn Braunschlegel bat, für sie das Klavierspiel zu übernehmen, weil sie so wenig zum Üben komme und sich unsicher fühle, erfüllte er ihr den Wunsch. Gleich darauf sangen sie alle trotz der Sorgen, die auf ihnen lasteten, dieses Lied von Paul Gerhardt, das dieser ebenfalls in großem Leid geschrieben hatte.

Jasmina wollte die ganze Nacht aufbleiben, weil sie hoffte, irgendeine Nachricht über Natalie zu bekommen. Aber ihr Mann redete es ihr aus. »Du änderst dadurch nichts an den bestehenden Tatsachen. Sollte ein telefonischer Anruf kommen, dann sind wir beide sofort wach. Ich meine, du hättest es gerade jetzt nötig, zur Ruhe zu kommen. Gewiß wird der Abend im Hausbibelkreis und das anschließende Zusammensein mit unseren Freunden dir eine Hilfe gewesen sein. Laß uns Gott vertrauen!«

»Sag mal«, fragte Jasmina ihren Mann, als sie schon eine Weile im Bett lagen, »haben deine Eltern dir deinen Namen gegeben, weil ihnen der biblische Daniel so viel bedeutet hat?«

»Ja, das erzählte mir meine Mutter.«

»Mir war dieses Lebensbild irgendwie fremd, aber jetzt hat es für mich an Bedeutung gewonnen. Ich bin nun doch froh, daß ich heute abend dabei war.«

Es war gegen Morgen, als Daniel Jordan in dem Augenblick aus dem Schlaf erwachte, als seine Frau die Nachtlampe einschaltete. »Bist du etwa immer noch wach?« fragte er. »Gib doch das Grübeln auf. Du änderst dadurch doch nichts! Wer weiß, ob du in nächster Zeit nicht besonders gefordert sein wirst und dazu viel Kraft brauchst.«

»Ich wollte nur nach der Uhr sehen. Die Nacht kommt mir so endlos lang vor, und doch — Daniel, es ist ganz eigenartig: Über mich ist in Gedanken an Natalie eine große, innere Ruhe gekommen.«

»Oh, wie bin ich froh!« erwiderte er. »Worauf führst du das zurück?«

Jasmina erwiderte: »Ich habe bis jetzt kein Auge zugetan. Aber meine Gedanken drehten sich auf einmal nicht mehr nur um unsere Sorge wegen Natalie. Immer wieder mußte ich an das denken, was Esther und Herbert uns anvertraut haben. Bisher hatten sie ja nur andeutungsweise über ihren Kummer gesprochen.«

»Und heute haben sie uns daran teilnehmen lassen, um dir zu helfen und dich zu ermutigen, weil sie gemerkt haben, wie die Angst um Natalie dich beinahe aufreibt.«

»Es ist ihnen gelungen, mich aus den unaufhörlich um mich kreisenden angstvollen Gedanken zu befreien. Aber ich glaube, dies ist es nicht allein. Irgendwie habe ich das Gefühl, es ist etwas geschehen, das mich hoffen läßt, es wird noch alles gut mit Natalie. In den Stunden, in denen ich hier wachliege, sind alle meine Gedanken zu einem einzigen Gebet geworden. Nicht, daß ich unaufhörlich mit Gott geredet hätte. Du hast einmal gesagt, auch Gedanken, sogar Seufzer könnten sich in Gebete verwandeln. Jedenfalls nähme Gott sie wahr. Oh, Daniel, ich bin so froh, daß ich innerlich ruhiger geworden bin, obgleich ich nach wie vor nichts von Natalie weiß.«

»Meinst du nicht, daß du jetzt doch noch ein paar Stunden schlafen könntest?«

»Ich will es versuchen. Aber ich bin schon unendlich froh, daß sich der innere Aufruhr in mir gelegt hat.«

Es dauerte nicht lange, bis Jasminas gleichmäßige Atemzüge ihrem Mann bewiesen, daß sie eingeschlafen war.

Als die beiden mit Beatrix gegen neun Uhr gemeinsam am Frühstückstisch saßen, läutete das Telefon. Beatrix, die aufgesprungen war und den Hörer abgenommen hatte, rief den Eltern zu: »Eine Frau Lehmann will dich, Mutti, oder den Vati sprechen.«

»Frau Lehmann?« fragte Jasmina und wandte sich Daniel zu. »Die ist mir völlig unbekannt. Kennst du jemand, der so heißt?«

Daniel schüttelte den Kopf. »Nein, nicht, daß ich wüßte. Aber geh doch an den Apparat und sprich mit der Frau.«

»Sie kennen mich nicht«, begann die Wirtin von der Autobahnraststätte. »Ihre Tochter liegt seit gestern abend bei mir in der Wohnung.«

»Natalie?« schrie Jasmina auf, in Freude und Schrecken zugleich. »Was sagen Sie, unsere Tochter liegt bei Ihnen? Ist sie denn krank oder verunglückt, und wie kommt sie zu Ihnen? Wo sind Sie überhaupt?«

»Es würde zu lange dauern, wollte ich Ihnen jetzt alles erzählen. Im Augenblick nur soviel: Ihre Tochter hat eine Art Grippe oder vielleicht auch nur eine schwere Halsentzündung. Sie hat schon heute morgen neununddreißig Grad Fieber. Bis zum Abend steigt die Temperatur bestimmt noch an. Ich habe bereits den Arzt gebeten, zu kommen. Vermutlich wird er Ihre

Tochter in ein Krankenhaus überweisen. Mein Mann besteht darauf. Erstens haben wir in unserem Betrieb nicht die nötige Zeit, uns um sie zu kümmern, und dann brauchen wir für das Wochenende das Zimmer. Es gehört nämlich unserer Tochter, die Studentin ist. Unsere Gastzimmer sind im Augenblick alle besetzt. Nun wollte ich Sie fragen, ob Sie bereit sind, Ihre Tochter nach Hause zu holen, oder ob wir sie, wenn der Arzt bei ihr war, ins Krankenhaus bringen lassen sollen. Wir befinden uns nahe am Brenner, nicht weit von der italienischen Grenze.«

»Bitte bleiben Sie einen Augenblick am Apparat. Ich will kurz hören, wie mein Mann darüber denkt. Aber ich glaube sicher, daß auch er der Meinung ist, daß Natalie trotz ihres hohen Fiebers sofort nach Hause geholt wird. Bitte gedulden Sie sich einen kleinen Augenblick.«

Bleich vor Erregung wandte sich Jasmina Daniel zu. In kurzen Worten berichtete sie das Vorgefallene und setzte sich gleich darauf wieder mit Frau Lehmann in Verbindung. »Ich komme selbst, so schnell wie möglich, um meine Tochter bei Ihnen abzuholen. Können Sie mir bitte sagen, wie ich am schnellsten zu Ihnen gelange?«

»Kommen Sie mit dem Zug?«

»Nein, mit unserem Auto.« Jasmina nannte ihren Wohnort.

Frau Lehmann erklärte den Weg. »Gut, ich erwarte Sie! Ich behalte Ihre Tochter auf jeden Fall, bis Sie hier sind.«

»Vielen, vielen Dank! Ich komme, so schnell es geht, und ersetze Ihnen selbstverständlich alle Auslagen.«

Das Gespräch war beendet.

Jasmina sank auf ihren Stuhl zurück.

»Daniel, Beatrix — Natalie ist gefunden! Aber sie ist erkrankt und liegt mit hohem Fieber in einer Autobahnraststätte nicht allzuweit von der italienischen Grenze. Die Wirtin, eine Frau Lehmann, scheint eine sehr fürsorgliche Frau zu sein. Ihr Mann will, daß Natalie noch heute in ein Krankenhaus gebracht wird. Aber die Frau behält sie bei sich, bis ich komme und sie abhole.«

Beatrix wollte eine Menge wissen. »Was fehlt ihr denn? Wie lange ist sie schon dort? Wie hoch ist das Fieber? Vati, meinst du nicht, ich sollte Mutti begleiten? Man kann sie diese weite Strecke doch nicht alleine fahren lassen. Es könnte unterwegs etwas mit Natalie passieren. Nicht wahr, Mama, du nimmst mich mit?«

»Der Gedanke ist nicht schlecht«, meinte Daniel.

»Aber ich kann dich doch nicht solange alleine lassen«, sorgte sich seine Frau. »Man weiß doch gar nicht, ob Natalies Zustand so ist, daß der Arzt sie für reisefähig erklärt, und dann müßte ich mindestens ein paar Tage dortbleiben, um alles zu regeln.«

»Wir rufen sofort bei deiner Mutter an. Sollte sie im Krankenhaus Dienst tun, so kann sie sich vielleicht in diesem besonderen Fall beurlauben lassen. Wenn sie frei hat, ist es ihr erst recht möglich, zu mir zu kommen. Wenn Natalies Zustand es erfordern sollte, daß ihr einige Tage dortbleibt, so mache dir um mich keine unnötigen Sorgen, Jasmina. Deine Mutter wird sich gut um mich kümmern, und mir ist es eine große Beruhigung, Beatrix bei dir zu wissen.«

Das Mädchen fiel dem Vater um den Hals. »Ich darf also wirklich mit Mutti fahren? O Vati, du bist so gut! Ich mach' mich sofort fertig. Aber nein, erst will ich das Kaffeegeschirr abwaschen.«

»Wir wollen vor allem miteinander die Morgenandacht halten und Gott für diese Fügung danken«, sagte Daniel.

»Und dann macht euch so schnell wie möglich auf den Weg!« fügte er hinzu.

»Gott sei Dank, daß Natalie gefunden wurde! Ich werde gleich der Polizei mitteilen, daß man sie nicht länger suchen läßt. Wenn Mutter kommt, soll sie bei den Verwandten in Cremona anrufen, damit diese nicht länger mit dem Kommen von Natalie rechnen und über ihr Ausbleiben in Unruhe sind.«

Beatrix plauderte munter drauflos, als sie im Auto neben der Mutter saß. Sie genoß sichtlich die Fahrt und schwätzte pausenlos auf Jasmina ein. Diese aber erkannte bei all dem Gerede, daß ihre jüngste Tochter sich ebenso wie sie selbst sehr um Natalie gesorgt hatte.

»Mama, ich bin froh, daß ich gestern nachmittag Natalies Zimmer gründlich geputzt, ihr Bett gelüftet und frisch bezogen habe — sogar mit der Bettwäsche, auf dem das große Rosenmuster ist, das du ihr zu Weihnachten geschenkt hast. Das mag sie nämlich besonders gern. Und Blumen aus dem Garten habe ich ihr auf den Nachttisch gestellt.«

»Das ist lieb von dir Beatrix, aber sei mir nicht böse, wenn ich dich bitte, jetzt eine Weile nicht zu sprechen. Ich habe nämlich heftige Kopfschmerzen.«

»O Mutti, du wirst doch nicht wieder deine Migräne bekommen!«

»Hoffentlich nicht! Es kommt sicher daher, daß ich in der letzten Nacht nur ganz wenig geschlafen habe!«

»Aber schlaf jetzt um alles in der Welt nicht am Steuer ein.«

»Ich werde mir Mühe geben«, erwiderte die Mutter, und ein Lächeln spielte um ihren Mund.

»Ich sag' jetzt auch kein Wort mehr!«

Aber es dauerte nicht lange, da zwitscherte Beatrix schon wieder drauflos. Obgleich es Jasmina nur schwer ertrug, ließ sie das Mädchen gewähren, verstand sie doch nur allzugut, daß ihr erregtes Reden Ausdruck der großen Freude darüber war, daß sie die Mutter begleiten durfte; andererseits aber auch so etwas wie das Öffnen eines Ventils, so daß die ganze angestaute Angst und Sorge um Natalie zum Vorschein kam.

Nach einigen Stunden Fahrt sagte Beatrix: »Mutti, eigentlich ist es schade, daß wir fast die ganze Strecke auf der Autobahn fahren.«

»Die Fahrt durch Städte und Dörfer, durch Wälder und landschaftlich schöne Gegenden wäre sicher interessanter und abwechslungsreicher gewesen. Aber wir kommen hier schneller vorwärts, und es ist notwendig, daß wir auf dem kürzesten Weg zu Natalie gelangen.«

»Schau nur den blauen Himmel, Mutti! Es sieht nicht aus, als ob ein Gewitter käme. Du weißt ja, wie sehr ich mich immer davor fürchte! Und sieh dir mal die schönen großen Bauernhöfe links und rechts von der Autobahn an. Ob die Bewohner so begeistert davon sind, den ganzen Tag und die Nacht über die Fahrgeräusche der vielen Autos zu hören?«

Weil die Mutter nicht antwortete, erinnerte Beatrix sich wieder. »Oh, verzeih, ich wollte ja nicht so viel reden! Sind die Kopfschmerzen noch immer so stark?«

Die Mutter nickte.

Doch nur kurze Zeit konnte Beatrix still bleiben. Schließlich war es ihr nicht möglich, eine sie so stark bewegende Besorgnis nicht auszusprechen: »Mutti, wirst du sehr mit Natalie schimpfen?«

»Warum soll ich das tun?«

»Na, weil sie uns doch alle belogen hat und ohne eure Erlaubnis nach Italien fahren wollte. Die ganze Sache war schon gemein von ihr. Aber ich meine, sie ist schon genug gestraft, daß sie jetzt ihren Plan nicht durchführen kann und krank bei fremden Leuten liegen muß.« Weil Jasmina auch jetzt nicht gleich antwortete, drängte sie: »Sag doch, Mutti, wirst du ihr heftige Vorwürfe machen, wenn wir dort ankommen?«

»Nein, Beatrix, das habe ich nicht vor, zumal sie mit hohem Fieber im Bett liegt. Ich nehme an, daß wir, Vati und ich, in Ruhe mit ihr über alles reden werden, wenn sie sich wieder erholt hat. Jetzt ist es vor allem wichtig, daß wir sie gut und ohne Schaden nach Hause bringen. Ich weiß ja noch nicht einmal, was ihr fehlt. Unter Umständen muß ich mich mit dem Arzt, den Frau Lehmann heute kommen ließ, in Verbindung setzen.«

»Mutti, ich kann dir nicht sagen, wie froh ich bin, daß du ihr heute keine Vorwürfe machen willst. Ich hatte selbst keine geringe Wut auf Natalie, als ich den Brief von ihr las. Aber als ich mir vorstellte, was alles auf ihrer Fahrt per Anhalter passieren könnte, da sagte ich mir: Wenn sie doch nur wieder gut heimkommt, ohne daß ihr etwas zustößt. Du erinnerst dich doch, daß vor einiger Zeit in der Tagesschau von einem Mädchen die Rede war, das sich von einem Autofahrer mitnehmen ließ, der es dann im Wald umgebracht hat. Du weißt ja, wie Natalie ist, Mutti — unbekümmert und neugierig. Sie will alles selbst erleben oder kennt gar nicht die Gefahren, in die sie hineinläuft. Sie meint, sie muß wie viele andere auch, alles ausprobieren.«

Noch immer schwieg Jasmina, obgleich sie durch die Worte ihrer Tochter aufs neue beunruhigt war. Eigenartig, sie hatte Beatrix nicht zugetraut, daß sie sich solche Gedanken um die Schwester machte.

Diese fuhr fort: »Ihr dürft es nicht so tragisch nehmen, daß Natalie ohne euer Wissen losgefahren ist. Ich glaube, sie wollte ein Abenteuer erleben. Wenn du Umgang mit ihren Mitschülern hättest, würdest du bald merken, daß Natalie noch längst nicht zu den Schlimmsten gehört. Du solltest die mal reden hören! Die Mädels unterhalten sich über die Pille, die sie nehmen, und tun sich wichtig damit, daß sie schon mit diesem oder jenem Jungen aus ihrer Klasse geschlafen haben.«

»Das ist ja entsetzlich!« entfuhr es der Mutter. »Ich hoffe doch nicht, daß Natalie auch zu denen gehört.«

»Ich glaube nicht, Mutti. Aber wenn wir schon einmal über solche Dinge gesprochen haben, hat sie gesagt: Was ist schon dabei? Wenn ich den richtigen Freund finde, dann zieh ich zu ihm, auch wenn wir nicht verheiratet sind.«

»So etwas sagt Natalie?«

»Ja, Mutti. Auch die meisten in meiner Klasse reden so.«

Jasmina stöhnte. In ihrem Innern hieß es wieder einmal: Die Saat geht auf! O Daniel, wie recht du hast: Nichts ist umsonst gesät.

»Hast du wieder stärkere Kopfschmerzen, Mutti?« fragte Beatrix aufs neue besorgt. »Und ich hatte mir vorgenommen, nicht so viel zu sprechen. Aber vielleicht hatte das auch sein Gutes. Wenn ich nämlich nicht gesprochen hätte, wärst du vor Übermüdung am Steuer eingeschlafen. Stell dir vor, was für ein Unglück das gegeben hätte!«

Seufzer, die zu Gebeten werden! dachte Jasmina. Doch sie mußte ihre ganze Aufmerksamkeit dem Fahren zuwenden.

Durch nichts durfte sie sich ablenken lassen. Gott wußte, wie ihr zumute war. Hatte sie nicht gerade erst erfahren dürfen, wie er auf ihr Rufen und Beten geantwortet hatte, als sie erfuhr, wo Natalie zu finden war?

»Mutti«, bat Beatrix nach einer Weile, »sollten wir jetzt nicht wenigstens eine kurze Pause einlegen? Wir sind schon so lange unterwegs. Vati hat mir extra gesagt, daß ich auf dich aufpassen soll. Du siehst so bleich aus.«

»Ja, Beatrix, am nächsten Parkplatz wollen wir eine Pause machen und eine Tasse Kaffee aus der Thermosflasche zu uns nehmen. Das wird uns guttun.«

»Und Hunger habe ich auch, Mutti!«

»Aber höchstens eine viertel Stunde dürfen wir uns genehmigen«, sagte Frau Jordan. »Ich habe keine Ruhe, bis ich weiß, wie es Natalie geht.«

Die Dunkelheit war längst hereingebrochen, als Frau Jordan mit Beatrix ihr Ziel erreichte.

»Wir befürchteten schon, Sie kämen überhaupt nicht mehr«, sagte Herr Lehmann, der ihnen entgegenkam, in nicht gerade liebenswürdiger Weise. »Wie denken Sie sich eigentlich das weitere? Wir sind doch kein Krankenhaus und brauchen das Zimmer unserer Tochter dringend.«

»Es tut mir leid, daß wir jetzt erst hier ankommen. Aber ich bin keine sehr geübte Autofahrerin. Ich benötige mehr Zeit als andere«, erwiderte Jasmina.

»Konnte denn Ihr Mann nicht mitfahren?«

»Mein Mann ist leidend. Seit einem schweren Unfall kann er sich nur noch im Rollstuhl bewegen.«

»Das konnte ich ja nicht wissen«, murmelte Herr Lehmann und wurde ein wenig zugänglicher. »Ich will meine Frau rufen.«

Frau Lehmann kam eilig aus der Küche.

»Ich bin Frau Jordan, die Mutter von Natalie«, stellte Jasmina sich vor, »und das ist Natalies Schwester Beatrix.«

»Ich bin sehr froh, daß Sie da sind«, erwiderte in freundlichem Ton Frau Lehmann. »Und nun kommen Sie. Ich führe Sie zu Ihrer Tochter. Sie wartet schon sehr auf Sie.«

»Mutti!« Natalie stieß einen Schrei der Erleichterung aus. »Nicht wahr, ich muß nicht ins Krankenhaus. Du nimmst mich mit nach Hause.«

Erst jetzt entdeckte sie auch ihre Schwester. »Beatrix, du bist mitgekommen?«

Dann verbarg sie ihr Gesicht im Kopfkissen und weinte. »Ich hatte solche Angst, ihr könntet nicht kommen und würdet einfach bestimmen, daß ich ins Krankenhaus muß«, sagte Natalie.

Jasmina beugte sich über die Tochter und streichelte ihr die Wange. »Nun sind wir ja hier, und selbstverständlich nehmen wir dich mit heim, wenn der Arzt es erlaubt. Wir müssen wohl zuerst seine Meinung hören.«

Frau Lehmann berichtete, daß es dem Arzt natürlich lieber wäre, wenn sie bei dem hohen Fieber nicht fahren würde. Er habe eine Halsentzündung festgestellt, die jedoch nach ein paar Tagen abklingen müßte. »Ich meine, Sie sollten mit der Rückfahrt bis morgen früh warten. Meinem Mann habe ich es schon gesagt, daß ich Sie auf keinen Fall mit dem kranken Mädchen in die Nacht hinein fahren lasse. Wissen Sie, ich habe schlimme Erfahrungen mit einer Halsentzündung gemacht, aus der eine Angina und dann eine Sepsis wurde. Es ist zwar schon lange her, aber unser einziger Sohn starb daran. Jetzt haben die Ärzte andere wirksamere Medikamente. Ich will Sie natürlich nicht beunruhigen. Da heute aber eines unserer Gästezimmer frei wurde, schlage ich Ihnen vor, daß Sie beide dort übernachten. Natalie kann noch eine Nacht im Zimmer unserer Tochter bleiben. Morgen vormittag ist die Temperatur vielleicht schon etwas gesunken, und dann ist es nicht mehr so riskant, wenn Sie Ihre Tochter im Auto heimfahren. Allerdings will der Arzt vorher Natalie noch einmal sehen.«

»Sie sind sehr gütig, Frau Lehmann«, erwiderte Jasmina überrascht von so viel Fürsorge und Entgegenkommen.

»Gerne nehmen wir Ihr Angebot an. Bitte wollen Sie mir bis morgen früh die Rechnung für alles ausstellen.«

Natalie wäre am liebsten noch am gleichen Abend nach Hause gefahren, aber die Mutter blieb fest. »Wir wollen zuerst noch abwarten, was morgen früh der Arzt sagt.«

Noch etwa eine Stunde saßen Frau Jordan und Beatrix bei Natalie. »Du mußt jetzt gar nicht sprechen«, sagte die Mutter. »Dein kranker Hals darf nicht gereizt werden. Wir bleiben ganz still bei dir. Wir werden nachher in der Gaststätte noch etwas Warmes essen, und dann legen wir uns auch hin.«

Als Frau Jordan für einen Augenblick das Zimmer verließ, flüsterte Natalie ihrer Schwester sichtlich erstaunt zu: »Mutti hat mir gar keinen Vorwurf gemacht!«

»Ich glaube auch nicht, daß sie es tun wird. Daß sie und auch Vati sich furchtbar um dich gesorgt haben, wird dir klar sein.«

Natalie antwortete nicht, aber man sah ihr an, daß sie sehr nachdenklich war.

»Ich danke dir, daß du gekommen bist, mich nach Hause zu holen«, sagte sie, als die Mutter ihr eine gute Nacht wünschte. Beatrix, müde von der langen Fahrt und den verschiedenen Eindrücken, ging sofort zu Bett, während Jasmina hoffte, durch Frau Lehmann mehr zu erfahren, wie Natalie in ihr Haus gekommen war.

Diese Frau kommt kaum zur Ruhe, dachte Jasmina, als sie in einem kleinen Nebenzimmer der Wirtin gegenüber saß. Von hier aus konnte Frau Lehmann die geräumige Gaststube im Auge behalten und ebenso einen Blick in die Küche werfen, in der ein Koch und einige weitere Angestellte tätig waren. Es entgeht ihr nichts, stellte Frau Jordan fest, und mußte es hinnehmen, daß die Wirtin immer wieder einmal aufstand, um in der Küche nach dem Rechten zu sehen, in der Gaststätte einen Neuangekommenen zu begrüßen oder der Bedienung eine Anordnung zu geben. Aber schließlich hatte Jasmina doch eine Vorstellung davon, wie Natalie in die Autobahnraststätte gekommen war. »Es war gestern abend wie üblich lebhafter Betrieb«, berichtete Frau Lehmann. »Da wankte Ihre Tochter herein und sank auf den nächsten freien Stuhl bei der Eingangstür. Ich erkannte sofort, daß das Mädel krank war. ›Henry schickt mich!‹ konnte sie gerade noch sagen. Dann wurde es ihr übel, und ich erkannte, daß jetzt nichts so nötig war wie ein Bett und unter Umständen ein Arzt.«

»Henry?« fragte Frau Jordan beunruhigt. »Wen hat sie denn da schon wieder aufgegabelt?«

»Nein, nein«, wehrte Frau Lehmann ab. »Nichts dergleichen. Dieser Henry ist ein anständiger Bursche und fährt als Beifahrer in einem Fuhrunternehmen hier öfter mit seinem Chef vorbei über den Brenner nach Italien. Ich habe immer den Eindruck, daß er gar nicht in diesen Beruf paßt, denn er ist kein robuster Junge, eher still und zurückhaltend. Ich bin mit ihm einige Male ins Gespräch gekommen, insbesondere wenn sein Chef gerade nicht anwesend war. Da habe ich einiges von dem Burschen erfahren. Sein Vater, den ich auch kenne, hat als Fuhrunternehmer einige Lastzüge laufen. Weil Henry einmal das Geschäft seines Vaters übernehmen soll, ist es nötig, daß er sich notwendige Fachkenntnisse in einigen anderen Firmen aneignet. Er ist nun schon ein Jahr bei diesem Unternehmer, zu dem er aber kein gutes Verhältnis hat, weil er ihn nicht achten kann. Er hat mir nichts Näheres erzählt, aber soviel weiß ich, daß sein Chef keinerlei Bedenken hat, junge Anhalterinnen in seinem Wagen mitzunehmen. Dabei muß schon einiges vorgekommen sein, von dem Henry soviel weiß, daß er vor diesem Mann keinen Respekt mehr hat. Es kann ja eine ganz harmlose Sache sein, wenn ein Mädchen per Autostopp versucht, sein Ferienziel zu erreichen oder sonst wohin zu gelangen, aber es ist doch immer eine gefährliche Sache.

Bei Henry kommt hinzu, daß er etwas Furchtbares erlebt hat, oder besser gesagt, nicht er, sondern seine Schulfreundin. Sie ist von einem Wüstling, der sie in seinem Personenwagen mitgenommen hat, in einem Wald mißbraucht und dann ermordet worden. Für Henry war das ein furchtbarer Schock, an dem er vielleicht sein ganzes Leben lang leiden wird. Nun sieht er seine Aufgabe darin, wo immer er dazu Gelegenheit hat, solche Mädchen zu warnen. Er ist geradezu ein fanatischer Gegner von Autostopp geworden, vor allem, wenn es um Frauen oder Mädchen geht, die sich als Anhalter an den Straßen bemerkbar machen. Natürlich gibt es genügend andere Autofahrer, denen sich ein Mädchen anvertrauen kann. Aber ein Risiko ist halt immer dabei. Schon zweimal hat Henry mir ein Mädel ins Haus geschickt, das seine Warnung ernst nahm. Daß er sich seinen Chef dadurch längst zum Feind gemacht hat, ist klar.

Stellen Sie sich vor, hat doch dieser Junge heute bei mir angerufen, weil er wissen wollte, ob sich Ihre Tochter bei mir gemeldet hat und ob ich weiß, ob sie seinen Rat befolgt und zurück nach Hause gefahren ist. Er mußte immer wieder an sie denken und hatte Zweifel, ob es ihm gelungen sei, sie davon zu überzeugen, daß sie sich durch das Fahren per Anhalter in größte Gefahr bringen kann. Er traute ihr zu, daß sie trotz allem den ersten besten Fahrer, der nach Italien fuhr, angehalten hat, um von ihm mitgenommen zu werden.

Ich sagte ihm dann, daß Ihre Tochter bei mir krank liegt. Er meinte: ›Das hat vielleicht so sein müssen.‹ Als er erfuhr, daß ich mich telefonisch mit Ihnen in Verbindung gesetzt habe und Sie bereits auf dem Weg hierher seien, fuhr er fort: ›Dann ist ja alles in Ordnung. Es wäre schade um das Mädel gewesen. Im übrigen‹, fügte er hinzu, ›werde ich vorerst nicht mehr bei Ihnen vorbeikommen, Frau Lehmann. Mein Chef hat mich nämlich 'rausgeworfen. Er wisse sehr wohl, sagte er, daß ich das Mädchen bearbeitet hätte, nicht mit ihm zu fahren. Ich habe darauf nichts erwidert. Es ist mir schon längst über, mit diesem — na, ich will lieber nicht sagen, was ich von ihm denke — zu fahren. Das einzige, was ich bedaure, ist, daß ich jetzt keine Gelegenheit mehr habe, Anhalterinnen zu warnen.‹ «

Frau Jordan war sehr beeindruckt von dem, was ihr die Wirtin sagte. »Gott hat ihn zur rechten Stunde gesandt. Ganz bestimmt war es so!« erwiderte sie leise, als spräche sie zu sich selbst.

Frau Lehmann blickte Jasmina verwundert an. »Wie bitte? Ich habe Sie nicht verstanden.« Es schien der Wirtin, als käme Frau Jordan aus weiter Ferne. Frau Lehmann fragte noch einmal: »Was haben Sie gesagt? Von wem sprachen Sie?«

»Von Henry!«

»Was soll mit dem sein?«

»Gott hat ihn im rechten Augenblick zu unserer Tochter gesandt.«

»Entschuldigen Sie, das begreife ich nicht. Sie sind wohl sehr fromm? Ich glaube zwar auch an einen Gott, aber mir fehlt die Zeit, mich um ihn zu kümmern. Das ganze Jahr kommen mein Mann und ich nicht in die Kirche. Wir wohnen ja auch viel zu weit vom nächsten Dorf entfernt. Wissen Sie, früher hatten wir einen Aussiedlerhof. Mein Mann ist eigentlich Landwirt. Dann hat er die günstige Lage nahe der Autobahn erkannt. Bis zur nächsten Raststätte ist es ziemlich weit. So hat er die Gelegenheit genützt, unseren Hof umbauen zu lassen. Einige Jahre brauchten wir, um einigermaßen über den Berg zu sein. Wissen Sie, wir hatten eine Menge Schulden. Dann aber lief die Sache so gut, daß wir sehr zufrieden sein können. Nun sagen Sie mir noch einmal, was Sie meinten, als Sie behaupteten, der Henry sei — wie drückten Sie sich aus — von Gott gesandt gewesen.«

»Ja, und wahrscheinlich im richtigen Augenblick.«

Frau Lehmann sprang wieder auf. Irgend etwas schien ihr in der Küche nicht in Ordnung zu sein. »Einen Augenblick. Ich komme gleich zurück. Daß mit dem Henry und Gott müssen Sie mir noch näher erklären. So was habe ich noch nie gehört.«

»Viel Zeit kann ich mir für Sie leider nicht nehmen«, sagte Frau Lehmann, als sie zu Jasmina zurückkehrte, »aber das möchte ich doch noch von Ihnen wissen: Glauben Sie wirklich, daß Gott sich eines Menschen bedient, um einem anderen zu helfen, wenn der in Gefahr ist?«

»Ja, das glaube ich ganz bestimmt. Mein Mann hat mir dazu verholfen, dies fest zu glauben. Und Sie, Frau Lehmann, haben auch dazu beitragen müssen, daß unserer Tochter nichts Schlimmeres zustieß. Was hätte passieren können, wenn Natalie auf der Straße gestanden hätte, als sie sich plötzlich so elend fühlte? Dadurch, daß Sie unsere Natalie aufgenommen haben und sogar in das Bett Ihrer Tochter legten, haben Sie Engelsdienste getan. Früher gab es Leute, die in ihren Wohnungen Bilder aufhängten, auf denen man einen Engel sah. Können Sie sich auch an so etwas erinnern? Eine leuchtende Gestalt in wallendem Gewand und mit Flügeln ging über eine Brücke, unter der wildes Wasser tobte, oder vorbei an einem Abgrund und beschützte ein kleines Kind vor dem Abstürzen.«

»Ja, meine Großmutter hat auch solch ein Bild über dem Bett gehabt. Die war überhaupt eine fromme Frau. Aber Engel? Die gibt es doch in Wirklichkeit nicht. Das sind doch nur schöne Kindermärchen.«

»Nein, Frau Lehmann, die gibt es! Das können wir in der Bibel lesen. Nicht etwa solche oft kitschig gemalten Wesen, sondern hoheitsvolle Gesandte Gottes.«

Jasmina wunderte sich über sich selbst. Wann hätte sie je den Mut gehabt, über solche Dinge so frei zu reden, wie sie das jetzt tat? Sicher war es die große Freude, daß sie ihre Tochter wiedergefunden hatte. Diese Freude wandelte sich in ein Gefühl überströmender Dankbarkeit, weil ihr klar geworden war, daß ihre Befürchtung, Natalie könne sich in großer Gefahr befinden, nicht unbegründet gewesen war. Wie recht hatte Daniel gehabt, als er gestern abend, unterstützt von den Freunden, gesagt hatte: »Gott kann zur rechten Zeit einen seiner Boten oder sonst jemand senden, der Natalie bewahrt und nicht zuläßt, daß ihr etwas zustößt.« Ihre gemeinsamen Gebete waren erhört worden.

»Sie haben Engelsdienst geleistet«, wiederholte Jasmina noch einmal. »Sie und auch dieser junge Mann im Lastwagen. Mein Mann ist der festen Überzeugung, daß Gott immer wieder Menschen beauftragt, anderen zu helfen, die sich in Not befinden. Das ist mir persönlich gerade heute klargeworden.«

»Aber mir gibt er bestimmt keinen solchen Auftrag«, erwiderte Frau Lehmann. »Dafür kümmere ich mich zu wenig um ihn. Aber wie dem auch sei, ich bin ja selbst froh, daß ich dazu beitragen konnte, Ihnen Ihre Tochter wieder zuzuführen.«

»Haben Sie vielleicht die Adresse von diesem Henry? Wir würden ihm gerne schreiben und danken für das, was er für Natalie getan hat.«

»Die genaue Adresse kann ich Ihnen nicht geben: Fuhrgeschäft Knappe in Neuheim. Aber jetzt muß ich endgültig gehen. Ich sehe meinen Mann kommen. Er ist gewiß schon ärgerlich über mich.«

»Ich möchte Ihnen zum Schluß noch etwas sagen«, beendete Jasmina das Gespräch. »Sie haben mich gefragt, ob ich sehr fromm sei. Nein, das bin ich nicht. Ich glaube, wir haben oft falsche Vorstellungen von Frömmigkeit. Aber ich möchte je länger desto mehr ein gläubiger Mensch werden. Das Leben bekommt dadurch einen anderen Sinn.«

Nachdem der Arzt am anderen Morgen dagewesen war und Natalie für reisefähig hielt, teilte Jasmina ihrem Mann telefonisch mit, daß sie mit den beiden Mädchen innerhalb der nächsten halben Stunde abfahren werde. Es schien ihm aber doch eine lange Zeit, ehe sie zu Hause eintrafen. Hoffentlich verschlechterte sich Natalies Zustand nicht. Es gab jetzt während der Schulferien auf der Autobahn immer wieder Staus. Wenn nur Jasmina vorsichtig fuhr! Daniel stellte fest, daß er nach seinem folgenschweren Unfall vor Jahren in solchen Situationen nicht völlig frei von Ängsten und Unruhe war. Er wollte froh sein, wenn seine Frau mit den beiden Mädchen wieder wohlbehalten zu Hause ankam.

Daniel hatte seinen Rollstuhl hinaus in den Garten gelenkt, an eine Stelle, von wo aus er die Straße eine ganze Strecke weit überblicken konnte. Im Gegensatz zu gestern, wo der Tag trübe, bewölkt und regnerisch gewesen war, stand heute kein Wölkchen am Himmel. Der Abend war milde, und es versprach eine sternenklare Nacht zu werden. Späte Rosen, die in diesem Jahr zur verschwenderischen Fülle und verschiedenen Farben im Garten blühten, strömten sogar noch im Schwinden des Tages wohlriechende Düfte aus. Wenn nicht die Sorge um Jasmina gewesen wäre, hätte sich Daniel dem Genuß dieser Stunde ganz hingeben können. Frau Torelli, seine Schwiegermutter, trat aus dem Haus, wo sie nach dem Abendessen noch die Küche in Ordnung gebracht hatte.

»Mutter, du willst jetzt gewiß gehen«, sagte Daniel. »Ich kann gut alleine bleiben, bis Jasmina mit den beiden kommt. Es wird bestimmt nicht mehr lange dauern.«

»Nein, nein«, wehrte sie ab. »Ich warte selbstverständlich hier bei dir, bis sie da sind.«

»Aber du mußt doch morgen früh wieder zum Dienst ins Krankenhaus.«

»Darüber mach dir keine Sorgen, Daniel. Ich bleibe auf jeden Fall hier.«

Sie schob den Rollstuhl mit dem Schwiegersohn zu den Gartenmöbeln und setzte sich neben ihn. »Siehst du, von hier aus können wir ebensogut die Straße bis zur Abzweigung überblicken.«

Er lächelte. »Du hast mich durchschaut. Ja, das wollte ich gerne. Ich meine, eigentlich müßten sie schon da sein.«

Noch ehe die Dunkelheit hereinbrach, erkannte Daniel den sich nahenden Wagen. »Da sind sie!« stellte er erleichtert fest. »Gott sei Dank, daß er sie bewahrt hat!«

Mit ein paar Schritten war Jasmina bei ihrem Mann.

Daniel streckte die Arme nach ihr aus und zog sie an sich. »Wie froh ich bin, daß ihr wieder da seid!«

»Hast du dir Sorgen gemacht?«

»Ja, schon ein wenig. Es ist nicht selbstverständlich, daß man immer wohlbehalten nach Hause kommt, besonders nach einer so weiten Strecke.«

Sie blickte ihn in liebevollem Verständnis an. »Wer sollte das besser wissen als du! Gedulde dich noch ein wenig. Ich will mit Mutter dafür sorgen, daß vor allem Natalie sofort ins

Bett kommt. Die lange Fahrt hat sie sehr angestrengt. Aber auch Beatrix ist müde. Außer einer Tasse Milch und einem Butterbrot werden sie kaum noch etwas zu sich nehmen wollen.«

Herr Jordan hatte seinen Rollstuhl nahe zum Auto gefahren, wo die beiden Mädchen gerade ausstiegen. Frau Torelli stützte Natalie, die sich in der Tat schwach fühlte.

Daniel streckte ihr die Hand entgegen. »Guten Abend, Natalie! Wir sind froh, daß du wieder da bist!«

Beatrix stellte erleichtert fest, daß auch der Vater ihrer Schwester kein Wort des Vorwurfs sagte.

Als Frau Torelli sich auf den Heimweg begeben wollte, bot Jasmina ihr an, sie mit dem Wagen nach Hause zu fahren. Sie lehnte es ab, aber die Tochter bestand darauf. »Du hast dich den ganzen Tag Daniel gewidmet und bist sicher froh, wenn du zur Ruhe kommst.«

»Und du hast die lange Fahrt hinter dir und bist selbst todmüde.« Aber sie nahm es dann doch dankbar an, daß die Tochter sie heimbrachte.

Nur kurze Zeit saßen die beiden Eheleute noch beisammen, nachdem Natalie versorgt war. »Ich schlage vor, du berichtest mir morgen die Erlebnisse der beiden Tage«, meinte Daniel. »Du bist gestern und heute auch eine lange Strecke gefahren. Ich weiß, wie das anstrengt. Morgen, wenn du ausgeruht bist, erzählst du mir in Ruhe, was du alles erlebt hast.«

»Du hast recht, Liebster«, erwiderte Jasmina zustimmend. »Es kommt mir vor, als sei ich viel länger unterwegs gewesen und hätte wer weiß wieviel erlebt. Nur eines möchte ich noch sagen: In mir ist ein großes Staunen und Wundern. Nie vorher habe ich so erfahren, wie Gebete auf die Minute genau erhört werden und das in einer Weise, wie wir es gar nicht ahnen. Als wir mit Braunschlegels hier zusammensaßen und für Natalie beteten, daß Gott sie bewahren möge, hat er ihr genau zu dieser Zeit in der Person eines jungen Burschen einen rettenden Engel gesandt. Ich kann nicht genug dafür danken.«

Nach einigen Tagen konnte Natalie wieder, wenigstens für

Stunden, das Bett verlassen. Beatrix kümmerte sich rührend um sie. »Wie soll ich mir dein verändertes Wesen erklären?« fragte eines Tages die Schwester. »Ich kann mich nicht erinnern, daß du je so sanft gewesen wärst.« Sie sagte es nicht ohne Ironie, aber auch nicht unliebenswürdig.

Beatrix wußte nicht gleich, wie sie reagieren sollte. Dann antwortete sie: »Erstens warst du krank, als wir dich nach Hause holten, und zweitens haben wir alle, Vati, Mutti und auch ich, große Sorgen um dich ausgestanden, als du auf eigene Faust losgefahren warst und nach Italien wolltest.«

»Was du nicht sagst!« spottete Natalie. »Ich finde das direkt ergreifend. Mir kommen geradezu die Tränen.«

Jetzt wurde es Beatrix zu bunt. Sie stellte sich vor die Schwester, stämmte beide Arme in die Seite und sagte: »Ja, ich will ehrlich sein. Als ich sah, daß Mutti halbkrank war aus Angst um dich, was dir unterwegs alles passieren könnte, und als ich hörte, wie auch Vati in den Andachten dafür betete, daß du bewahrt werden mögest, da habe ich mir aus Angst um dich vorgenommen, nicht mehr so viel mit dir zu streiten. Aber ich muß schon sagen, du machst es mir schwer.«

»Also hör mal«, erwiderte Natalie, »bei aller Anerkennung dessen, was ihr für mich getan habt — Mutti sagte mir, daß du mein Zimmer gründlich geputzt, mein Bett frisch bezogen hast, sogar mit der Rosenbettwäsche, und daß du mir Blumen hingestellt hast — ich bin wirklich ganz gerührt —«

»Hör auf mit deinem Spott!«

Natalie aber fuhr fort: »Weder Mutti noch Vati haben mir Vorwürfe gemacht. Aber ich finde trotzdem, daß ihr um diese wirklich harmlose Angelegenheit ein lächerliches Theater macht. Was ist denn schon dabei, wenn ein Mädchen in meinem Alter auf eigene Faust etwas unternimmt? Per Autostopp fahren ist doch wirklich nichts Schlimmes.«

»Aber du weißt genauso wie ich, daß dabei schon unheimlich viel passiert ist. Nicht nur Sittlichkeitsverbrechen, sondern sogar Mord.«

»Muß man denn immer gleich an das Schlimmste denken?

Das kann ich dir sagen, mir wäre so was bestimmt nicht passiert! Glaubst du, mich hätte ein Kerl soweit gebracht, daß ich mit ihm allein in den Wald gegangen wäre oder daß ich ihm im Anhänger Gelegenheit gegeben hätte. . .«

»Wie selbstsicher du bist«, unterbrach sie Beatrix. »Daß es Gewalttätigkeiten gibt, hast du wohl noch nie gehört!«

»Ach, hör auf! Zum großen Teil kommt es auf die Mädchen selbst an. Mit mir hätten sie kein leichtes Spiel, das kannst du mir glauben. Und sei überzeugt, ich habe mein Vorhaben, nach Italien zu fahren, keineswegs aufgegeben, sondern nur verschoben. Eines Tages unternehme ich diese Tour noch einmal und zwar wieder per Anhalter.«

Kopfschüttelnd sah Beatrix die Schwester an. »Ich begreife dich nicht. Aber wenn wir schon in dieser Weise miteinander reden, dann muß ich dir sagen, daß ich es ganz gemein von dir gefunden habe, daß du Vati und Mutti zuerst in dem Glauben gelassen hast, du bist mit deinen Schulkameradinnen ans Meer gefahren. Die Eltern so zu belügen, das ist einfach niederträchtig!«

»Das habe ich getan, weil ich genau wußte, daß sie mir nie erlaubt hätten, nach Cremona zu fahren.«

»Vor allem nicht per Anhalter. Außerdem war es ja abgemacht, daß ich als erste zu unseren Verwandten reise, und Oma hatte mir schon versprochen, mich hinzubringen.«

»Ja, weil du ein Leben lang unselbständig bleiben wirst und dir nichts zutraust. Aus dir wird überhaupt nichts!«

»Oh, wie gemein du bist! Übrigens kann ich eins nicht verstehen: Als wir dich in der Autobahn-Raststätte abholen wollten, da hast du geweint, als du uns sahst. So froh warst du, mit uns wieder nach Hause kommen zu dürfen und nicht ins Krankenhaus zu müssen.«

»So ein blödes Geschwätz! Außerdem finde ich es geschmacklos von dir, mich daran zu erinnern. Wenn man beinahe 40 Grad Fieber hat, kann es schon vorkommen, daß man sich anders benimmt als sonst.«

Noch immer stand Beatrix der Schwester gegenüber, erregt

und aufgebracht. In diesem Augenblick öffnete sich die Tür, und Jasmina fuhr Daniel herein.

»Vati wollte dir einen Krankenbesuch machen, Natalie«, sagte die Mutter.

Verwundert blickten die Eltern von einem der Mädchen zum anderen.

»Was ist denn hier los?« fragte schließlich Herr Jordan. »Das sieht ja beinahe so aus, als seien wir in eine heftige Auseinandersetzung hineingeplatzt.«

Beatrix wollte an den Eltern vorbei aus dem Zimmer laufen. Sie war so aufgebracht, daß sie sich bemühen mußte, nicht loszuweinen. »Natalie ist so gemein!« schluchzte sie.

Daniel aber streckte die Hand nach ihr aus. »Nein, Beatrix«, bestimmte er. »Lauf jetzt nicht davon. Ich möchte wissen, was geschehen ist. Seitdem ihr von Österreich zurück seid, schien es zwischen euch beiden besser zu gehen. Darüber war ich sehr froh, weil es ja sonst nicht so friedlich zwischen euch zuging. Und nun kommt ihr mir wie zwei Kampfhähne vor, die soeben aufeinander losgegangen sind.«

»Komm, Beatrix«, sagte Jasmina ruhig und deutete auf den Stuhl neben dem kleinen Sofa, auf dem sie Platz genommen hatte. »Setz dich zu mir! Es geht mir wie Vati. Auch ich habe mich in diesen Tagen über euer gutes Einvernehmen gefreut.« Sie blickte Natalie fragend an.

»Ach, sie ist eine dumme Gans!« sagte diese und deutete auf Beatrix. »Sie macht einen Staatsakt aus meinem Autostoppunternehmen. Sie tut, als sei ich von unsichtbaren Mächten geradezu aus dem Rachen eines Löwen errettet worden. Dabei war die ganze Sache harmlos.«

»Sie macht sich über alles lustig, über unsere Sorgen um sie und daß du, Vati, für sie gebetet hast!«

»Das ist nicht wahr!« fiel Natalie ihr heftig ins Wort. »Beatrix hat so wichtig, fast feierlich auf mich eingeredet und war entsetzt, als ich sagte, ich würde dasselbe noch einmal tun. Ich finde gar nichts dabei, per Anhalter zu fahren. Das einzige war, daß diese dumme Halsgeschichte dazwischenkam und ich so hohes Fieber hatte. Da war ich natürlich froh, daß du, Mutti, mich geholt hast.«

»Und du hast dich sichtlich darüber gefreut, daß deine Schwester mich begleitet hat«, fügte die Mutter hinzu.

»Na ja, das habe ich ja auch nicht geleugnet. Aber mit Beatrix, diesem Kräutchen ›Rühr-mich-nicht-an‹, kann man ja kein vernünftiges Wort reden. Dann geht sie gleich hoch wie eine Rakete oder zerfließt in Tränen.«

Beatrix wollte ihr wieder ins Wort fallen, aber die Mutter wehrte ihr. »Jetzt wird aufgehört zu streiten.«

»Und ich möchte zu dem, was ihr beide eben erwähnt habt, Stellung nehmen«, sagte Herr Jordan. »Ich kann mir nicht vorstellen, daß du dich darüber lustig gemacht hast, Natalie, daß wir für dich gebetet und uns um dich gesorgt haben. Du hast dich vielleicht darüber gewundert, daß wir, Mutti und ich, bis jetzt mit keinem Wort auf dein Abenteuer — ein solches war es doch — eingegangen sind.«

»Das hast du deiner Schwester zu verdanken«, fügte Jasmina hinzu, »die mich bereits auf der Hinfahrt bat, noch bevor wir dich in der Autobahnraststätte trafen, wir mögen davon absehen, dir Vorhaltungen zu machen.«

»Und jetzt habt ihr es anscheinend doch vor«, erwiderte Natalie fast herausfordernd.

»Nein, das haben wir nicht«, sagte Herr Jordan. »Aber eines scheint mir wichtig zu sein: Du kannst nicht unbedingt damit rechnen, daß Gott dir in Gefahr ein zweites Mal so offensichtlich in den Weg tritt wie diesmal durch den jungen Mann, von dem Mutti mir erzählt hat.«

»Das ist ja gar nicht bewiesen, daß ich in Gefahr war. Zu mir war der Lastwagenbesitzer sehr freundlich. Ich habe nicht den Eindruck gehabt, daß er schlechte Absichten hatte.«

»Aber dieser Henry warnte dich, weil er mit seinem Chef eindeutige Erfahrungen gemacht hatte«, fügte Frau Jordan hinzu. »Wer sich in Gefahr begibt, kommt darin um!«

»Ach Mama, was heißt hier, sich in Gefahr begeben? So viele Frauen und Mädchen fahren täglich per Anhalter. Wenn nun wirklich einmal etwas passiert, so kann man das doch nicht verallgemeinern.«

»Du weißt jedenfalls, daß wir es nicht wünschen, daß du per Autostopp fährst. Wir würden schlechte Eltern sein, wenn es uns gleichgültig wäre, ob du eine von den wenigen wärst, wie du meinst, die vergewaltigt werden oder denen gar noch Schlimmeres zustößt. Außerdem wußtest du, daß du mit unserer Erlaubnis nicht hättest rechnen können. Ist dir eigentlich nie der Gedanke gekommen, wie häßlich es von dir war, uns im Glauben zu lassen, daß du mit deinen Klassenkameradinnen an die Nordsee fährst, nachdem der Plan mit Italien längst festlag? Lüge ist immer gemein!«

»Also doch Vorwürfe«, stellte Natalie fest.

»Nein«, erwiderte Herr Jordan, »nicht Vorwürfe, sondern eine ganz sachliche Zurechtstellung der von dir falsch gesehenen Tatsachen.« Er sah Natalie besorgt an. »Wenn du doch begreifen wolltest, daß Mutti und ich es nur gut mit dir meinen und dich vor schweren Lebenserfahrungen bewahren möchten.«

Natalie hatte eine herausfordernde Antwort auf der Zunge, aber sie beherrschte sich und sagte nichts.

Zu Beatrix gewandt, meinte Herr Jordan: »Du hast dich in den Tagen von Natalies Krankheit vorbildlich benommen. Wir haben uns über dich gefreut. Aber nun wäre es angebracht, wenn du dich darin üben würdest, ruhig und gelassen zu bleiben, wenn du dich ärgerst oder angegriffen fühlst. Es lohnt sich wirklich nicht, sich wegen Bagatellen so zu erregen.«

Bevor die Eltern Natalies Zimmer verließen, sagte Jasmina: »Im übrigen hat Vati einen Brief an diesen Henry geschrieben und ihm dafür gedankt, daß er sich so eindringlich für dich eingesetzt und dich gewarnt hat.«

»Ihr habt an Henry geschrieben, ohne mir davon ein Wort zu sagen?«

»Eigentlich wäre das ja deine Pflicht gewesen«, erwiderte Daniel. »Vielleicht kommt es dir später einmal zum Bewußtsein, wieviel Dank du ihm schuldig bist.«

»Woher hattet ihr denn seine Adresse?«

»Frau Lehmann hat sie mir auf meine Bitte hin gegeben«, sagte Jasmina.

Natalie hatte sich wieder auf ihr Bett gelegt. Das Gespräch war für sie nicht nur ermüdend gewesen, sondern stimmte sie auch nachdenklich.

Beatrix, eingedenk der Worte des Vaters, nahm sich vor, den vorausgegangenen Wortwechsel als erledigt zu betrachten. Sie holte eine Reisedecke von der Couch und breitete sie wortlos über Natalie aus. »Brauchst du noch etwas?« fragte sie dann, »wenn nicht, so gehe ich jetzt, um Mutti in der Küche zu helfen.«

Da geschah etwas, was sie noch nie erlebt hatte: Die Schwester griff nach ihrer Hand und sagte: »Sei mir nicht böse, Beatrix! Ich weiß, ich war nicht nett zu dir.«

Die Ferien gingen dem Ende zu. Natalie hatte sich wieder erholt. Man konnte damit rechnen, daß sie zur festgesetzten Zeit mit ihrer Ausbildung in der Hotelfachschule beginnen würde. Zwar hatte sie sich schon mehrmals unzufrieden darüber geäußert, daß der Urlaub nun vergangen war, ohne daß man, wie in anderen Jahren, wenigstens für ein paar Wochen gemeinsam eine Ferienreise unternommen hatte. »Das hast du dir selbst zuzuschreiben«, erklärte ihr die Mutter. »Es war ja alles vorbereitet für deine Fahrt an die Nordsee. Vati hat dir klargemacht, daß er es für richtig hält, nachdem du uns bewußt getäuscht hast, in diesem Jahr auf eine Urlaubsreise zu verzichten. Es hätte ihm allerdings gut getan, wieder einmal herauszukommen. Der Leidtragende ist schließlich er.«

Natalie stimmte der Mutter zwar nicht zu, aber sie unterließ es, eine ungebührliche Antwort zu geben, wie es sonst bei ihr der Fall war.

Eines Tages brachte der Postbote einen Brief an Frau Jasmina Jordan. Erstaunt öffnete sie den Umschlag. Es war selten, daß sie Post bekam. Als sie den Brief gelesen hatte, ging sie ins Arbeitszimmer ihres Mannes. »Stell dir vor, Daniel, meine

Schulkameradinnen laden mich zu einem Treffen ein, nachdem sie das schon einige Jahre nicht mehr getan haben. Bestimmt, weil ich ihnen immer eine Absage gab.«

»Und das wirst du, wie ich dich kenne, auch jetzt wieder tun.«

Jasmina antwortete nicht gleich. Nach kurzem Bedenken erwiderte sie: »Was würdest du sagen, wenn ich diesmal zusagen würde?«

Daniel blickte sie erstaunt an. »Ich würde mich natürlich darüber freuen. Du weißt, es hat mir immer leid getan, daß du die Verbindung mit deinen Klassenkameradinnen, die ich ja alle kenne, völlig abgebrochen hast. Aber sag mir, Jasmina, was bewegt dich, ihnen diesmal eine Zusage zu geben?«

»Ich will versuchen, dir zu erklären, was für Gedanken mir gekommen sind.«

Daniel wartete gespannt.

Jasmina fuhr nach einer Weile fort: »Als ich mit Beatrix in Österreich war, ergab sich, ohne daß ich dies geplant hatte, ein Gespräch mit Frau Lehmann, der Wirtin der Autobahnraststätte. Ich habe dir ja davon erzählt, ohne aber auf das eingegangen zu sein, was mich damals innerlich so stark bewegte. Natalies Angelegenheit stand da im Vordergrund. Bei diesem Gespräch habe ich — ich fühlte mich geradezu innerlich dazu gedrängt — Frau Lehmann gesagt, daß wir zu Hause in großer Sorge um unsere Tochter dafür gebetet hätten, Gott möge ihr doch irgendeinen Menschen in den Weg schicken, der sie daran hindert, etwas Törichtes zu tun oder sich in Gefahr zu begeben. Da hat sie mich gefragt, ob ich sehr fromm sei, weil ihr solche Gedankengänge fremd wären. Ich habe ihr dann von der wunderbaren Erhörung unserer Gebete erzählt. Daraus wurde ein Gespräch, über dessen Verlauf ich mich nachher wundern mußte. Wir sprachen über den Glauben, und Frau Lehmann fragte, ob es wirklich Engel gibt und Gott sich um den einzelnen Menschen kümmert. Daniel, nach diesem Gespräch kam eine solche Freude über mich, wie ich sie vorher in dieser Art kaum erlebt hatte. Irgendwie fühlte ich mich plötzlich zu euch, zu dir und denen, die immer in unseren Hausbibelkreis kommen, zugehörig. Versteh mich jetzt bitte nicht falsch, Daniel. Mit dir, als meinem Mann, fühlte ich mich verbunden, seitdem ich weiß, daß du mich lieb hast. Aber zu euch als — ach, Daniel, es ist gar nicht so leicht, das auszurücken.«

»Sprich nur weiter, Jasmina. In meinem Herzen ist eine große Freude, weil ich ahne, was du mir sagen willst.«

»Mir war es plötzlich, als gehöre ich wirklich zur Gemeinde, weil ich gar nicht anders konnte, als ein Bekenntnis abzulegen. Zum ersten Mal wußte ich wirklich, ich gehöre zu euch. Und ich mußte weitergeben, was mir an Erkenntnis geschenkt worden ist, obgleich es ganz schlicht war, was ich sagte.«

Daniel steuerte seinen Rollstuhl zu Jasmina und zog sie zu sich heran. »Ob du ahnst, wie du mich mit deinen Worten beschenkt hast?«

Sie richtete sich auf, sah ihn glücklich an und fuhr fort: »Nun, meine ich, sei die Zeit gekommen, wo ich auch meinen Schulkameradinnen in irgendeiner Form sagen sollte, daß ich anders geworden bin. Ich muß den Groll, der sich in meinem Innern angestaut hatte, besonders denen gegenüber, die unfreundlich, überheblich oder gar gehässig über mich gesprochen haben, überwinden und ihnen freundlich begegnen. Ob sich bei diesem Klassentreffen eine Gelegenheit bietet, das zum Ausdruck zu bringen, was ich in Bezug auf Glaubensfragen erkannt habe, weiß ich zwar nicht. Unter keinen Umständen will ich versuchen, dies gewaltsam herbeizuführen. Ich traue mir auch gar nicht zu, die rechten Worte zu finden. Aber daß ich der Einladung folge und nach all den Jahren wieder zu einem Klassentreffen gehe, kann vielleicht schon eine Aussage sein.«

»Daß du dich überwindest, Jasmina, und der Meinung bist, dort eine Gelegenheit zu nutzen, die Gott dir geben könnte, ist mir ein Zeichen dafür, daß du in einem inneren Reifeprozeß stehst. Es gehört zu dem Schönsten, wenn Eheleute erleben dürfen, wie sie gemeinsam auf Gottes Stimme hören und seinen Weg gehen wollen.«

»Glaube nicht, daß ich mir einbilde, vor diesen Frauen, die mit mir zur Schule gegangen sind und die mich und meine Irrwege kennen, über meine innere Wandlung sprechen zu können. Aber ich meine, ich darf die Gelegenheit dazu nicht versäumen. Ich fühle mich durch die Gebetserhörungen der letzten Zeit dazu verpflichtet.«

»Jasmina, dir wird gegeben werden, was du sagen sollst. Und ich werde bei dir sein.«

»Du willst mit mir kommen?«

»Nein, und doch werde ich bei dir sein.«

»Ach so, ich weiß jetzt, wie du es meinst. Ich danke dir!«

Nachdem Jasmina wieder an ihre Arbeit gegangen war, saß Daniel eine ganze Weile in Nachdenken versunken. In ihm war ein großes Staunen und Wundern. Aber ebenso eine tiefe Freude darüber, daß Jasmina nun offensichtlich zum lebendigen Glauben durchgedrungen war. Nur so konnte er ihre Worte verstehen. Wie seltsam die Wege Gottes mit den Menschen doch sind! Einer kommt ganz plötzlich durch das Wort einer Predigt zur Erkenntnis der Wahrheit, ein anderer wird durch Leid oder Krankheit oder durch einen Todesfall dahingeführt. Bei einem dritten geht intensive seelsorgliche Betreuung voraus. Aber ebenso kann es auch sein, daß ein freudiges Ereignis einen Menschen zum Glauben führt. Gott läßt sich die Art seiner Führungen niemals von Menschen vorschreiben.

Daß es Jasmina innerlich dazu drängte, ein Bekenntnis abzulegen, war sicherlich ein Zeichen dafür, daß sie etwas erlebt hatte. All die vorausgegangenen Gespräche, die sie als Eheleute über Glaubensfragen geführt hatten, waren nicht vergeblich gewesen; ebensowenig Jasminas Teilnahme an den Abenden des Hausbibelkreises und der Umgang mit ihren bewußt christlichen Freunden. Daß seine Frau auch aus den Predigten von Pfarrer Trost manche Anregungen mitbekommen hatte, stand für Daniel ebenfalls fest. Es war erstaunlich, wie man diesem Mann sein geistliches Wachstum in der Verkündigung des Wortes Gottes abspürte!

Was ist doch in den letzten Jahren aus meiner Jasmina

geworden, dachte Daniel. Welch eine Veränderung ist mit ihr vorgegangen! Ihm war nicht bewußt, daß er selbst wohl am meisten dazu beigetragen hatte. Seine innere Ausgeglichenheit, seine Geduld und seine gleichbleibende, ja immer stärker werdende Liebe, mit der er sie umgab, hatten sie geprägt, so daß aus ihr wurde, was sie heute war. Vor allem aber lernte sie, Gott an sich wirken zu lassen und sträubte sich nicht mehr dagegen, wie sie das in früheren Jahren getan hatte. Selbst ihre Töchter stellten ihre Veränderung in den alltäglichen Gegebenheiten fest.

Eines Tages hatte Beatrix der Mutter beim Aufhängen der frisch gewaschenen Gardinen behilflich sein müssen und stellte sich dabei reichlich ungeschickt an. Jasmina, die auf einer Trittleiter stand, sagte nicht etwa ungeduldig und erregt, sondern bewußt freundlich: »Wenn du die Gardinen nicht so zusammenknautschen würdest, wäre es schon besser.«

»Wie soll ich es denn anders machen?« fragte das Mädchen in gereiztem Ton.

»Versuche doch einmal, sie an den zwei Enden oben ganz locker zu halten.«

»Das tu ich doch die ganze Zeit.«

»Warte, ich komme 'runter und zeige es dir.«

Als dies geschehen war, sagte Beatrix: »Mutti, ich stelle etwas fest.«

»Und das wäre?« erkundigte sich Jasmina, während sie wieder die Trittleiter bestieg.

»Du bist schon seit längerer Zeit — ich weiß gar nicht, wie ich es ausdrücken soll — so, so — ich meine, du regst dich nicht mehr so schnell auf wie früher. Du bleibst ruhiger und hast viel mehr Geduld mit uns. Natalie hat das auch schon festgestellt.«

Weil Jasmina nicht gleich antwortete, fragte Beatrix: »Habe ich dich gekränkt, Mutti? Hätte ich das nicht sagen dürfen?«

»Nein, nein, Beatrix, warum sollte ich gekränkt sein? Es tut mir nur leid, daß es so lange gedauert hat, bis ich erkannte, was ich heute weiß.«

Beatrix sah die Mutter erwartungsvoll an, und diese fuhr fort: »Daß man wirklich ein anderer Mensch werden und eine völlige Veränderung seines Wesens erleben kann, wenn man sich mit Christus befaßt und in seine Nachfolge tritt.«

»O Mutti, jetzt redest du, wie sie in Vatis Hausbibelkreis reden. Ich habe schon einige Male gelauscht, wenn ihr beisammen wart. Aber paßt das wirklich zu dir?«

»Ich wünsche, daß es je länger desto mehr zu mir passen und mein ganzes Wesen durchdringen möge.«

»Ich finde es schön, wenn du so ruhig bleibst, auch wenn du dich über etwas ärgerst oder über uns, Natalie und mich, aufregen mußt.«

»Aus mir selbst kann ich das nicht, Beatrix. Aber es gibt eine Kraft, die mich immer wieder dazu befähigt. Außerdem ist Vati mir ein leuchtendes Beispiel.«

»O ja, Vati! Du hast recht, Mutti!«

»Sag mal, Beatrix, hättest du nicht auch Lust, an unserem Bibelkreis teilzunehmen?«

»Darf ich das? Meinst du, Vati würde es mir erlauben?«

»Aber ganz sicher. Er würde sich sogar darüber sehr freuen. Du bist ja kein Kind mehr, sondern beinahe erwachsen. Da wirst du gut verstehen, was dort gesprochen wird.«

»Aber ich bin dann die einzige in meinem Alter.«

»Das macht doch nichts. Du willst doch kein Herdenmensch sein und nur tun, was andere auch tun — oder?«

»Meinst du, Vati würde etwas dagegen haben, wenn ich eventuell eine Schulkameradin mitbringe? Ich wüßte eine, die sich dafür interessieren würde. Ihre Eltern sind aus Norddeutschland hierher gezogen. Dort war sie in einem Schülerbibelkreis. Aber hier gibt es ja so was nicht.«

»Natürlich darfst du sie mitbringen, Beatrix. Vielleicht gründet ihr beide dann mal so etwas wie einen Bibelkreis für Schüler.«

Beatrix schüttelte den Kopf. »Ach, Mutti, das liegt mir nicht! Aber Sandra, so heißt die Neue, die könnte es vielleicht.«

»Früher habe ich genauso gedacht wie du. So etwas liegt mir nicht, das paßt nicht zu mir. Aber heute sehe ich das alles mit anderen Augen.«

»Gut, ich werde mit Sandra sprechen. Wenn sie sich entschließt, mitzukommen...«

»Du solltest deine Entscheidungen nicht von dem Entschluß anderer abhängig machen.«

Beatrix dachte einen Augenblick nach. Dann sagte sie: »Wenn wenigstens Natalie mitkommen würde.«

»Versuche es. Lade sie ein!« In ihrem Innern dachte Jasmina: Schön wär's, aber ich habe wenig Hoffnung. Im gleichen Augenblick sagte sie sich: Das hättest du nicht einmal denken dürfen. Nachdem du mit Daniel in letzter Zeit noch mehr als früher intensiv dafür betest, daß Natalie zu einem grundlegenden inneren Erlebnis kommt, ist Zweifel daran unrecht. Warum sollte Gott sie nicht auf irgendeine Weise überzeugen können?

Als Beatrix etwas später von dem Gespräch mit der Mutter erzählte und die Schwester fragte, ob sie nicht Lust hätte, wenigstens einmal mit ihr zum Hausbibelkreis zu gehen, lachte diese ihr schallend ins Gesicht. »Sag mal, bist du verrückt geworden? Das kommt für mich niemals in Frage! Du in deiner Unselbständigkeit, mit deinem noch immer kindlichen Gemüt, du paßt vielleicht in einen solchen Kreis. Ich könnte mir gut vorstellen, daß du einmal Mitglied der Heilsarmee wirst oder einen Pfarrer heiratest. Aber mich verschone gefälligst mit solchen Ideen.«

Zuerst wollte Beatrix wieder hochfahren und sich den schulmeisterlichen Ton der Schwester verbieten. Doch dann klangen die Worte der Mutter in ihr nach. Sie hörte sie von einer Kraft reden, die ihr ganzes Wesen zu verändern vermag. Erklären hätte Beatrix es nicht können, aber sie empfand plötzlich so etwas wie Sehnsucht danach, ähnliches zu erleben. Dieses Erleben half ihr, die spöttischen Worte ihrer Schwester gelassen hinzunehmen. Statt dessen erzählte sie ihr von der neuen Schulkameradin, die vor einigen Wochen in ihre Klasse gekommen war und sich einfach anders aufführte als die anderen und daß sie diese Sandra zum Hausbibelkreis einladen würde.

»Na, dann guten Erfolg!« erwiderte ironisch Natalie. »Vielleicht findest du jetzt endlich in der Schule eine Freundin, nachdem du mit Antonella doch nur brieflich verkehren kannst. Aber daß du dir ausgerechnet eine fromme Freundin in deiner Klasse aussuchst! Na, das ist deine Sache!«

»Sie ist ja noch nicht meine Freundin, aber sie gefällt mir, und vielleicht wird sie es einmal.«

»Ja, schon gut! Nun geh und stör mich nicht länger. Ich hab' hier gerade einen äußerst spannenden Roman. Ich sage dir: Klasse!«

»Brauchst du noch etwas?« fragte Jasmina ihren Mann, nachdem sie sich für das Klassentreffen zurechtgemacht hatte. Sie stand vor ihm in ihrem hübschen neuen Herbstkostüm, das er ihr erst vor wenigen Tagen zu diesem Anlaß gekauft hatte. Ganz verwundert war sie gewesen, als er die Meinung äußerte, es sei an der Zeit, daß sie wieder einmal ein neues Kleid bekäme. Als sie ihn fragend angesehen hatte, fuhr er fort: »Ich möchte, daß du bei deinem Klassentreffen gut aussiehst.« Er hatte sie sogar zum Friseur geschickt, damit sie sich ihre Haare zurechtmachen ließ.

»Ob ich noch etwas brauche?« wiederholte Daniel. »Nein, danke, und außerdem ist Beatrix ja zu Hause. Ich rufe sie, wenn ich etwas benötige, was ich mir nicht selbst holen kann.« Sein Blick umfaßte liebevoll ihre Gestalt. »Wirklich, du siehst gut aus, Jasmina. Dieses schilfgrüne Kostüm und die beigefarbene Bluse stehen dir ausgezeichnet. Ich wünsche dir einen schönen Nachmittag mit deinen Klassenkameradinnen. Grüße sie alle von mir — und tue, was dich dein Herz heißt.«

»Ein wenig ist mir angst, Daniel.«

»Das ist, glaube ich, unnötig. Achte auf die dir gegebenen Gelegenheiten und habe den Mut, deine Überzeugung auszusprechen, wenn es sich ergibt. Erzwinge nichts.«

»Ich will mich bemühen, sonst schade ich unter Umständen mehr, als ich nütze.« Sie beugte sich über ihn und küßte ihn. »Lebe wohl, Daniel!«

»Gott behüte dich! Fahre vorsichtig!«

Jasmina wurde lebhaft und von den meisten auch sichtlich erfreut begrüßt. »Wie schön, daß du nach so vielen Jahren wieder einmal an unserem Klassentreffen teilnimmst!«

»Wie gut du aussiehst!«

»Ein schickes Kostüm hast du an.«

»Hat dein Mann dir für den Nachmittag Urlaub gegeben?«

Sie wurde geradezu herumgereicht und war ganz überrascht, von den Frauen, die einmal ihre Schulgefährtinnen gewesen waren, mit so viel Herzlichkeit begrüßt zu werden. Das hatte sie nicht erwartet. Einige allerdings waren reserviert. Eine hielt sich sogar ganz zurück und vermied es, sie zu begrüßen.

Das Treffen fand in einer Gegend statt, die in Jasmina trübe Erinnerungen wachrief. In einem Café, an dem See gelegen, in dessen unmittelbarer Nähe sie zwei Jahre mit ihrem Freund gelebt hatte, war in einem geschmackvoll eingerichteten Nebenzimmer eine festlich gedeckte Tafel zu dem Beisammensein vorbereitet worden. Etwa zwanzig Frauen nahmen jetzt daran Platz. Lebhaftes Sprechen und fröhliches Lachen füllte bald den Raum. Vorerst beteiligte sich Jasmina nur wenig daran. Sie hatte am Ende der Tafel Platz genommen. Ihre Augen wanderten von einer der Frauen zur anderen. Außer daß man sich dann und wann auf der Straße zum Einkaufen traf, wobei nicht mehr als ein kurzer Gruß im Vorbeigehen gewechselt wurde, oder nicht einmal dies, hatte sie mit ihnen keine Berührungspunkte gehabt. Bei den anderen war dies wohl nicht so gewesen, denn sie hatten sich in den Jahren nach der Schulzeit immer wieder einmal zusammengefunden, während Jasmina sich bewußt von ihnen zurückhielt. Sie war der Überzeugung gewesen, daß sich alle von ihr abgewandt hatten, weil sie mit diesem verheirateten Mann zusammenlebte, der seine Frau und vier Kinder um ihretwillen verlassen hatte. Es war kaum anzunehmen, daß sie heute noch in gleicher Überheblichkeit ihr gegenüberstanden, sonst wäre sie wohl nicht immer wieder zum Klassentreffen eingeladen worden. Nun, sie würde sehen! Zuerst war es wohl angebracht, sich etwas zurückzuhalten.

Einige der ehemaligen Mitschülerinnen hatten sich so verändert, daß Jasmina erst eine Weile überlegen mußte, wer sie eigentlich waren. Zwei oder drei waren stattliche Damen geworden. Behängt mit auffallendem Schmuck und sehr selbstbewußt blickten sie um sich und führten das große Wort. Zwei trugen Trauerkleider. Jasmina erinnerte sich, in der Zeitung die Todesanzeige ihrer Männer gelesen zu haben. Eine machte ihrer Kleidung nach einen fast ärmlichen Eindruck. Das war doch Annemarie Raumann, die früher nicht sehr weit von der Wohnung ihrer Mutter gelebt hatte.

Während Jasmina so in Gedanken versunken die Tafel überblickte, setzte sich auf einen freien Stuhl neben sie eine ihrer ehemaligen Schulkameradinnen, die sie vorher mit lautem Wortschwall begrüßt hatte. »Na, kennst du noch alle, die hier sind?« fragte sie. »Nachdem du ja nie bei unserem Treffen warst und wir alle uns mehr oder weniger verändert haben, würde es nicht zu verwundern sein, wenn du bei einzelnen unsicher wärst.«

»Die meisten kenne ich noch«, erwiderte Jasmina. »Bei einigen mußte ich tatsächlich überlegen, wer sie sind.«

»Nun ja, in sechzehn oder siebzehn Jahren kann sich ein Mensch schon verändern. Du bist doch auch, wie die meisten von uns, sechsunddreißig Jahre alt?«

Jasmina nickte. Es war ihr gar nicht angenehm, daß diese geschwätzige Frau sich neben sie gesetzt hatte und auf sie einredete, als seien sie eng befreundet. Lotte Schneider war schon immer als Klatschbase bekannt gewesen. Jasmina korrigierte sich im gleichen Augenblick. Hatte sie sich nicht vorgenommen, allen gegenüber freundlich zu sein, ganz gleich, wie man ihr entgegenkommen würde?

»Die dort drüben rechts, die kennst du doch noch, nicht wahr? Das ist die Monika Stillmacher, früher hieß sie Müller. Die ist geschieden. Ihr Mann hat sie jahrelang betrogen. Ihr gegenüber sitzt Bianka. Die hat sich sehr gut verheiratet. Ihr Mann ist Bankdirektor. Aber das weißt du ja sicher. Neben ihr die Dicke, die hat den Mühlenbesitzer Schenke geheiratet. Der ist genauso rundlich wie sie. Dort hinten am anderen Ende der Tafel, die Elfriede hat sechs Kinder. Der älteste Sohn sitzt im Gefängnis. Unterschlagungen! Wir haben gedacht, sie käme wohl nicht mehr zum Klassentreffen von wegen der Schande, weißt du! Aber sie kommt nach wie vor. Nun ja, das ist Ansichtssache.«

Jasmina war peinlich berührt. Wenn die Frau doch aufhören würde! »Wollen wir das nicht lieber lassen?« sagte sie in gedämpftem Ton. »Die anderen werden bereits auf uns aufmerksam.«

»Das wissen sie doch alle«, erwiderte Lotte Schneider, ohne leiser zu sprechen, schwieg dann aber doch sichtlich gekränkt. Jetzt hatte sie sich gerade dieser Jasmina annehmen wollen, weil die sich doch in ihrem Kreis bestimmt fremd fühlen mußte, und nun erlaubte sie sich, ihr das Wort zu verbieten.

Als sie sich ihrer anderen Nachbarin zuwandte, beugte sich die Frau, die rechts neben Jasmina saß, zu dieser und sagte: »Die Lotte ist noch immer dieselbe Quatschliesel, die sie früher war.«

Jasmina antwortete nicht und wandte sich in Verlegenheit dem Kuchen und Kaffee zu. Sie hätte nicht behaupten können, daß sie sich in diesem Kreis besonders wohl fühlte. Wäre es vielleicht doch besser gewesen, nicht herzukommen?

Man mochte eine knappe Stunde beisammen gewesen sein. Eine oder die andere der Frauen hatte sich von ihrem Platz erhoben, war zu Jasmina getreten und hatte ein paar belanglose Worte mit ihr gewechselt. Im allgemeinen hatte sie den Eindruck, daß sie sich über ihr Kommen freuten. Schließlich fragte diejenige, die heute an der Reihe gewesen war, das Klassentreffen vorzubereiten — sie saß am oberen Ende der Tafel, direkt Jasmina gegenüber: »Wir haben ja schon gesagt, daß wir uns sehr über dein Kommen freuen. Aber nun wäre es schön, wenn du, Jasmina, uns ein wenig von dir und deiner

Familie erzählen würdest. Wie man im allgemeinen hört, lebst du sehr zurückgezogen. Wir wissen zwar alle, daß du unseren ehemaligen Lehrer, Herrn Jordan, geheiratet hast —«

»In den du ja schon während der Schulzeit unsterblich verliebt warst«, rief diejenige, die Jasmina vorsätzlich nicht gegrüßt hatte.

Jetzt kommt es! dachte diese und wappnete sich innerlich.

Einige andere riefen dazwischen: »Verliebt waren wir alle in Jordan. Das war auch der charmanteste Lehrer, den wir je hatten.«

»Das stimmt!« pflichtete eine andere ihr bei. »Wir haben alle für ihn geschwärmt!«

»Bis wir erfuhren, daß er zu den Frommen gehört.«

»Fromm ist er ja wohl heute noch.«

»Ich denke, wir lassen Jasmina jetzt selbst erzählen«, schaltete sich die am oberen Ende der Tafel sitzende Frau nun ein.

Jasmina sandte einen Stoßseufzer zu Gott. »Jetzt mußt du mir beistehen, Herr! Ich weiß, daß dies meine Gelegenheit ist.« Sie begann: »Daß ich die Schule vor dem Abitur verließ, wißt ihr alle — und ebenso, daß ich mit einem Freund zusammenlebte und in den nächsten drei Jahren zwei Töchter hatte.« Sie schwieg. Nein, es war wirklich nicht leicht, vor diesen Frauen über so persönliche Dinge zu reden.

Auch die übrigen Anwesenden schwiegen, einige peinlich berührt, andere neugierig, erwartungsvoll, gespannt, was Jasmina nun sagen würde.

Sie fuhr fort: »Erst später hörte ich, daß mein Freund verheiratet war und vier Kinder hatte. Ich zog mit meinen Töchtern zu meiner Mutter. Für mich begann eine schwere Zeit, die Jahre anhielt. Ich mußte arbeiten, um mich und die Kinder zu ernähren. Zum Glück konnten wir bei meiner Mutter umsonst wohnen. Da ich keine Berufsausbildung und auch keinen richtigen Schulabschluß hatte, schien es für mich unmöglich, eine Anstellung zu bekommen. Ich mußte mich schließlich für die niedrigsten Arbeiten zur Verfügung stellen.«

Rote Flecken der Erregung brannten auf Jasminas Wangen.

Eine der Anwesenden erbarmte sich ihrer und sagte: »Jasmina, wir erwarten wirklich nicht, daß du uns so ausführlich über dein Leben erzählst. Das ist doch schließlich deine allerpersönlichste Sache, die uns nichts angeht.«

Einige nickten zustimmend. Anderen sah man das Bedauern darüber an, daß Jasmina jetzt nicht mehr weiterberichten würde, wo es doch gerade so spannend wurde.

Sie straffte sich und sagte: »Doch, ich möchte, wenn ihr erlaubt, jetzt weiterberichten, zumal damals darüber viel geredet wurde — und ich ja auch Anlaß dazu gegeben habe.

Daß unser ehemaliger Lehrer mit seiner jungen Frau einen schweren Autounfall erlitt, bei dem die Frau ums Leben kam, wißt ihr alle. Monatelang mußte Herr Jordan, der querschnittgelähmt war, im Krankenhaus bleiben, auch dann, als er schon hätte entlassen werden können, weil niemand gefunden wurde, der ihn versorgt und seinen Haushalt geführt hätte. Meine Mutter, die ihn im Krankenhaus gepflegt hat — dort ist sie schon seit vielen Jahren als Schwester tätig —, war der Meinung, das wäre eine lohnende Aufgabe für mich. Ich weigerte mich zunächst dagegen, weil ich mir eine solche Verantwortung nicht zutraute. Doch schließlich überredete mich meine Mutter, es zu versuchen.«

»Die wußte warum«, flüsterte eine der Frauen hinter vorgehaltener Hand. »Selbst wenn der Jordan sie nicht geheiratet hätte, war es immer noch besser in dem Bungalow, als Treppenhäuser und Klos im Krankenhaus zu putzen.«

»Wolltest du etwas sagen?« fragte Jasmina die Klassenkameradin. Sie hatte deren Worte zwar nicht verstehen können, aber an der ganzen Art, wie sie flüsternd sprach, wohl empfunden, daß es nicht gerade liebenswürdig war.

»Nein, rede nur weiter«, erwiderte die Frau verlegen.

»Nach einiger Zeit durfte ich meine beiden Töchter zu mir nehmen«, fuhr Jasmina fort. »Meine Älteste begann damals gerade, zur Schule zu gehen.«

Sie machte wieder eine kleine Pause, die von erwartungsvollem Schweigen der Zuhörenden erfüllt war. Nein, dachte Jasmina, über meine persönlichen Erlebnisse, über die Zeit, als Daniel mich bat, seine Frau zu werden; über die Unsicherheit, die ich spürte, ob ich wirklich in der Lage wäre, eine Ehe zu führen, die letztlich keine war, obgleich ich Daniel innig liebte — darüber kann ich nicht reden. Diese Erfahrungen sind mein ureigenster Besitz, den ich mit niemandem teile. Wie könnte ich ihnen sagen, daß ich damals erkannt habe, daß man aus Liebe Verzicht leisten kann.

Zwar wußte Jasmina, daß die Gedanken ihrer Klassenkameradinnen mehr oder weniger die gleichen Wege gingen. Aber das hatte sie nicht zu stören. Etwas ganz anderes mußte sie ihnen sagen.

»Eines Tages haben wir geheiratet«, fuhr sie fort. »Ich wurde Daniel Jordans Frau. Meine Kinder bekamen den besten, den gütigsten Vater, den man sich denken kann. Wir sind sehr glücklich miteinander. Das heißt nicht, daß wir nicht auch Sorgen hätten. Es ist nicht leicht für einen intelligenten, tatkräftigen Mann, an den Rollstuhl gefesselt zu sein.«

»Für dich ist es wohl ebenso schwer«, fügte eine der Frauen vielsagend hinzu.

Jasmina ging nicht darauf ein und sprach weiter: »Ihr alle wißt, daß es da, wo Kinder heranwachsen, auch Probleme gibt.« Einige nickten sich gegenseitig zu. Daß die älteste Tochter dem Ehepaar Jordan Kummer bereitete, hatte sich bereits herumgesprochen. Aber sie hatte recht: Da, wo Kinder sind, geht es ohne Belastungen kaum zu.

Jasmina sprach weiter, und man merkte ihr an, daß es sie etwas kostete, sie an dem teilnehmen zu lassen, was ebenfalls ihre sehr persönliche Erfahrung war. »Heute sehe ich viele Dinge in einem anderen Licht als damals in der Zeit, in der ich mir nicht gerne etwas vorschreiben ließ und meinte, ich hätte ein Recht, mein Leben nach meinen Wünschen zu gestalten. Ich mußte durch viele trübe Erfahrungen gehen, bis ich erkannte, daß es töricht ist, zu glauben, man sei berechtigt, drauflos zu leben, ohne dabei auf andere Rücksicht zu nehmen.

Glaubt mir, ich habe im Laufe der Jahre eine notwendige völlige Sinnesänderung erfahren. Und das habe ich meinem Mann zu verdanken. In ihm bin ich zum ersten Mal einem Menschen begegnet, der es mit seinem Christentum ernst nahm. Bitte versteht mich nicht falsch. Ich messe mir kein Urteil über irgendeinen anderen an, der sich Christ nennt.«

»Wir sind schließlich auch keine Heiden«, vernahm man halblaut eine Stimme.

»Zwar ist meine Mutter auch eine Christin, aber von ihr nahm ich damals als junges Mädchen keine Ratschläge an. Daß mein Mann sein schweres Schicksal so tapfer trägt, verdankt er seiner inneren Überzeugung. Ich habe Jahre gebraucht, bis ich erkannte, daß er aus einer Kraft lebt, die allein ihn befähigt, so ausgeglichen gütig und geduldig zu sein. Ohne mich zu bevormunden, überzeugte er mich. Ich sah mein ganzes Leben, meine Vergangenheit in einem neuen Licht — ja, laßt es mich aussprechen: im Lichte Gottes. Nun ist es meinem Mann und mir ein inneres Bedürfnis, danach zu streben, daß wir in der Gesinnung leben können, wie Jesus Christus sie uns vorgelebt hat. Mir war es ein Bedürfnis, euch dies zu sagen. Ich danke euch, daß ihr mir so lange zugehört habt.«

Eine ganze Weile herrschte Totenstille. Keine der Anwesenden sprach ein Wort. Eine der Frauen räusperte sich verlegen. Eine andere wischte sich verstohlen eine Träne aus den Augen. Lotte Schneider kicherte und flüsterte ihrer Tischnachbarin etwas zu, was Jasmina nicht verstehen konnte und wollte. »Peinlich, mehr als peinlich«, sagte eine andere.

Plötzlich erhob sich eine der Frauen, die ziemlich am anderen Ende der Tafel saß, ging an dieser entlang auf Jasmina zu und umarmte sie. »Du hast mich beschämt«, sagte sie. »Ich teile deine Meinung. Auch ich weiß, daß ich von Gott abhängig bin. Aber ich hatte nie den Mut, dies so offen zu bekennen.«

Danach wollte kein unbeschwertes Gespräch mehr in Gang kommen. Als Jasmina sich früher als die anderen verabschiedete, weil sie ihren Mann nicht solange allein lassen wollte, sagten mehrere: »Aber nicht wahr, Jasmina, wir dürfen dich beim nächsten Klassentreffen wieder erwarten.«

Einige ihrer Schulkameradinnen begleiteten sie noch zum Auto. Eine von ihnen dankte ihr ebenfalls für ihre mutigen Worte.

Als die Frauen zurück in das Café kamen, hatten sich dort im Nebenraum einige Gruppen gebildet. Überall wurde über das gleiche Thema gesprochen: Jasmina Jordan. Die verschiedensten Meinungen über sie wurden ausgetauscht.

»Unglaublich, wie die sich verändert hat!«

»Glaubt ihr wirklich, daß es echt ist, was sie da aussprach? Ich meine ihre christliche Gesinnung. Sie war doch früher nie so.«

»Du hast doch gehört, daß sie von einer vollständigen Sinnesänderung sprach. So was soll es geben.«

»Glaubst du nicht, daß sie das nur ihrem Mann zuliebe tut?«

»Ich hatte nicht den Eindruck. Das klang doch alles sehr überzeugend.«

»Was ich nicht begreifen kann ist, daß sie es in einer platonischen Ehe aushält.«

»Vielleicht hat sie auch nebenbei einen Freund.«

»Müßt ihr eigentlich immer das Schlechteste von einem Menschen denken?«

»Was heißt hier das Schlechteste? Das wäre doch denkbar, und man könnte sogar Verständnis dafür haben.«

»Nein, das traue ich ihr bei ihrer jetzigen Gesinnung nicht zu.«

»Sie hat ja auch zum Ausdruck gebracht, daß sie und ihr Mann bei allem Glücklichsein ebenso wie andere nicht ohne Sorgen sind.«

»Ja, die Frommen werden auch nicht verschont.«

»Vielleicht tragen sie es nur besser als wir anderen.«

»Eigentlich müßte es ja so sein.«

Nach all diesen Äußerungen trennten sich die Teilnehmer

des heutigen Klassentreffens nachdenklicher, als es sonst der Fall war.

Daniel begrüßte seine Frau bei ihrer Rückkehr besonders herzlich. »Wie ist es dir ergangen, Jasmina?« fragte er.

»Die meisten von ihnen waren recht nett«, erwiderte sie nachdenklich. »Sie baten mich, von meinem Erleben zu berichten, weil wir uns doch recht lange nicht gesehen und nichts voneinander gehört haben. Das war meine Gelegenheit, einiges von meinem inneren Erleben zu berichten. Aber Daniel, ich bezweifle, ob ich es recht gemacht habe.«

»Du hast es ganz bestimmt nach bestem Vermögen getan und eine Saat ausgestreut, die Gott segnen und aufgehen lassen wird.«

»Ich frage mich, ob sie mir das, was ich gesagt habe, überhaupt abgenommen und geglaubt haben. Einige halblaut gesprochene Bemerkungen lassen mich daran zweifeln.«

»Ich glaube nicht, daß du dir darüber Sorgen machen mußt. Das darfst du getrost Gott überlassen, der deine Beweggründe kennt.«

»Ich war mir sogar einen Augenblick lang darüber im unklaren, ob es überhaupt richtig gewesen ist, daß ich zu dem Klassentreffen gegangen bin.«

»Laß dich nicht verunsichern, Jasmina, und freue dich über die, deren Begrüßung herzlich war. Glaube mir, ich kenne das auch, daß man nach einem Dienst, den man für Gott tun durfte, in Zweifel gerät, ob man nicht alles falsch gemacht hat. Das müssen wir der Macht zuschreiben, die gegen Gott ist, der Macht des Satans.«

Jasmina antwortete nicht gleich. Versonnen blickte sie ihren Mann an.

Dann meinte sie: »Also auch du, Daniel, kennst solche Gefühle? Daß du die wenigen, wahrscheinlich unbeholfenen Worte, die ich im Kreis meiner ehemaligen Mitschülerinnen sagen durfte, Dienst für Gott nennst, beschämt mich geradezu. Übrigens haben sich alle über deine Grüße gefreut. Du seist der charmanteste Lehrer gewesen, den sie je gehabt haben. Darüber waren sich alle einig.«

Daniel lachte herzhaft auf. »Man sollte es nicht für möglich halten, nachdem doch so viele Jahre darüber hinweggegangen sind.«

Mit seiner Fröhlichkeit steckte Daniel seine Frau an. Sie umarmte ihn stürmisch. »Doch, Daniel, sie haben recht! Nicht nur der charmanteste Lehrer bist du, sondern auch der liebste und beste Mensch, jedenfalls für mich. Und das Schulmeistern kannst du auch nicht lassen. Aber jetzt stört es mich nicht mehr.«

Als Jasmina am Tag darauf einen Brief von einer ihrer Schulkameradinnen erhielt, und zwar von Susanne Springfeld, die sich beim Klassentreffen sichtlich zurückgehalten hatte, war sie mehr als erstaunt.

»Darf ich ihn dir vorlesen, Daniel?« fragte sie.

»Natürlich, komm, setz dich mit dem Brief hier neben mich.«

Jasmina begann zu lesen:

Liebe Jasmina,

eigentlich hatte ich mir vorgenommen, diesmal nicht zum Klassentreffen zu gehen oder in Zukunft ganz davon abzusehen. Es kommt so wenig dabei heraus. Vielleicht liegt es auch an mir selber, weil ich mich schon länger nicht mehr richtig freuen kann. Mein Alltag ist so angefüllt mit Geschehnissen, die mich niederdrücken, daß ich mir im Kreise froher Menschen wie ein Außenseiter vorkomme. Dich habe ich vor ein paar Jahren einmal auf der Straße mit Deinem Mann, der im Rollstuhl saß, gesehen. Die hat auch kein leichtes Leben, dachte ich. Aber dann verlor ich Dich wieder aus dem Gedächtnis. Ich hatte so viel mit mir selbst zu tun.

Nun habe ich Dich gehört, als Du im Kreis unserer ehemaligen Klassenkameradinnen berichtet hast. Ich bin so davon beeindruckt gewesen, daß ich noch am gleichen Abend an Dich schreiben muß.

Ich habe wohl gemerkt, Jasmina, daß es Dich eine gewisse Überwindung gekostet hat, zu uns zu sprechen, zumal es um ganz persönliche Erlebnisse ging. Dazu kam, daß einige Zwischenbemerkungen Dir Deinen Bericht nicht erleichterten. Und doch hast Du mutig weitergesprochen. Als ich auf dem Heimweg war, nahm ich mir vor, Dir zu schreiben. Irgendwie hatte ich das Gefühl, Du würdest mich verstehen.

In der Zeit nach unserer Konfirmation ging ich regelmäßig in den Jugendkreis und zu den sonntäglichen Gottesdiensten. Ich war siebzehn Jahre alt, als Billy Graham in unserer Stadt eine Evangelisation hielt, die außerordentlich gut besucht war. Ich glaube nicht, daß Du daran teilgenommen hast. Es war wohl in der Zeit, als Du mit Deinem damaligen Freund zusammenlebtest. Ich war sehr beeindruckt von dem, was Billy Graham sprach und bin Abend für Abend unter seinen Zuhörern gewesen. Als er am letzten Abend, wie er das jedesmal tat, diejenigen aufforderte, die ihr Leben unter die Führung Gottes stellen und Christus nachfolgen wollten, es dadurch öffentlich zu bekunden, daß sie nach vorne zum Podium kämen, war auch ich dabei.

Ich meinte es ernst. In dieser Woche haben fast dreihundert Frauen und Männer, Jugendliche und Kinder eine solche Entscheidung getroffen. Ich war sehr glücklich darüber, daß auch ich es getan hatte. Billy Graham betete mit uns und für uns und ermunterte uns, uns einem Kreis bewußter Christen anzuschließen, wo wir als lebendige Gläubige leben könnten. Er sagte, daß es sehr wichtig sei, keine Entscheidungen zu treffen, die nicht mit dem Willen Gottes übereinstimmten. Jasmina, Du ahnst nicht, wie froh ich an diesem letzten Abend der Evangelisation nach Hause ging. Am liebsten hätte ich mit allen Leuten meiner Umgebung über dieses Erlebnis gesprochen. Und doch war ich drei Jahre später imstande, eine völlig falsche Lebensentscheidung zu treffen. Ich heiratete einen ungläubigen Mann. Natürlich wußte ich schon vor der Hochzeit, daß er kein Christ war. Ich liebte ihn und war der Ansicht, daß ich ihn überzeugen könnte und daß wir nach unserer Eheschließung gemeinsam zur Kirche gehen würden. Ich schöpfte Hoffnung, weil mein Verlobter in eine kirchliche Trauung ein-

willigte. Das war aber auch alles. Niemals mehr ist er danach mit mir in einen Gottesdienst gegangen.

Daß ich vor dem Essen betete, lehnte er als unsinnig ab. Was ich vor der Hochzeit nicht wußte, sagte er mir nachher, nämlich, daß er an keinen Gott glaube und kein christliches Familienleben wünsche. Liebe Jasmina, der Brief würde zu lang, wollte ich Dir schreiben, was alles ich in diesen Jahren meiner unglücklichen Ehe durchgemacht habe. Mein Mann erlaubte mir nicht länger, am Sonntag einen Gottesdienst zu besuchen. Unsere sehr rasch hintereinander geborenen vier Kinder durften nicht getauft werden. Nur heimlich konnte ich mit ihnen beten. Das Schlimmste ist, daß sich mein Mann dem Trunk hingab. In den ersten zwei Jahren hatten wir noch ein eigenes Geschäft. Ernst, so heißt mein Mann, ist gelernter Elektromechaniker. Durch seine Trunksucht machte er eine Menge Schulden. Wir mußten Konkurs anmelden. Zweimal bekam mein Mann in einem anderen Geschäft eine Anstellung. Er ist geschickt und nicht unintelligent. Aber beide Male wurde er entlassen, weil er verschiedentlich betrunken ins Geschäft kam.

Weil wir mit der geringen Unterstützung nicht leben konnten, habe ich angefangen, für andere Leute zu nähen. Ich hatte nach meiner Schulentlassung Schneidern gelernt. Aber ich bekomme kaum soviel zusammen, daß wir existieren können. Und mein Mann trinkt weiter. Ich habe an meinem Glauben Schiffbruch erlitten, kann nicht mehr beten und hadere mit Gott, den ich anklage, daß er den Zerfall unserer Familie zuläßt.

Als Du, Jasmina, uns aus Deinem Leben erzähltest, vor allem darüber, daß Dein Mann Dir durch sein Vorbild unendlich viel geholfen hat und Ihr gemeinsam Euer Leben nach dem Willen Gottes ausrichtet, da ist es mir wie Schuppen von den Augen gefallen, und ich habe erkannt, daß bei mir alles anders geworden wäre, wenn ich einen Mann geheiratet hätte, der ein Christ gewesen wäre.

Jasmina, Dein mutiges Bekenntnis hat mich dazu gebracht,

Dir anzuvertrauen, was ich bisher noch keiner unserer früheren Klassenkameradinnen gesagt habe. Kannst Du nicht einmal mit Deinem Mann sprechen? Glaubt ihr, daß es bei uns noch einmal anders werden kann? Ich bin oft so verzweifelt, daß ich imstande wäre, eine Torheit zu begehen. Wenn meine Kinder nicht wären. . .

Jasmina, darf ich Dich einmal besuchen? Darf ich mit Dir und Deinem Mann sprechen? Laß es mich wissen.

Noch einmal danke ich Dir für Dein mutiges Bekenntnis bei unserem Klassentreffen!

Deine Susanne Springfeld, geb. Schneider

Jasmina legte den Brief aus der Hand und blickte Daniel nachdenklich an.

»Ich bin tief beschämt«, sagte sie. »Wie kommt Susanne dazu, mir ihr Vertrauen zu schenken, obgleich —«

Als sie nicht weitersprach, vollendete ihr Mann den Satz: »Obgleich du meintest, die Worte, die du zu deinen ehemaligen Mitschülerinnen sagtest, seien ungeschickt und unvollkommen gewesen und bei den Frauen vielleicht gar nicht angekommen. Ich sagte dir ja schon, du durftest eine Saat ausstreuen. Wie es aussieht, ist davon bereits einiges aufgegangen. Siehst du, Jasmina, so handelt Gott mit uns. Er bestätigte deinen Dienst für ihn und ermutigte dich dadurch, weiterzumachen.«

»So siehst du es, Daniel?«

»Im übrigen, wie heißt diese ehemalige Susanne Schneider jetzt?«

»Springfeld.«

»Mir fällt da etwas ein. Als ich dieses Haus baute, war der Elektriker, der die Leitungen legte, die Lampen lieferte und auch anbrachte ein Mann mit dem Namen Springfeld. Er machte damals einen ordentlichen Eindruck, und ich habe öfter mit ihm Gespräche geführt. Ich meine, nachdem was seine Frau dir geschrieben hat, sollten wir uns um sie und ihren Mann kümmern. Das Wissen um die Not eines Menschen verpflichtet.«

»Du hast recht, Daniel. Wir können jetzt nicht so tun, als ginge uns die ganze Sache nichts an.«

»Nur müssen wir weise vorgehen, denn ich kann mir denken, daß Frau Springfeld ohne Wissen ihres Mannes den Brief geschrieben hat. Sagtest du nicht, im Keller sind zwei Steckdosen defekt? Vielleicht können wir ihn zur Behebung des Schadens in nächster Zeit vorbeikommen lassen und auf diese Weise mit ihm Verbindung aufnehmen.«

»Ja, Daniel, so können wir's machen. Aber zuerst muß ich Susannes Brief beantworten. Ich würde telefonieren, um ihr von unserem Wunsch, ihnen zu helfen, zu sagen. Aber sie werden kaum noch einen Telefonanschluß haben, nachdem sie in so kümmerlichen Verhältnissen leben. Darum werde ich ihr sofort schreiben und ihr mitteilen, daß sie zu uns kommen kann. Die Arme tut mir so leid! Oh, Daniel, wie wäre es schön, wenn wir diesen Leuten helfen könnten!«

»Du darfst dich freuen, Jasmina! Der Dienst an deinen ehemaligen Mitschülerinnen, zu dem es dich innerlich drängte, ist nicht vergeblich gewesen.«

Der Sommer verging. Natalie hatte begonnen, die Hotelfachschule zu besuchen, die etliche Kilometer entfernt am Rande einer kleineren Ortschaft lag. Schüler, die in der Stadt wohnten, hatten die Möglichkeit, mit dem Autobus dorthin zu gelangen. Für diejenigen, die nicht in der Nähe wohnten, bestand die Möglichkeit, in einem zur Schule gehörenden Internat zu wohnen. Davon hätte Natalie gern Gebrauch gemacht, aber die Eltern waren strikt dagegen. »Solange du dein Zimmer bei uns hast und so günstige Fahrgelegenheiten bestehen, kommst du nach Hause. Die Geldausgabe für das Internat und die Verpflegung kann man sparen.« Das war ihre Meinung.

Natalie sah das zwar nicht ein, sparte auch nicht mit unzufriedenen und verärgerten Bemerkungen, besonders gegenüber Beatrix, nannte ihre Eltern stur und geizig, fügte sich aber schließlich, weil ihr nichts anderes übrig blieb. Seit ihrer mißglückten Italienfahrt schien sie zwar den Eltern gegenüber zugänglicher zu sein und hatte auch zu ihrer Schwester ein besseres Verhältnis. Es war ihr wohl langsam klargeworden, wieviel sie den Warnungen dieses Henry zu verdanken hatte, die nicht unbegründet gewesen waren. Henry hatte den Brief von Herrn Jordan, in dem dieser sich für die Bemühungen um seine Tochter bedankte, nicht beantwortet.

Eines Tages kam Natalie schon am frühen Nachmittag nach Hause. »Mutti, heute hatten wir ein tolles Essen!« berichtete sie lebhaft und gut gelaunt, kaum daß sie die Küche betreten hatte, in der Jasmina gerade beschäftigt war.

»So, was gab es denn?«

»Hirschbraten und Tiroler Klößle mit Preiselbeerenkompott und dazu verschiedene Salate.«

»Oh, da läuft einem ja das Wasser im Mund zusammen!«

Die Schüler der Hotelfachschule hatten die Möglichkeit, Menüs aus der Lehrküche zu günstigen Preisen einzunehmen. Derartige lukullische Genüsse gab es natürlich nur selten im Hause Jordan.

»Geh mal gleich ins Wohnzimmer«, sagte Jasmina mit einem geheimnisvollen Lächeln zu Natalie.

»Wieso, was ist dort?«

»Geh schon und schau selber!«

Gleich darauf vernahm Jasmina einen freudig überraschten Ausruf: »Henry! Menschenskind, wie kommst denn du hierher?«

»Ja, da staunste, was?«

Beatrix, die ebenfalls im Wohnzimmer saß, erwiderte: »Na, wie soll er schon hergekommen sein? Auf zwei Beinen natürlich. Wir sitzen hier schon mindestens eine Stunde beisammen und haben nur auf dich gewartet.«

»Ich konnte nicht früher hier sein«, erklärte Natalie nicht ohne Stolz dem jungen Mann. »Ich besuche jetzt nämlich die Hotelfachschule.«

»Oh!« erwiderte Henry bewundernd. »Ich wäre auch lieber länger zur Schule gegangen. Aber mein Vater sagt, er braucht mich im Geschäft. Also du willst wissen, wie ich hierherkomme. Wir hatten einen Speditionsauftrag nach Ulm. Auf der Karte habe ich gesehen, daß ihr nicht allzuweit entfernt wohnt. Mein Vater erlaubte mir, hier auszusteigen und euch aufzusuchen.

Es hat mich doch interessiert zu erfahren, wie es dir, Natalie, inzwischen ergangen ist. Durch Frau Lehmann hörte ich, daß du dort krank geworden bist und sie dir das Zimmer ihrer Tochter gegeben hat, weil alles andere belegt war, und daß deine Mutter dich abgeholt hat.«

»Das war schon am nächsten Tag, und ich war dabei«, antwortete Beatrix. »Die Fahrt war herrlich. Wenn wir nicht so in Sorge um meine Schwester gewesen wären, hätten wir unterwegs gut einen Halt machen können, etwa in Innsbruck oder in Garmisch-Partenkirchen. Ich finde die Berge einfach wunderbar. Auf dem Rückweg konnten wir auch keine Pause einlegen, denn Natalie hatte hohes Fieber.«

»Na, nun übertreib nur nicht so!« fiel die Schwester ihr ungeduldig ins Wort. Sie ärgerte sich bereits wieder darüber, daß Beatrix sich mit Henry so selbstverständlich unterhielt, als kenne sie ihn schon lange. Das stand in erster Linie doch ihr zu!

»Dem Brief nach, den mir dein Vater schrieb, muß es schon so gewesen sein, daß du recht krank nach Hause kamst«, sagte Henry.

»Jedenfalls ist es nett, daß du heute hier bist und ich dich auch kennenlerne«, schwätzte Beatrix unbekümmert weiter. »Du hast das einfach ganz toll gemacht, daß du Natalie so weit brachtest, aus dem Laster auszusteigen, ehe dein Chef frech werden konnte.«

Natalie stand verärgert auf, um hinauszugehen. »Ich komme gleich wieder«, sagte sie zu Henry. Das wäre noch schöner, wenn ich es nicht fertigbringen würde, meiner schwatzhaften Schwester den Mund zu stopfen. In der Küche überzeugte sie die Mutter davon, daß man dem Besuch etwas anbieten müsse.

»Ich habe bereits das Kaffeewasser aufgesetzt«, erwiderte

diese, »und Obstkuchen von gestern ist noch reichlich vorhanden. Nimm ihn doch bitte aus dem Kühlschrank.«

Natalie tat wie geheißen und fragte so nebenbei: »Kann Beatrix vielleicht den Kaffeetisch im Eßzimmer decken?«

Jasmina, die ihre Tochter durchschaute, erwiderte: »Ja, sie hat sich nun lange genug mit Henry unterhalten. Jetzt bist du an der Reihe.«

»Oh, von mir aus kann ich ebensogut den Tisch decken«, meinte Natalie lässig.

»Nein, nein, geh nur und rufe Beatrix!«

Diese fügte sich der Anordnung der Mutter nur widerwillig. Sie konnte nicht leugnen, daß ihr dieser Henry gefiel. Aber schließlich hatte sie jetzt eine ganze Weile bei ihm gesessen und gönnte ihrer Schwester auch das Vergnügen.

»Sag mal«, fragte Natalie den jungen Mann, »hat dich dein Chef wirklich an die Luft gesetzt, nachdem er mich nicht mehr im Lastwagen vorfand?«

»Ja, damit mußte ich rechnen, zumal dies nun schon zwei- oder dreimal vorgekommen war, daß ich ein Mädel überreden konnte, wieder auszusteigen. Er sagte einfach, ich sei entlassen, ohne einen Grund anzugeben. Rechtlich hätte er das zwar nicht können, aber ich war froh, von ihm loszukommen. Ihm war allerdings klar, daß ich zuviel von ihm wußte. Ich hätte ihn schon reinlegen können, wenn ich gewollt hätte. Aber was hätte das genutzt!«

»Also war ich nicht die einzige, die du vor dem Verderben gerettet hast?«

Henry sah Natalie verständnislos an. »Ich weiß nicht, was du meinst?«

»Na, vielleicht habe ich mir eingebildet, daß ich dir aus irgendeinem Grund besonders gefiel, und darum wolltest du mich vor so einem Erlebnis oder Unglück — wie du es nennen willst — bewahren.«

»Ich wäre bei jedem anderen Mädchen, das per Anhalter mit uns gefahren wäre, nicht anders vorgegangen.«

»Also habe ich mir was ganz Verkehrtes eingebildet, und ich

dachte schon, als ich dich vorhin sah, es wäre dir wichtig gewesen, mich wieder zu treffen.«

»Wichtig? Na ja, ich wollte schon wissen, ob es dir jetzt wieder besser geht. Vor allem wollte ich mich bei deinem Vater für seinen netten Brief bedanken. Extra deswegen wäre ich natürlich nicht hierher gefahren. Es lag eben an unserer Strecke.«

»So, nur weil es an eurer Strecke lag?« Dieser Henry begann Natalie zu langweilen. Aber ein bißchen mehr mußte sie trotzdem von ihm wissen.

»Sag mal, hast du schon eine Freundin?« Sie kniff ein Auge zu und blickte ihn mit dem anderen vielsagend an.

»Nein«, gab er unumwunden zu, »ich habe dir ja von meiner Schulkameradin erzählt, die umgebracht wurde. Die mochte ich sehr gerne. Sie hätte ich mir als meine Frau vorstellen können.«

Ganz verblüfft blickte Henry Natalie an, als die laut loslachte. »Mensch, daran hast du bei der schon gedacht? Was bist du für ein verknöcherter, altmodischer Kerl! Man könnte meinen, du kommst aus dem letzten Jahrhundert. Heiraten kommt doch erst ganz zuletzt dran, wenn überhaupt! Du bist ein ganz amüsanter Bursche.«

»Ich weiß nicht, was es da zu lachen gibt.«

»Also eine Freundin hast du wirklich nicht?«

»Nein. Ehrenwort! Du magst recht haben, daß ich eine andere Auffassung vom Leben habe als du und deine Altersgenossen. Aber ich kann nun einmal nicht von einem Mädel zum anderen wechseln. Hanne und ich sind jahrelang miteinander zur Schule gegangen. Es hat mich schwer getroffen, daß sie auf diese gräßliche Weise umkam. Es wird wohl noch eine Zeit vergehen, bis ich diesen Schock überwunden habe.«

»Dann willst du so etwas wie ein Trauerjahr im Gedenken dieser Hanne widmen?«

»Sag mal, spottest du etwa über mich?« fragte Henry. »Jedenfalls habe ich bisher noch nach keinem Mädel Ausschau gehalten, das mir mehr bedeuten könnte.«

Natalie schüttelte den Kopf und stellte fest: »So etwas wie du ist mir noch nie über den Weg gelaufen. Jedenfalls ist es nett von dir, mich hier aufzusuchen. Ich gehe doch recht in der Meinung, daß es dir wichtig war, mich wiederzusehen?«

»Nun ja — und überhaupt, wo du zu Hause bist. Ich habe vorhin deine Eltern begrüßt. Es stimmst, du kommst aus einem guten Haus. Übrigens deine Schwester gefällt mir auch recht gut. Die hat mich so nett unterhalten und so natürlich drauflosgeplaudert — so — wie soll ich sagen, so ohne jeden Hintergedanken. Das gefällt mir. So was spürt ein Junge.«

»Ja, Beatrix ist noch ein wahres Unschuldslamm.«

»Du wohl nicht?« Er schaute sie prüfend an.

»Es kommt darauf an, was man darunter versteht.«

Wenig später betrat Jasmina das Zimmer und lud Henry zum Kaffeetrinken ein. Beatrix hatte den Tisch gedeckt und ihn mit einem Sträußchen Herbstastern geschmückt.

»So macht es meine Mutter auch«, sagte Henry. »Irgend etwas zum Freuen stellt sie immer auf den Tisch, und wenn es im Winter ein paar Tannenzweige sind, weil es im Garten keine Blumen mehr gibt.«

»Irgend etwas zum Freuen!« wiederholte Jasmina. »Das haben Sie nett gesagt.«

Herr Jordan interessierte sich für die Berufspläne des jungen Mannes. »Pläne kann ich nicht machen«, erwiderte dieser. »Wünsche hätte ich schon, aber sie sind unerfüllbar, weil der Vater mich einfach im Geschäft braucht und die Mutter meint, ich müsse mich fügen bis —«

Er sprach nicht weiter, obgleich er merkte, wie alle interessiert darauf warteten.

»Bis?« ermutigte ihn Herr Jordan. »Aber vielleicht sprechen Sie nicht gern darüber.«

»Warum sollte ich nicht«, fuhr Henry fort. »Mutter sagt, es sei jetzt wohl wichtig, daß ich mich meines Vaters Wunsch füge, bis Gott eine andere Tür auftut.«

Jetzt ist er tatsächlich auch noch fromm, dachte Natalie nicht ohne eine gewisse Geringschätzigkeit. Dann paßt er schon eher zu Beatrix, die unbegreiflicherweise begonnen hat, an den Abenden des Hausbibelkreises teilzunehmen. Irgendwie war sie sich unklar über ihre Gefühle. Sein überzeugtes, ja fast leidenschaftliches Auftreten ihr gegenüber an jenem Abend, als sie eine Strecke weit mit ihm im Lastwagen gefahren war, hatte ihr imponiert. Außerdem war er ein gutaussehender Junge. Eine kleine spielerische Freundschaft mit ihm wäre gar nicht so ohne gewesen. Aber dieser Mensch kam ihr so unglaublich vernünftig vor, fast unsympathisch korrekt. Nein, das war nichts für sie! Den trat sie gern an ihre Schwester ab — und außerdem fehlte es ihr ja keineswegs an der nötigen Auswahl. Was für forsche Burschen gab es dagegen in der Hotelfachschule, denen man schon jetzt ansah, daß sie einmal schneidige Oberkellner, Hoteldirektoren oder gar Hotelbesitzer werden würden. Sie zweifelte nicht daran, daß diese zu einem kleinen Flirt oder mehr bereit waren.

Jasmina erinnerte Natalie daran, daß Henry sie schon zweimal etwas gefragt hatte. Sie schrak empor. Tatsächlich, sie war so in Gedanken gewesen, daß sie es gar nicht gemerkt hatte.

»Du bist so schweigsam geworden!« wiederholte er. »Ist dir was?«

»Ach nein«, erwiderte sie, bemüht, Zerstreutheit vorzutäuschen. »Ich habe mich nur mit etwas beschäftigt. Aber es sind ja genügend andere Leute da, die dich besser unterhalten können.« Sie warf einen fast bösen Blick auf ihre Schwester.

Daniel sah Natalie nicht ohne leisen Vorwurf an. In welcher Art redete sie mit diesem jungen Mann, dem sie doch wirklich einiges zu verdanken hatte!

»Sie sprachen von Wünschen, die Sie hegen, wenn Sie nun schon keine Pläne machen können.« Jasmina war es, die Henry daraufhin ansprach.

Unbefangen erwiderte er: »Frau Jordan, sagen Sie doch bitte Du zu mir. Ich bin ja nicht viel älter als Ihre Töchter.«

Beatrix strahlte ihn an, was ihr einen Stoß vors Schienbein durch ihre Schwester eintrug. Ihre empörte Frage: »Warum

trittst du mich unterm Tisch?« ging unter in Henrys Antwort.
»Wünsche?« wiederholte er. »Wenn ich nicht im Speditionsgeschäft meines Vaters benötigt würde, würde ich am liebsten Krankenpfleger werden. Wenn ich hätte studieren dürfen, wäre ich gerne Arzt geworden. Aber vielleicht bin ich dazu gar nicht intelligent genug. Das stand zu Hause ja auch gar nicht zur Debatte.«

»Aber man kann doch heute nicht einfach bestimmen, welchen Beruf der Sohn oder die Tochter ergreifen muß«, erregte sich Natalie, die es bei der Wendung des Gesprächs reizte, sich wieder einzuschalten. »Ich würde mir das nicht gefallen lassen!« Sie ärgerte sich, daß niemand auf ihren herausfordernden Einwand einging.

»Was lockte dich, Arzt oder Krankenpfleger werden zu wollen?« fragte Daniel.

»Ich möchte einfach anderen helfen können.«

»Das hast du bewiesen, als du mich aus den Klauen eines Raubtiers befreitest«, bestätigte nicht ohne Ironie Natalie.

Kann sie denn nicht den Mund auftun, ohne zu spotten oder zu streiten, fragte sich Jasmina.

Henry fuhr fort: »Ich denke, es wäre schön, etwa in einem Altenheim tätig zu sein oder im Krankenhaus oder sonst irgendwo auf sozialem Gebiet, wo man sich um hilflose oder entgleiste Menschen kümmert, etwa um Alkoholiker oder Drogensüchtige.«

»Schön und vor allem notwendig, doch nicht leicht!« ergänzte Daniel.

»Aber es würde mich mehr befriedigen, als Besitzer einer Speditionsfirma zu werden.«

»Na, soweit bist du doch noch lange nicht«, stellte Natalie fest. »Bis dahin hast du ja noch manche Gelegenheit, gefährdete Mädchen auf den Weg der Tugend zu bringen.«

»Findest du es sehr geschmackvoll, in dieser Weise mit Henry zu reden?« fragte fast verärgert Herr Jordan.

Henry, dem es langsam auffiel, daß Natalie mit ihrer oberflächlichen, wenn nicht gar herausfordernden Art bei den

Eltern Ärger verursachte, wollte sie in Schutz nehmen. »Ich glaube, sie meint es nicht böse, sie redet nur so daher.«

»Vielen Dank, daß du für mich eintrittst«, erwiderte Natalie. »Ich bin tief gerührt.«

»Blöde Gans!« empörte sich halblaut Beatrix und wandte sich Henry zu. »Du sagtest vorhin, deine Mutter sei der Meinung, du müßtest in deinem jetzigen Beruf aushalten, bis Gott dir eine andere Tür auftut. Wie ist das gemeint?«

Henry antwortete nicht gleich. Er hielt sich selbst nicht für fromm, war jedoch durch den Einfluß seiner Mutter, die eine bewußte Christin war, mehr geprägt, als er selbst ahnte.

»Meine Mutter glaubt fest daran, daß Gott die bestehenden Verhältnisse ändern kann, wenn es in seinem Plan liegt und daß er, wenn es für mich gut ist, mir auch den Weg zu einem anderen Beruf bahnen kann.«

»Deine Mutter hat recht«, sagte Herr Jordan, der sich über die klare Äußerung des jungen Mannes freute. »Ich würde dir raten, dich dem Willen deines Vaters zu fügen und gewissenhaft an seiner Seite deine Pflicht zu tun.«

»Mein Vater ist mir ein Vorbild und ein guter und fleißiger Mensch.« Henry konnte den Gedanken nicht ertragen, daß man den Vater anders einschätzte. »Er spricht nicht so freimütig über seinen Glauben wie meine Mutter. Aber er geht mit ihr jeden Sonntag zur Kirche.«

»Du etwa auch?« fragte Natalie.

»Manchmal, nicht immer. Meine Eltern zwingen mich nicht. Aber ihnen zuliebe gehe ich öfter mit.«

»Nun, das ist immerhin schon etwas«, meinte Herr Jordan.

»Nehmt ihr, ich meine deinen Vater, auf euren Fahrten nie Anhalter mit?« wollte Beatrix wissen.

»Doch, hin und wieder schon. Nicht in jedem Fall. Manchmal denke ich, mein Vater hat einen Blick dafür, wo es angebracht ist und wo nicht.«

»Überredest du dann die Mädel auch, auszusteigen?«

»Nein, dazu wäre kein Grund vorhanden. Bei meinem Vater haben sie ja nichts zu befürchten.«

Natalie sah eine Möglichkeit, sich wieder anzubiedern. »Und wenn ich auf der Straße stehen würde und von euch mitgenommen werden wollte?«

»Ich denke schon, daß wir dich mitnehmen würden, denn nun kenne ich dich ja und weiß, daß es stimmt, was du damals sagtest: Du kommst aus einem guten Haus.«

Es wurde dann noch ein harmonischer Nachmittag. Henry fühlte sich sichtlich wohl im Hause Jordan. Ganz erschrocken sah er plötzlich auf die Uhr. »Oh, so spät ist es schon! Mein Vater kann jeden Augenblick kommen. Er erwartet mich am Ausgang der Stadt auf dem großen Parkplatz bei der Lederwarenfabrik.«

»Wir bringen dich mit unserem Wagen hin, damit du pünktlich da bist«, sagte Daniel. »Dann haben wir gleich Gelegenheit, auch deinen Vater kennenzulernen.«

»O ja, das wird ihn freuen!«

Die beiden Mädchen wären auch gerne dabeigewesen, aber sie hatten noch Schulaufgaben für den nächsten Tag zu machen.

Als Henry sich verabschiedete und Beatrix die Hand reichte, fragte er fast ein wenig verlegen: »Darf ich dir einmal schreiben?«

Sie äußerte ihre Freude ungeniert. »O ja, Henry, gerne.« Zu Jasmina gewandt, fragte sie: »Nicht wahr, Mutti, er darf doch?«

Sie nickte freundlich. »Gewiß!«

»Ich schreibe dir dann auch«, fuhr sie fort und bemerkte erst jetzt, daß Natalie sich hinter dem Rücken Henrys mit dem Zeigefinger an die Stirn tippte, was soviel heißen sollte: Du spinnst wohl! Dazu brauchst du doch nicht die Erlaubnis der Mutter.

Vor lauter Freude wollte Beatrix jetzt auch mitfahren, um Henry fortzubringen. Aber Daniel war der Meinung, daß sie jetzt gleich an ihre Schulaufgaben gehen müsse. Das hätte beinahe ein paar Tränen gekostet. Doch der Vater blieb fest.

Als das Auto mit den Eltern und Henry abgefahren war,

hätte nicht viel gefehlt, und zwischen den Schwestern wäre aufs neue ein Streit ausgebrochen.

»Du bist und bleibst ein Kindskopf!« höhnte Natalie.

Beatrix aber drehte ihr den Rücken zu und ging in ihr Zimmer.

Pfarrer Trost war auf dem Weg zu Frau Wittman, der ehemaligen Schulkameradin der verstorbenen Frau Jordan. Sie feierte heute ihren 82. Geburtstag. Er befand sich schon auf der Treppe des Pfarrhauses, als er noch einmal umkehrte und nach seiner Frau rief: »Adelheid, es ist ein so schöner Tag. Du warst nicht draußen an der frischen Luft. Hättest du nicht Lust, mit mir zu kommen?«

»Fährst du mit dem Wagen?«

»Nein, ich hatte vor, zu Fuß zu gehen, eben weil heute wieder einmal die Sonne scheint. Komm doch mit! Wir gehen durch den Stadtpark.«

Tatsächlich, sie ließ sich überreden. Unterwegs machte er seine Frau auf das Erwachen des Frühlings aufmerksam. »Sieh nur, da wagen sich die ersten Schneeglöckchen und Märzenbecher aus der Erde hervor, und dort drüben sind schon gelbe Krokusse.«

»Und weiße und lila«, fügte sie hinzu. »Schau, da sitzt bereits eine Amsel auf dem Rasen. Heute morgen meinte ich, auch schon die ersten Vögel in den Bäumen zwitschern zu hören.«

»Ja, das ist mir auch aufgefallen.«

»Wo gehst du überhaupt hin?«

«Ich habe einen Besuch bei Frau Wittman zu machen, die heute zweiundachtzig Jahre alt wird. Ich dachte, es wäre schön, wenn du mit mir zu ihr gehst.«

»Warum hast du mir das nicht gleich gesagt, dann wäre ich nicht mitgekommen. Du weißt, daß ich mir nichts aus solchen Besuchen mache.«

»Eben darum«, sagte er lachend. »So mußte ich eine kleine List anwenden und das schöne Wetter vorschieben.«

»Du, das ist allerhand von dir!«

»Frau Wittman ist dir nicht unbekannt, Adelheid. Früher, als sie sonntags regelmäßig in den Gottesdienst kommen konnte, hast du sie bestimmt öfter in der Kirche gesehen. Eine große, schöne, gepflegte alte Dame mit weißem Haar, immer gut und geschmackvoll gekleidet. Ihr Mann hat früher eine gutgehende Fabrik gehabt. Er ist aber schon einige Jahre tot. Am Anfang hat sie noch selbst das Werk geleitet. Aber nun kann sie es wegen ihres Alters und der körperlichen Beschwerden nicht mehr. Ein Neffe führt das Werk weiter.

Frau Wittman war eine Schulkameradin der verstorbenen Frau Jordan, einer Tante des gelämten Lehrers Daniel Jordan. Du kennst ihn und auch seine Frau. Sie gehören ebenfalls zu unseren regelmäßigen Gottesdienstbesuchern. Jahrelang besuchte Frau Wittman die Klassentreffen ihrer ehemaligen Schulkameradinnen. Eines Tages schlug sie der alten Frau Jordan vor, mit diesen Klassentreffen aufzuhören. Erstens, so meinte sie, werde der Kreis immer kleiner. Verschiedene waren bereits gestorben, und den übrigen, die ja schon alle über achtzig seien, falle es immer schwerer, das Haus zu verlassen. Vor allem war es Frau Wittman auf die Seele gefallen, daß man bei diesen Zusammenkünften viel Zeit für Klatsch und Tratsch verwandte. Kurzum, sie wollte da nicht mehr mitmachen, stieß aber bei Frau Jordan auf heftigen Widerstand. Diese begriff nicht, daß Frau Wittman, eine ihrer besten Freundinnen, davon sprach, daß ihr Gewissen erwacht sei und sie erkannt habe, daß im allgemeinen viel zu viel Zeit für Unwesentliches, ja Unnützes vergeudet werde. Es kam zwischen den beiden alten Freundinnen zu Auseinandersetzungen, die beinahe zu einer Trennung geführt hätten. Und doch war es Frau Wittman, die durch ihre klare innere Haltung Frau Jordan dazu verhalf, ihr Leben zu überprüfen, so daß auch sie erkannte, daß sie einen gnädigen Gott, einen barmherzigen Heiland brauchte.«

»O Siegfried«, unterbrach ihn seine Frau, »siehst du, jetzt sprichst du wieder in der Sprache Kanaans. So würde mein Vater diese Art zu reden nennen. Ist das eigentlich nötig?«

»Ja, Adelheid, das ist nötig! Und daß auch ich das neu erkannte, was mir bereits in meiner Jugend zur Gewißheit geworden war, das habe ich letztlich der Auseinandersetzung dieser beiden über achtzigjährigen Frauen zu verdanken. Frau Wittman weiß davon allerdings nichts.«

»Das alles verstehe ich nicht.«

»Ein andermal werde ich es dir näher erklären. Wir sind nämlich gleich am Ziel. Nur soviel noch: Frau Wittman hat viel Gutes getan und tut es noch heute. Kranke besuchen und sich um Alte und Einsame kümmern kann sie allerdings nicht mehr. Aber auch finanziell setzt sie sich für andere ein. Sie ist eine vermögende Frau und betrachtet ihren Besitz als ihr von Gott anvertraut, für den sie auch Rechenschaft abzulegen hat.«

»Da komme ich nicht mit.«

»Frau Wittman ist durch ihre Haltung zu einer Seelsorgerin geworden. Doch nun sind wir da. Hier wohnt Frau Wittman.«

»In diesem schönen Haus ganz allein?«

»Sie hat ihrem Neffen und dessen Familie das obere Stockwerk abgegeben. Als ich Frau Wittman vor zwei Wochen besuchte, sie hat eine schmerzhafte Arthrose und verläßt nur selten das Haus, hat sie mich gebeten, dich doch einmal mitzubringen. Sie würde dich so gern näher kennenlernen.«

Daß sie ihm außerdem noch gesagt hatte, daß die früheren Pfarrfrauen öfter Kranke und alte Gemeindemitglieder besucht hätten, sagte der Pfarrer seiner Frau nicht.

»Und ich bildete mir ein, du bist wirklich um mich besorgt, weil ich so wenig an die frische Luft komme«, sagte Frau Trost.

»Das bin ich auch, besonders jetzt in deinem Zustand. Das solltest du wissen.«

Adelheid Trost erwartete nämlich nach jahrelangem vergeblichen Hoffen ihr erstes Kind. Aber nicht nur diese Tatsache war für ihn ein Grund zur Freude, sondern daß er seit einiger Zeit beobachtete, wie seine Frau aufgeschlossener gegenüber seinen Aufgaben als Gemeindepfarrer wurde. Oder sollte das Wissen um ihre bevorstehende Mutterschaft sie zugänglicher gemacht haben? In den Wochen nach seiner inneren Wandlung, die den vorausgegangenen Gesprächen mit Daniel Jordan gefolgt waren, hatte er nicht ohne Sorgen beobachtet, wie sie sich von ihm zurückzog. Sie hatte wohl erkannt, daß es sich bei ihm nicht um eine Art von Depression oder gar religiösem Wahn handelte, als er diese offensichtliche Sinnesänderung erlebte, sondern um das Aufbrechen neuer Erkenntnisse.

Als sie an einem Sonntag nach vorausgegangenem Gottesdienst beim Mittagessen zusammensaßen, sagte sie: »Ich weiß nicht, Siegfried, wie ich es mir erklären soll. Früher hast du anders gepredigt — wie soll ich es nennen — theologisch mehr durchdacht. Oder lag es an der Formulierung? Nie hast du so oft wie jetzt von Sünde, Buße, Erneuerung des alten Menschen, Heilsgewißheit und ähnlichem gesprochen. Jetzt fällt in deinen Predigten so oft das Wort Bekehrung, Gotteskindschaft und andere. Das ist sicher noch ein Überbleibsel von deiner pietistischen Erziehung. Ich weiß nicht, was die Gemeinde von dieser Art Wortverkündigung hält.«

»Adelheid«, hatte er geantwortet, »ich freue mich, daß du den Unterschied merkst. Im Gegensatz zu früher versuche ich, gründlicher und tiefer in das Wort Gottes einzudringen und erbitte mir von Gott Weisung und Erkenntnis. Ich kann es dir nur so erklären, daß ich heimgekehrt bin, nachdem ich jahrelang in der Fremde gewesen war.«

»Wenn du nur nicht einer gewissen Schwärmerei verfällst«, hatte sie damals gesagt. »Gerade deine Nüchternheit hat mir an dir so gut gefallen.«

»Weißt du«, war seine Antwort gewesen, »nachdem mir die Augen für mein eigenes Versagen — ja, nennen wir es nur mit dem richtigen Namen — für meine Sünden aufgegangen sind, war es mir möglich, einen neuen Anfang zu machen. Ich meine, du müßtest inzwischen gemerkt haben, daß ich, der eine Zeitlang sehr niedergeschlagen war, nun von Herzen froh geworden bin.«

»Ja, das stimmt, aber die Ursache konnte ich mir nicht erklären. Ich dachte, es kommt daher, daß ich dir anvertraut habe, daß ich ein Kind erwarte und damit unser langgehegter Wunsch erfüllt wird.«

»Natürlich ist auch dies ein Grund«, erwiderte er, stand auf und ging auf die andere Seite des Tisches, um sie zu umarmen. »Wie sehr ich mich auf unser Kind freue, kann ich dir gar nicht sagen. Ich betrachte es als eine Gebetserhörung«

»Du hast dafür gebetet?« hatte sie gefragt.

»Ja, natürlich, es gibt nichts, was wir nicht mit Gott besprechen könnten.« Da sie schwieg, fuhr er fort: »Wie sehr wünschte ich, daß wir miteinander beten würden.« Am Anfang ihrer Ehe hatte er es nicht als Mangel empfunden, daß sie außer dem Tischgebet kein gemeinsames Beten kannten. Aber jetzt vermißte er dies sehr. Er liebte seine Frau, und es war ihm ein Bedürfnis, alles mit ihr zu teilen, was ihm wichtig geworden war.

»Wenn unser Kind eine Tochter ist, soll sie Dorothee heißen«, hatte er vorgeschlagen. »Das bedeutet: Gottesgabe.«

»Ich bin einverstanden. Und wenn es ein Junge ist?«

»Martin nach unserem großen Reformator«, stand es für den Pfarrer fest.

Und nun befanden sie sich auf dem Weg zu Frau Wittman.

Siegfried Trost freute sich wie ein übermütiger Junge, daß seine Frau ihn begleitete. Wie sehr hatte er in den letzten Wochen und Monaten gewünscht, sie an den Freuden und Leiden seines Berufes teilnehmen zu lassen. In vielen Situationen hatte er schon das Empfinden gehabt, daß es wertvoll gewesen wäre, den Rat seiner Frau zu hören — besonders dann, wenn es um familiäre Dinge und Fragen der Erziehung ging. Nun war Adelheid ja selbst auf dem Wege, Mutter zu werden. Wenn ihr auch noch die Lebenserfahrung fehlte, die sie befähigte, Ratschläge zu geben — sie würde in diese Aufgabe hineinwachsen. Vor allem wünschte er von Herzen, daß sie an seiner Seite auch geistliche Erfahrungen machen würde.

Ihr Besuch löste bei Frau Wittman große Freude aus. »O

Frau Pfarrer, daß Sie mitkommen ist eines meiner schönsten Geburtstagsgeschenke!«

»Bitte sagen Sie Frau Trost zu mir.«

»Ach ja, entschuldigen Sie, früher nannte man die Frau des Pfarrers Frau Pfarrer und die Frau des Arztes Frau Doktor. Aber das ist alles anders geworden. Also gut, Frau Trost. Was darf ich Ihnen und dem Herrn Pfarrer anbieten? Eine Tasse Kaffee oder ein Gläschen Wein? Oder vielleicht einen guten Saft von schwarzen Johannisbeeren? Ich habe Beerensträucher in meinem Garten. Aber leider kann ich den Garten nicht mehr selbst bearbeiten. Mir fällt es sehr schwer, mich zu bücken oder umzugraben, überhaupt alles, was im Garten zu tun ist. Alles das muß jetzt mein Neffe tun.«

Ihre Freude über den Besuch der jungen Frau war so groß, daß sie meistens diese und nicht den Pfarrer ansprach. Siegfried freute sich darüber, vor allem, weil seine Frau in einer netten Art auf die Anliegen der alten Dame einging. Ausgiebig erzählte sie von ihren verschiedenen körperlichen Beschwerden.

»Wissen Sie, Frau Trost, es ist nicht leicht, wenn man mit jedem Tag mehr spürt, wie die körperlichen Kräfte abnehmen. Meine Knie sind schon lange schlecht. Ich muß viel Schmerzen aushalten, besonders nachts. Wenn man dann so allein in seiner Wohnung liegt und ins Grübeln kommt. . .«

»Ja, das ist nicht leicht«, sagte mitfühlend Frau Trost.

»Auch mein Gehör läßt in letzter Zeit so nach. Der Ohrenarzt hat mir ein Hörgerät verschrieben. Aber bis ich mich an dieses Ding gewöhnt habe! Das Schlimmste sind die vielen Nebengeräusche. Meine Augen lassen auch stark nach. Ich habe an beiden Augen den grauen Star.«

»Oh, das tut mir leid!« sagte Adelheid Trost.

»Wenn man es wenigstens einem Menschen klagen kann«, fuhr Frau Wittman fort, »aber wenn man so allein ist. . . Doch ich langweile Sie mit meinem langatmigen Geschwätz!« tadelte sie sich selbst. »Entschuldigen Sie!«

»Da gibt es nichts zu entschuldigen«, erwiderte Frau Trost.

»Ich verstehe Sie gut. Wenn es Ihnen recht ist, werde ich Sie von Zeit zu Zeit besuchen.«

»Oh, wie würde ich mich freuen!«

»Wir möchten uns jetzt verabschieden«, sagte der Pfarrer. »Aber ich möchte Ihnen an Ihrem heutigen Festtag noch einige Verse aus dem 23. Psalm vorlesen.« Er tat es und befahl die alte Frau in ihrer Einsamkeit Gott an.

Als Siegfried Trost mit seiner Frau auf dem Heimweg war, drückte er ihren Arm voller Freude. »Heute bist du wirklich meine Gehilfin gewesen.«

»Das ist wohl zu viel gesagt, Siegfried, aber irgendwie hat mir die alte Dame leid getan, und ein großes Gefühl der Dankbarkeit kam über mich, daß wir beisammen sind. Vielleicht lerne ich es doch noch, mit deinen Augen zu sehen und deinen Auftrag zu verstehen.«

Am Tag vor Natalies 18. Geburtstag kam diese aufgeräumt und vergnügt von der Schule nach Hause. »Also Mutti, meine sieben Klassenkameraden waren begeistert über die Einladung zu meinem Geburtstag. Vier Jungen und drei Mädchen kommen. Ich finde es prima von dir, daß du das erlaubt hast. Meinst du, wir könnten uns im Garten aufhalten?«

»Das hängt vom Wetter ab. Wenn es weiterhin so schön warm ist, dann könnte es möglich sein.«

Mutter und Tochter erörterten noch, was alles an lukullischen Genüssen geboten werden sollte. »Blamieren dürfen wir uns nicht«, meinte Natalie. »Da wir ja nun schon etliche Unterrichtsstunden in Kochen und Backen gehabt haben und in der Fachschule ohnehin auf diesem Gebiet allerlei geboten wird, ist's schon gut, wenn wir uns ein wenig anstrengen.«

»Ich denke, du wirst zufrieden sein. Dein 18. Geburtstag ist ja auch ein besonderer Tag.«

»Ich habe schon öfter darüber gesprochen und denke, daß ihr, du und Vati, euch bewußt seid, daß ich dann mündig bin und Selbstbestimmungsrecht habe.«

Natalie hatte sich der Mutter gegenüber in einem Sessel niedergelassen, schlug die Beine übereinander und fuhr in lässigem Ton fort: »Übrigens, Mutti, ich hätte gern etwas mehr über meinen Vater gewußt. Immer wenn ich dich in den letzten Jahren danach fragte, bist du mir ausgewichen. Ich finde, es wäre an der Zeit, daß ich ihn jetzt einmal persönlich kennenlerne.«

Jasmina fühlte, wie ihr das Blut in den Kopf stieg und ihr Herz heftig zu klopfen begann.

»Ich habe dir schon einige Male gesagt, daß ich nicht weiß, wo er sich aufhält und ob er überhaupt noch lebt.«

»Na hör mal«, begehrte die Tochter auf. »Das muß doch herauszufinden sein!«

»Natalie, nach all dem, was ich mit deinem Vater erlebt habe, ist es mir nie darum zu tun gewesen, mit ihm wieder Verbindung aufzunehmen. Ich weiß auch nicht, wo seine Frau mit ihren Kindern lebt. Er hat sie ja verlassen, wie er auch mich verlassen hat, obgleich sie mit ihm verheiratet gewesen ist.«

»Dann war er also ein Schuft!«

»Das habe ich nie von ihm behauptet — oder habe ich es doch getan, nachdem er mich so enttäuscht hat?«

»Hast du ihn eigentlich sehr geliebt?«

»Ach Natalie, laß doch diese Fragen! Es hat keinen Sinn, alles noch einmal wachzurufen. Was bezweckst du eigentlich damit, ihn jetzt aufzustöbern, nachdem er sich nie um dich und Beatrix gekümmert hat? Außerdem habt ihr einen wirklichen Vater bekommen, der euch eine Heimat geboten und alles für euch getan hat, wie es ein eigener Vater nicht hätte besser tun können. Er hat euch auch seinen Namen gegeben.«

»Gewiß, Mutti, ich sage ja auch nichts dagegen. Aber jetzt wäre es mir einfach wichtig, meinen wirklichen Erzeuger kennenzulernen.«

Jasmina sah sie entsetzt an. »Wie kannst du nur so reden!«

»Stört es dich, daß ich ausspreche, was er doch wirklich ist? Vaterpflichten hat er ja nie an Beatrix und mir erfüllt, und es wäre an der Zeit, ihn daran zu erinnern. Ich meine, er könnte mir ein paar tausend Markscheine zu meinem 18. Geburtstag schenken. Dann könnte er ja wieder in der Versenkung verschwinden. Ich benötige nämlich in nächster Zeit eine ganz schöne Summe Geld.«

Jasmina konnte es nicht länger ertragen. Sie erhob sich, legte die Näharbeit, mit der sie beschäftigt war, aus der Hand und sagte: »Ich will nach Vati sehen. Vielleicht kannst du mir in seiner Gegenwart sagen, wofür du jetzt eine solche Summe Geld brauchst.« Ihr war plötzlich so eigenartig bang zumute.

Natalie hätte sich am liebsten eine Zigarette angesteckt, denn sie ahnte, was auf sie zukommen würde. Na ja, einmal mußte es ja sein, daß man über ihr Vorhaben sprach, und sie wußte schon jetzt, wie die Eltern darauf reagieren würden.

»Du wolltest uns etwas sagen?« fragte Herr Jordan ohne Umschweife, nachdem Jasmina ihn in seinem Rollstuhl ins Wohnzimmer gefahren hatte.

»Ja«, erwiderte Natalie betont lässig, obgleich ihr klar war, daß sie bei ihrem Vorhaben nicht mit der Zustimmung der Eltern rechnen konnte. »Ich werde vom nächsten Ersten an mit zwei Klassenkameradinnen in eine kleine möblierte Wohnung, nicht weit von der Hotelfachschule, ziehen.« Sie sprach fast überstürzt weiter: »Erstens muß ich dann nicht täglich mit dem Bus hin und her fahren, zweitens bin ich nun alt genug, um mein eigenes Leben führen zu können. Ich werde jetzt mündig und habe nicht vor, mir weiterhin vorschreiben zu lassen, was ich darf und was ich nicht darf. Ich meine, die Zeit ist vorbei, wo ihr mir erlauben oder verbieten könnt, was ihr wollt.« So, jetzt war es gesagt!

Jasmina und Daniel blickten sich einen Augenblick stumm an. Dann begann Herr Jordan: »Natalie, ich bin zwar nicht dein leiblicher Vater, aber ich habe mich in den elf Jahren unseres Zusammenlebens deiner angenommen und — ich weiß, was ich jetzt sage — dich liebgehabt wie mein eigenes Kind, wenn ich auch nicht alles gutheißen konnte, was du tatest.«

Er machte eine Pause. Natalie blickte zu Boden und wippte mit dem Fuß.

»Du weißt«, fuhr der Vater fort, »daß du hier dein Zuhause hast, dein schönes Zimmer, das wir dir erst zu deiner Konfirmation neu eingerichtet haben. Mutti und ich sind der Meinung, daß du so lange bei uns wohnst, wie du die Hotelfachschule besuchst. Ich habe nicht vor, dir den Anteil der Mietwohnung zu bezahlen, der dir mit dem Wohnungswechsel entsteht.«

»Davon habe ich kein Wort geredet. Mir war von vornherein klar, wie ihr reagieren würdet. Aus diesem Grund habe ich vorgesorgt und mich bereits nach einer Verdienstmöglichkeit umgesehen. Ab nächsten Monat kann ich im Parkhotel abends und am Sonntag als Bedienung arbeiten. Dabei verdiene ich soviel, daß ich meinen Anteil an der Wohnung und meinen Unterhalt bestreiten kann.«

»Aber Natalie«, fiel die Mutter ihr ins Wort, »das ist doch unmöglich: Tagsüber zur Schule zu gehen und abends und am Sonntag bis spät in die Nacht hinein zu arbeiten.«

»Mir bleibt nichts anderes übrig! Ich habe ein Recht darauf, mein eigenes Leben zu führen und es so zu gestalten, wie ich es will. Im übrigen, mach nicht so entsetzte Augen. Du warst noch jünger, als ich es jetzt bin, da hast du gegen den Willen deiner Mutter die Schule verlassen und bist zu deinem Freund gezogen, der dann mein Vater wurde. Ganz so romantisch ist mein Vorhaben vorerst nicht, aber du solltest meinem Freiheitsdrang ein wenig Verständnis entgegenbringen.«

Jasmina vermochte kein Wort zu erwidern. Jetzt war sie im Gegensatz zu vorher totenbleich.

Die Tochter fuhr fort: »Du hast dich schließlich noch ganz anders deiner Mutter widersetzt und kannst mir am allerwenigsten Vorwürfe machen.«

»Natalie, vergreif dich bitte nicht im Ton!« ermahnte sie Daniel.

Das Mädchen erhob sich und wollte das Zimmer verlassen. »Unter diesen Umständen wird es euch nicht mehr wichtig sein, mit mir und meinen Freunden meinen 18. Geburtstag zu feiern. Ich werde ihnen das sagen, und wir werden am Abend gemeinsam in eine Diskothek gehen. So weit wird mein Geld noch reichen, daß ich sie freihalte.«

»Was redest du denn da?« konnte Jasmina jetzt endlich sagen. »Natürlich bleibt es dabei, daß du deine Freunde am Nachmittag zu uns bringst. Ich habe doch schon alle Vorbereitungen getroffen und sehe keinen Grund, jetzt eine Absage zu geben.«

»Natürlich feiern wir deinen Geburtstag mit dir«, bestätigte Daniel. »Bis zum nächsten Monatsbeginn sind es noch drei Wochen. Bitte, Natalie, laß dir alles noch einmal in Ruhe durch den Kopf gehen. Du sollst wissen: Wie du dich auch entscheidest, wir sind für dich da, selbst dann, wenn du dabei bleibst, mit deinen Freundinnen gemeinsam eine Wohnung zu beziehen. Wenn du es tust, geschieht es jedoch gegen unseren Willen. Glaube mir, wir möchten dich vor trüben Erfahrungen bewahren. Du kennst noch nicht das Leben. Laß dich warnen!«

»Ich weiß, was ich zu tun und zu lassen habe und bin kein Kind mehr, das man bevormunden muß. — Mutti, wir kommen also morgen nachmittag um sechzehn Uhr mit drei Personenwagen.

Kann ich den großen und einen kleinen Reisekoffer von dir geliehen haben, wenn ich meine Sachen packe?«

»Ja, die kannst du haben«, erwiderte Jasmina fast tonlos.

Natalie verließ mit einem lässigen Gutenachtgruß das Zimmer.

Jasmina konnte die Tränen nicht länger zurückhalten. Sie hatte das Gefühl, als sei in ihr etwas zerbrochen und bedeckte die Augen mit der Hand. Längere Zeit war sie nicht imstande, auch nur ein Wort zu sprechen.

Daniel legte den Arm um sie. »Ich weiß, was in dir vorgeht. Doch können wir Natalie nicht mit Gewalt halten und sie auch nicht zwingen, gegen ihren Willen etwas zu tun. So ist nun einmal das Leben, und wir Christen sind davon nicht ausgenommen.

Noch vor kurzem warst du darüber so glücklich, daß du zu

deinen Klassenkameradinnen von dem sprechen konntest, was dich jetzt erfüllt. Dann warst du so froh, daß es uns gelang, Susanne Springfeld mit ihrem Mann für unseren Hausbibelkreis zu gewinnen, nachdem wir mit einigen ein gutes Gespräch führen konnten.«

»Nur meine eigene Tochter bleibt unansprechbar«, schluchzte Jasmina.

»Wir werden auf Höhen der Freude geführt«, fuhr Daniel fort, »und in Tiefen des Leides gestürzt. Aber glaube mir, Liebste, dies alles ist nötig, damit wir ausreifen für das, was auf uns wartet in der kommenden, der ewigen Welt.

Was Natalie anbelangt, so bleibt sie trotz allem unser Kind — auch dann, wenn sie sich noch weiter von uns entfernt. Unsere Liebe zu ihr darf nicht geringer werden. Unser Haus und Herz müssen ihr offenstehen, und unsere Gebete sollen sie stärker noch als je umgeben. Wir haben in all den Jahren nach bestem Willen, Wissen und Vermögen in ihr Herz das Saatgut der Liebe Gottes gesät. Gott kann und wird geben, daß es zu seiner Zeit aufgeht. Uns bleibt es, in Geduld zu warten.

Höre, was ich unlängst niedergeschrieben habe, als mir deine immer wiederkehrende Angst um Natalie sehr zu Herzen ging. Ich wollte es dir vorlesen in einem Augenblick, in dem du wieder einmal eine besondere Ermutigung benötigen würdest. Ich glaube, dieser Augenblick ist jetzt gekommen.

Wo du meinst, du seist am Ende,
da hat Gott einen Neubeginn bereit.
Leg' deine Angst in seine Hände.
Du hast sie nicht — Gott aber hat Zeit.
All dein Unvermögen, dein Versagen
und deine Auswegslosigkeit
darfst immer wieder Gott du klagen.
Glaub' mir, es kommt der Tag,
an dem dein Auge staunend sieht,
was dir unmöglich scheint: der Sand, die Wüste blüht.«

Von der gleichen Verfasserin erschienen im Christlichen Verlagshaus:

Liebe ist immer stärker

208 Seiten, Geschenkband, Bestell-Nr. 12 659

Es ist kein leichter Weg, den Renate Sternhalter als junge Witwe mit ihren vier Kindern zu gehen hat. Durch Kriegseinwirkung verliert sie auch noch die gesamte Habe und findet schließlich bei einer alten Tante Unterkunft. Aber diese macht der vaterlosen Familie das Leben zusätzlich schwer durch ihr egoistisches Wesen. Allein der Glaube an Gottes unwandelbare Liebe hält Renate Sternhalter. Er hilft ihr, sich und ihre Kinder dem zu überlassen, der durchs finstre Tal hindurchführt. Dieses Wissen gibt ihr auch Kraft, die erwachsen gewordenen Kinder nicht aufzugeben, als ihre Entwicklung in eine Richtung geht, die sie betrübt.

Wie so anders verläuft der Weg jener Frau, in deren Elternhaus Renate Sternhalter mit ihren damals noch kleinen Kindern unvergeßliche Ferienwochen erlebt hat! Theresia Morlock hat als älteste von vier Geschwistern schon früh Pflichten übernehmen müssen. Als dann der Vater verunglückt, bleibt ihr keine andere Wahl, als der strengen, kränklichen Mutter zur Seite zu stehen und auf den Mann zu verzichten, dem ihr Herz gehört. Innerlich vereinsamt und durch demütigende Ärgernisse um ihren jüngsten Bruder verbittert, erwartet sie nichts mehr vom Leben. Auch von Gott hat sie sich losgesagt, der sie aber nicht aufgibt und Theresia Morlock noch ein spätes Glück finden läßt.

Zwei Menschenschicksale erleben wir mit, ineinander auf seltsame Weise verwoben. Die bekannte Schriftstellerin hat auch in dieser Erzählung das Leben mit seinen Freuden, Enttäuschungen und Hoffnungen so echt und zeitnah geschildert, daß sich darin jung und alt irgendwo selbst wiederfinden.

Ein Freund wie du

220 Seiten, Geschenkband, Bestell-Nr. 12692

Nach Jahren eines nicht immer leichten, aber erfüllten Lebens findet der frühere Missionar Braunäcker im Altenheim von Waldhügel eine Bleibe. Im gleichen Ort lebt sein langjähriger Freund, Pfarrer Seeliger. Als bekannt wird, daß des Pfarrers einzige, von ihm über alles geliebte Tochter Miriam ein Kind erwartet, bricht für den sittenstrengen Vater eine Welt zusammen. Hat Gott seiner Frau und ihm mit dem hirngeschädigten, körperlich zurückgebliebenen Sohn nicht schon genug zu tragen gegeben? Der gepeinigte Mann verschließt sich allem Zuspruch. Erst dem alten Missionar gelingt es, in liebevoller und zugleich schonungsloser Offenheit seinem Freund das notvolle Geschehen aus einem anderen Blickwinkel zu zeigen. Als dann der kleine Matthias geboren wird, nehmen ihn nicht nur Mutter und Großeltern mit Dank und Freude an — er und die junge Frau werden ein Werkzeug Gottes zur Versöhnung der miteinander zerstrittenen Familie des tödlich verunglückten Verlobten von Miriam.

Wie Gott Menschen aus der Verstrickung von Schuld und falsch verstandener Ehre herausholt und sie dann befähigt, anderen ein Zeugnis seiner Barmherzigkeit zu sein, das stellt die Autorin sehr lebensnah und überzeugend dar.

Als flögen wir davon

268 Seiten, Geschenkband, Bestell-Nr. 12628

Die bekannte und erfolgreiche Schriftstellerin erzählt hier humorvoll und spannend von ihrem Weg. Eine Fülle des Erlebens umfängt den Leser: die fröhliche Kindheit, durchsonnt von der Liebe und geprägt von dem Vorbild der Eltern, in der die lustigen Streiche und heiteren Erlebnisse nicht fehlten; die Reifezeit, überschattet von schmerzhafter, langer Krankheit; später der Dienst in der Heilsarmee an Verlassenen und Verlorenen. Schließlich öffnet Gott die Türen, damit Elisabeth Dreisbach dem doppelten Ruf, der ihr geworden ist, Folge leisten kann: heimatlosen Kindern Mutter zu sein und mit der Feder den Menschen ein Stück Evangelium im Gewand der Erzählung nahezubringen. Im »Berghaus St. Michael«, einem inzwischen weit bekannten Erholungsheim, haben viele Menschen unter Gottes Wort und durch ihre seelsorgerische Tätigkeit Hilfe und Kraft empfangen. Seit 1973 verbringt die Schriftstellerin ihren tätigen Ruhestand nahe Geislingen an der Steige am Fuß der Schwäbischen Alb.

Wie reich ein Leben sein kann, das unter der Leitung Gottes steht, wird dem Leser in diesem Buch eindrücklich vor Augen geführt. Darüber wird er allerdings auch des anderen bewußt, was der 90. Psalm bezeugt und was von der Autorin ihrer Biographie als Titel vorangestellt ist: »Unser Leben fähret schnell dahin, *als flögen wir davon.*«

Folgende Erzählungen von Elisabeth Dreisbach sind als Taschenbuchausgaben lieferbar:

1. Herz zwischen Dunkel und Licht
2. Es wird ein Schwert durch deine Seele dringen
3. Ganz wie Mutter
4. Heilige Schranken
5. . . . und alle warten
6. Wenn sie wüßten . . .
7. Glied in der Kette
8. Steffa Matt
9. Die Lasten der Frau Mechthild
10. Des Erbguts Hüterin
11. . . . und dennoch erfülltes Leben
12. Der dunkle Punkt
13. Die Versuchung der Chiara Frohmut
14. Große Not im Kleinen Kaufhaus und anderes
15. . . . und haschen nach Wind
16. Was dein Herz wünscht
17. . . . und keiner sah den Engel
18. Lisettens Tochter
19. Du hast mein Wort
20. . . . daß Treue auf der Erde wachse
21. Alle deine Wasserwogen
22. Die zerrissene Handschrift
23. In Gottes Terminkalender
24. Kleiner Himmel in der Pfütze
25. Eine Hand voll Ruhe
26. Das verborgene Brot
27. Was dir vor die Hände kommt
28. Ich aber meine das Leben

CHRISTLICHES VERLAGSHAUS GMBH STUTTGART